Maja Jane Voss

Love – Time – Death

Roman

Fiktionale Autobiografie

Impressum

Bibliografische Information der Deutschen Nationalbibliothek:
Die Deutsche Nationalbibliothek verzeichnet diese
Publikation in der Deutschen Nationalbibliografie;
detaillierte bibliografische Daten sind im Internet
über http://dnb.dnb.de abrufbar.

- Zweiteauflage -
© 2024 Maja Jane Voss

Lektorat: Annett Kreil, SchreibAtelier München

Verlag: BoD • Books on Demand GmbH, In de Tarpen 42,
22848 Norderstedt
Druck: Libri Plureos GmbH, Friedensallee 273, 22763
Hamburg

ISBN: 978-3-7597-3682-6

Dieses Buch widme ich Frank P.

-

Meiner großen Liebe.
Ich wollte, dass die Welt erfährt, was

für ein toller Mensch du warst.

FSC
www.fsc.org
MIX
Papier aus verantwortungsvollen Quellen
Paper from responsible sources
FSC® C105338

Wenn ich aus dem Fenster auf das trübe, graue Wetter blicke und beobachte, wie die bunten Blätter von den Bäumen fallen, fällt mir unsere Vergänglichkeit wieder ein. Und wie sehr diese Vorstellung unsere Gesellschaft und insbesondere die Kirche uns beeinflusst hat. Warum fürchten wir uns vor dem Ende unseres Lebens? Ist es die Angst vor dem unbekannten Danach? Oder eher die Sorge, all das zu verlieren, was uns lieb und teuer ist – unsere materiellen Güter, Gedanken, Gefühle und Überzeugungen? Ich frage mich weiter: Warum werden wir so erzogen, dass der Tod etwas Schlimmes sein soll? Ist er nicht eher ein natürlicher und untrennbarer Teil unseres Lebens?

Aber wenn ich auf unsere Geschichte zurückblicke, wird die Tatsache, dass wir vergänglich sind, oft benutzt, um uns Menschen zu manipulieren. Hätte die Kirche die Macht dazu gehabt, in der Inquisition, die Menschen so zu beeinflussen, wenn wir keine Angst vor dem Tod hätten? Deswegen schleicht sich in meine Gedanken, dass es gewollt ist, Angst vor unserer Sterblichkeit zu haben. Denn diese dient dazu, den Menschen besser manipulieren zu können!

Diese Manipulation war nicht nur auf die Kirche beschränkt. Über die Jahrhunderte hinweg, sogar bis in die heutige Zeit, wurde die menschliche Vergänglichkeit immer wieder ausgenutzt, um Menschen zu unterwerfen und gefügig zu machen.

Wenn wir den Tod akzeptieren würden, würde das die Strukturen der Macht, die auf Angst basieren, erschüttern? Und was kommt nach dem Tod? Wer bestimmt über die Darstellung des Jenseits – des Paradieses, des Himmels, des Nirwanas?

Vor allem ist der Tod nicht eine Reise, in ein »Land«, was uns neugierig darauf machen sollte? Was geschieht, wenn unsere Zeit gekommen ist.

Doch inmitten dieser Zweifel und philosophischen Betrachtungen über den Tod fand ich stets ein beständiges Leuchtfeuer – die Liebe. Sie schien mir das einzige zu sein, das stark genug war, um der Endlichkeit des Lebens entgegenzuwirken. Die Liebe, in all ihren Formen, ist eine Kraft, die uns während unseres Lebens vorantreibt und unserem Dasein einen Sinn verleiht. Sie ist es, die uns die Furcht vor dem Ende nehmen und die Stürme des Unbekannten ertragen lässt. Die Liebe ist es, die in unseren Herzen fortlebt, auch wenn der Körper längst zu Staub zerfallen ist.

In meinem eigenen Leben gab es Momente, die mich an mehr als nur dieses eine Leben glauben ließen. Doch wie viele andere, zweifelte auch ich und fragte mich, ob meine Erlebnisse real waren oder nur Zufälle, vielleicht sogar Täuschungen meines Verstandes.

I. Teil

Die Zeit verging und nun war es ein kalter Wintertag und draußen tobte der Schnee. Gedankenverloren sah ich zu, wie die Schneeflocken im Wind tanzten. Das war etwas Mystisches für mich. Jede Schneeflocke sah anders aus und es gab nie dieselbe. Mir das vorzustellen, gab mir ein Gefühl der Einzigartigkeit. So wie die Schneeflocken waren auch alle anderen Lebewesen auf dieser Erde. Nämlich unverwechselbar. Niemand ähnelte dem Anderen. Diese individuelle Artenvielfalt versetzt mich in eine Melancholie, die ich früher schon einmal fühlte. Damals lernte ich einen besonderen Menschen kennen. Einen großartigen jungen Mann, dem keiner das Wasser reichen konnte. Jemanden, den ich in meinem Leben nicht mehr missen wollte.
Diese Begegnung lag nun dreißig Jahre zurück. Es war genau zu der Zeit, nämlich in den Tagen zwischen Weihnachten und Neujahr. In dieser Zeit steigerte ich mich in die Angst hinein, ihn verlieren zu können.
Wieder fiel mein Blick auf den Schnee. Die Straßen waren schon in das tiefe Weiß getaucht und durch dieses Weiß schimmerte die Straße in einem neuen Glanz. Die Welt schien anders, verzauberter.
Schwache Erinnerungen kamen hoch. Damals war ich erst 16 Jahre und da glaubte ich, mein Leben würde enden, wenn er nicht mehr mit mir zusammen wäre.
Heute, 30 Jahre später, stand ich allein in meiner Zweizimmerwohnung. Das Licht war gedimmt, weil ich die Dunkelheit liebe. Nicht wirklich sehen zu können, einzig und allein Schatten wahrzunehmen, gab mir ein Gefühl der Geborgenheit. Im Dunkeln schien jedes Lebewesen gleich

zu sein, was seine Silhouette betraf. Der einzige Unterschied war die Körperform. Der Schattenumriss konnte nun nicht mehr mit seinem Aussehen beeindrucken, sondern musste mit seinem Wesen überzeugen.

Meine Gedanken spielten mir einen Streich. Eigentlich wollte ich mich an die Vergangenheit erinnern. An die Zeit, in der ich hätte glücklich sein müssen. Doch es fiel mir schwer, den Schmerz noch einmal zu ertragen. Mein Blick wanderte hoch und da, wo das Mondlicht es zuließ, sah ich, wie die Schneeflocken durch die Luft wirbelten.

In dieser Atmosphäre beschloss ich, mir eine heiße Tasse Pfirsich-Tee zu machen. Ich verließ mein Wohnzimmer, welches nicht besonders groß war. Es bot gerade einmal Platz für meine rote Retro-Couch, ein paar Bücherregale und einen Esstisch, der ständig voll mit Papierkram lag. Ich ging direkt in die Küche, die mit nicht einheitlichen Küchenschränken zusammengewürfelt war. Ich lehnte an der Arbeitsplatte, während der Wasserkocher das Teewasser erhitzte. Meine Wohnung glich einem harmonischen Chaos. Von allem ein bisschen. Ähnlich wie mein Leben. Mit dem heißen Tee ging ich zurück in das dämmrige Wohnzimmer, setzte mich auf die Couch und kuschelte mich in meine Decke. Ich genoss die absolute Stille, wie sie nur in den Wintermonaten zu finden war. Mit geschlossenen Augen versuchte ich die Ruhe in mir einzufangen. Doch die Erinnerungen an die vergangene Zeit ließen mich nicht mehr los. Deshalb beschloss ich, meine alten Tagebücher hervorzuholen.

Als ich die ersten Seiten aufschlug, um nostalgisch in der Vergangenheit zu schwelgen, musste ich schmunzeln.
Da beschrieb ich meinen Umzug in das verhasste Oberflockenbach. Als ich dies in mein Tagebuch schrieb, wusste ich noch nicht, dass ich mit meiner Wut und Trauer so falsch lag.

Samstag, 16. April 1983

Ich hasse es!!!
Das ist der vierte Umzug in 12 Jahren. Und. Ich. Bin. Zwölf!
Glaubst du das? Dass ich wieder alles hinter mir lassen muss. Ich fasse es nicht! Schon wieder neu anfangen und keine Beständigkeit im Leben aufbauen zu können. Ich fühlte mich in Friesheim wohl und schon wieder sind wir weggezogen.
Heute haben wir die Kisten in Oberflockenbach ausgepackt. Ich möchte betonen, mit gaaaannz viel Widerwillen. Ich fühle mich in dem neuen Zimmer nicht zu Hause.
In der Schule werde ich wieder die Neue sein und die Angst vor der Schule ist zurück. Weißt du noch, wie ich dir von meinem alten Lehrer erzählt habe, der so streng war? Von Anfang an, als ich eingeschult worden bin, habe ich Schulangst gehabt. Wegen des einen Lehrers. Und dann, beim nächsten Umzug nach Friesheim, kam ich in die dritte Klasse. Da wurde alles besser mit Herrn Otto. Er war so nett und lustig, und die Schule hat mir zum ersten Mal, seitdem ich dort hinging sogar Spaß gemacht! Aber jetzt ... jetzt kommt alles wieder hoch.

***

Ich sah von der ersten Seite auf und schaute wieder auf die Schneeflocken. Es war nicht so einfach, die Zeilen, im schwachen Licht der Straßenlaterne zu lesen, deshalb schaltete ich meine Leselampe ein.

Neben mir lagen die anderen Tagebücher, teilweise sogar nur lose Zettel, die aus einigen Büchern ragten. Ich habe mit dem Tagebuchschreiben angefangen, als ich neun Jahre alt war. Als Teenie schämte ich mich für die Belanglosigkeiten eines kleines Mädchen und die krakelige Schrift. Jedoch schon damals schwang viel Traurigkeit mit.

Ich blätterte durch die alten Seiten zurück, vorbei an den Erinnerungen an Lübeck, Liblar und Köln-Eil. Jeder Umzug hinterließ eine Narbe, ein Stück meiner Kindheit, das ich zurücklassen musste. Gut, die ersten beiden Umzüge bekam ich nicht wirklich mit. Als wir von Lübeck, meiner Geburtsstadt, nach Liblar zogen, war ich erst ein Jahr. In Liblar trennten sich meine Eltern und die Wohnung konnte meine Mutter allein mit uns drei Kindern nicht mehr finanzieren.

Also zogen wir nach Köln-Eil. Ich war 9 Jahre, als wir wieder umzogen. Gottfried, der Freund meiner Mutter wollte, dass wir zu ihm nach Friesheim ziehen. Einerseits war ich traurig, weil ich meine Freundinnen zurücklassen musste, andererseits freute ich mich, weil wir in ein Haus zogen und ich ein eigenes Zimmer bekam.

Meine ältere Schwester Angela und unser älterer Bruder Achim schlugen, genauso wie ich, in Friesheim Wurzeln. Mit dem neuen Umzug nach Oberflockenbach waren auch meine Geschwister nicht einverstanden. Angela beschwerte sich lauthals und Achim, der älteste von uns Dreien, hielt sich da raus.

Er machte es wie ich; es stillschweigend ertragen. Wir konnten ohnehin nichts ändern. Der Umzug stand fest und wie immer, bekamen wir Kinder dies als Letztes mit. Wir durften diesbezüglich nicht mitentscheiden. Nicht lange nach dem Umzug heiratete Gottfried meine Mutter, und wir bekamen noch zwei kleine Stiefbrüder: Daniel und Stephan. Daniel kam direkt ein Jahr nach unserem Umzug ins neue Haus und Stephan dann fast zwei Jahre später.

Ich schlug mein Tagebuch dort auf, wo ich noch in Friesheim lebte. In der Zeit wusste ich bereits, dass wir wieder wegziehen würden und ich las mittendrin weiter:

***

Das Einzige, was mir in Friesheim wirklich fehlt, ist ein eigener Hund. Wie schon so oft, schrieb ich dir, dass ich Hunde über alles liebe. Nur Mama mag sie nicht. Um aber trotzdem das Gefühl zu haben, einen eigenen Hund zu besitzen, suchte ich mir eine Familie, die einen hatten. Mit dem konnte ich dann Gassi gehen. Wenigstens beim Gassigehen konnte ich so tun, als ob der Hund mir gehörte.

Lassie war eine Colliedame und sah aus, wie der Hund aus der Fernsehserie; nur in einer breiteren Ausführung.

Hach, sie fehlt mir jetzt schon so sehr.

Das Dorf ist klein und überschaubar, außerdem finde ich es richtig schön hier.

In der Nachbarschaft kennen und mögen mich die Leute.

Nein, ich will hier nicht weg. Nicht schon wieder alles aufgeben und von vorne anfangen.

Es geht auch nicht nur um Lassie, die ich hier zurücklassen

*muss. Es geht auch darum, dass ich hier eine meiner
schönsten Erinnerungen verknüpfe. Maunzi wurde zum
Familienmitglied und zog bei mir ein. Maunzi, meine
wunderschöne Katze, die ich von Baby an bekam. Zwar
mochte meine Mutter keine Hunde, dafür aber Katzen. In
der Nachbarschaft gab es eine Katze, die schwanger war,
von ihr bekamen wir dann Maunzi. Maunzi zieht zwar mit
um, aber was ist, wenn ihr es dort auch nicht gefällt?
Ich frage mich sowieso, wie viele Umzüge ich noch ertragen
kann, bevor von mir nichts mehr übrig bleibt.*

***

Ich beugte mich nach hinten und lehnte mich an meinen
alten Stoffhund. Als ich mich umschaute und ihn sah, nahm
ich ihn an mich. Mein treuer Begleiter bewachte mich seit
Jahren und erst vor kurzem kramte ich ihn aus der Kiste
hervor. Seitdem saß er auf meiner Sofalehne. Wie oft hat er
mich schon getröstet? Ihn nun in meinen Händen zu halten,
wühlten alte Erinnerungen auf. Am Ohr besaß er eine
Brandstelle, Glut war auf ihm gefallen, als mein Vater eine
Zigarette geraucht hat. Ich fühlte den Schmerz und wie ich
aufschrie, weil meinem Hund weh getan wurde. Für mich
lebte er und konnte genauso fühlen wie ich.
Mit dem Finger streichelte ich über die Brandstelle, mein
Tagebuch lag geöffnet auf meinen Schoß und ich versank in
meinen Gedanken über die Vergangenheit.

***

Neue Freunde zu finden, fühlte sich fremd und
beängstigend an. Wie kann jemand anderes jemals den Platz

16

derer einnehmen, die ich zurücklassen musste? Es fühlte sich an, als würde ein Stück meines Herzens mit jedem Umzug kleiner. Schon damals fragte ich mich, wie viele Umzüge ich noch ertragen konnte, bevor nichts mehr von mir übrig blieb.

Doch Trennungsschmerzen waren mir von klein auf bekannt.

Meine Eltern trennten sich, als ich fünf Jahre war, sie verstanden sich nicht mehr. Immer häufiger gab es Streit. Beim letzten Streit, den die beiden austrugen verließ mein Vater die Wohnung und kam nie wieder zurück. Außer, er holte uns für ein Wochenende ab. Da ich ein Papa-Kind war, bekam ich zum ersten Mal in meinem Leben Liebeskummer. Nahm abends meinen großen Stoffhund mit ins Bett, der ein Weihnachtsgeschenk von meinem Vater war und weinte in sein Plüschfell. Das Plüschtier tröstete mich in meinem Kummer. Er war am Brustkorb ganz eingedrückt und abgenutzt, weil ich ihn so sehr an mich drückte, wenn ich weinte. Ihm konnte ich alles anvertrauen. Mein Plüschhund war nicht nur ein Stofftier, er war mein größter Halt zu dieser Zeit.

Wenn wir bei meinem Vater zu Besuch waren, hing ich an ihm wie eine Klette. Ich ließ ihn kaum von meiner Seite. Wenn wir dann wieder bei meiner Mutter waren, fing der Liebeskummer von vorne an. Wieder weinte ich tagelang abends in meinen Stoffhund. Bis ich meinen Schmerz tief ins Unterbewusstsein verdrängte.

zweites Kapitel

Ich legte das Tagebuch zur Seite und trank meinen bereits kalt gewordenen Tee. Lächelnd schüttelte ich den Kopf, weil ich wusste, wie sich mein Leben in Weinheim verändern würde.

Der Schnee fiel leise außerhalb meines Fensters, aber meine Gedanken waren weit weg, verloren in einem Meer von Erinnerungen. Ich dachte an Margarethe, meine treue Freundin, deren Weg sich auf so unerwartete Weise mit meinem eigenen kreuzte.

Es war Herr Förster, Margarethes Vater, der ohne es zu wissen, den Grundstein für unsere tiefe Verbindung legte. Seine Gespräche mit mir, einem damals zwölfjähriges Mädchen, das sich in der neuen Umgebung von Oberflockenbach fremd und unwohl fühlte, waren die ersten tröstenden Schritte in eine neue Welt. Vom Balkon meines Zimmer aus blickte ich auf den Hang hinunter, wo die Försters wohnten. In diesen zufälligen Begegnungen fand ich einen Funken Hoffnung.

Die Erinnerung an die Radtour mit Margarethe ist mir besonders lebhaft im Gedächtnis geblieben. Wie ich widerwillig zustimmte, geleitet von einer Mischung aus Neugier und dem eigentlichen Wunsch, dem Drängen ihres Vaters nicht nachzugeben. Die Fahrt selbst, eine Mischung aus Aufregung und Angst, endete in einer unerwarteten Begebenheit. Das rauschende Vergnügen der Abfahrt, gefolgt von dem mühsamen Schieben der Fahrräder bergauf, wurde zu einem Wendepunkt in meinem Leben. In diesem Moment, als wir unsere Räder die 2,5 Kilometer

mehr schoben, als bergauf fuhren, fand unsere wahre
Freundschaft ihren Anfang.

Diese Beziehung zu Margarethe wurde zu einem Anker in
meinem Leben. Besonders während meiner ersten Jahre in
Oberflockenbach. Sie bot nicht nur eine Flucht aus der
Einsamkeit, sondern auch eine Quelle der Freude und des
gegenseitigen Verständnisses.

Jetzt, Jahre später, führte uns das Leben in unterschiedliche
Richtungen. Margarethes Ausbildung und meine eigenen
Verpflichtungen haben unsere Treffen seltener gemacht,
doch die Erinnerung an unsere gemeinsame Zeit erwärmt
mein Herz.

In der Stille meines Zuhauses, umgeben von der Dunkelheit
des Winters und dem sanften Licht der Leselampe, fühle ich
eine tiefe Dankbarkeit für die unerwarteten Wege des
Lebens, die Margarethe und mich zusammengeführt haben.
Dankbar blätterte ich weiter und schlug mein Tagebuch
erneut auf einer unwillkürlichen Seite auf.

***

Freitag, 27. Juni 1986

*Wow, es ist echt krass, dass ich jetzt schon drei Jahre hier
in Oberflockenbach wohne. Es kommt mir vor wie 'ne
Ewigkeit und gleichzeitig wie gestern. In der Zeit hat sich
voll viel getan.*

*Letztens noch, hat mir Margarethe erzählt, dass sie keine
Lust hatte, mich kennenzulernen. Ich musste so lachen, denn
auch in dem Punkt waren wir uns einig, das wollte ich auch
nicht. Und jetzt wüsste ich nicht, was ich machen würde,
wenn sie nicht bei mir wäre. Sie ist meine beste Freundin.*

*Jetzt sind wir wie Bonnie und Clyde, nur ohne dieses
Ganoven-Ding.*

*Am Anfang war Oberflockenbach für mich ein totaler
Horrorplatz. Aber Margarethe hat alles verändert. Ohne
sie… ich will's mir gar nicht vorstellen.*

*Aber die Schule war ein totaler Albtraum. In der neuen
Schule kam ich überhaupt nicht mehr mit. Die waren mit
dem Lernstoff schon so weit voraus, dass ich einfach
aufgegeben hatte, zuzuhören. Die Schule war riesig und die
Leute da? Einfach nur fies! Sie mobbten mich und ich
fürchtete mich so vor den Pausen, dass ich mich immer auf
dem Klo versteckte. Die Situation war für mich so schlimm,
dass meine alte Schulangst wieder hochkam.*

*Diese Ganztagsschule hasste ich und jeden Tag habe ich
meiner Mutter vor gejammert, wie schlecht es mir dort geht.
Zum Glück, durfte ich nach 'nem Jahr endlich wechseln.
Die neue Schule war okay, sie endete wenigstens um 13
Uhr. Also musste ich nicht mehr so lange das Gemobbe
ertragen.*

*Mann, was für Zeiten. Aber ich schaff das, oder? Mit
Margarethe an meiner Seite. Und Maunzi.*

*Das muss ich noch unbedingt aufschreiben. Eben war ich
oben im Esszimmer und Angela hat wieder Tacheles
geredet. Wenn ihr etwas nicht gefällt, dann spricht sie es
sofort an. Das könnte ich nicht so wie sie. Und ich
bewundere sie irgendwie dafür. Sie sagt immer direkt was
Sache ist und ich finde dazu gehört sehr viel Mut. Sie ist
auch echt ehrgeizig, ganz im Gegensatz zu mir.*

Sie sieht immer toll aus mit ihren langen, braunen Haaren, die einfach perfekt fallen – ach hätte ich doch auch solche Haare. Ich mit meinem Straßenköterblond... manchmal wünsch ich mir, ich hätte dunkle Haare, so richtig schwarze.

Ich glaube, Angela ist bei allen beliebt. Sie hat dieses Selbstbewusstsein, das einfach anziehend ist. Ich dagegen? Ich bin das komplette Gegenteil. Früher als kleines Mädel war mir egal, was andere über mich dachten. Aber jetzt? Jetzt will ich bloß nicht auffallen.

Ich weiß, das ist ein Widerspruch, weil es mir total schnuppe ist, was ich trage. Ich zieh einfach das an, was ich zuerst in die Finger bekomme. Über Mode denk ich echt nicht lange nach. Aber die Sprüche der anderen Kids gehen mir schon nah. Trotzdem will ich mich nicht verbiegen, nur um denen zu gefallen.

***

An die Sommerferien dazwischen konnte ich mich komischerweise gar nicht mehr erinnern. Eigentlich war es mir auch egal, ich wollte endlich zu dem Abschnitt kommen, an den ich heute Abend die ganze Zeit dachte und der mich nicht mehr losließ.

Ich überflog einige Seiten, bis mich ein Kapitel packte und fesselte.

Ich war zwar eine kontinuierliche Schreiberin, aber nicht täglich oder wöchentlich. Auch wenn es Tagebuch hieß, schrieb ich nur hinein, wenn sich etwas Wichtiges in meinem Leben ereignete oder ich gefühlsmäßig nicht mehr weiterwusste. Meine Stimmung drängte mich zu der Geschichte hin, vor der ich mich so sehr fürchtete und die ich doch für mich und meine Seele brauchte. Der heutige Abend war wie extra geschaffen dafür.

***

Mittwoch, 27. August 1986

*Heute, eine Woche nach den Sommerferien, fühlte ich mich
wie ein Schatten auf dem Schulhof. Ich stand allein, abseits
der lärmenden Gruppen, und versuchte mir einzureden,
dass ihre Gesellschaft mir nichts bedeutete. Doch im
tiefsten Innern sehnte ich mich danach, Teil ihrer Welt zu
sein.*

*Die anderen Schüler standen in Gruppen zusammen,
tauschten Geschichten aus, lachten. Ich beobachtete sie aus
der Ferne.*

*Seit ich hier bin, fühle ich mich wie ein Geist, unsichtbar in
den Hallen und auf dem Schulhof. Immer die Außenseiterin,
eine Beobachterin.*

*Aber heute … heute ist etwas Ungewöhnliches passiert.
Francesca und Isabel, zwei Mädchen aus meiner Klasse,
kamen auf mich zu. Mein Herz schlug bis zum Hals und ich
erwartete schon den nächsten scharfen Kommentar. Aber
nein, sie waren … freundlich?*

*Francesca, immer so stylisch und selbstbewusst, sagte
plötzlich: »Maja, weißt du, du bist gar nicht so verkehrt.«
Ich war völlig baff. Hatte ich das richtig verstanden? Wollte
sie mich aufziehen?*

*Dann sagte sie etwas über mein Aussehen und dass ich mich
cooler kleiden sollte, um nicht gehänselt zu werden. Ich war
verwirrt, aber irgendwie fand ich den Mut zu antworten.
Ich erwiderte ihr, dass ich nicht mein äußeres verändern
möchte, nur um dann gemocht zu werden. Zu meiner*

Überraschung lachte Francesca und schien mich sogar zu verstehen.

Das Unglaublichste ist, sie lud mich ein, nach der Schule mit ihnen abzuhängen. Morgen, hinterm Schloss im Park. Ich konnte es kaum glauben, aber ich habe zugestimmt. Und weißt du was? In der restlichen Pause stand ich nicht mehr allein da. Mit ihnen zu reden und zu lachen, war eine ganz neue Erfahrung. Ich fühlte mich zum ersten Mal richtig dazugehörig.

Und jetzt, wo ich alles aufschreibe, frage ich mich, ob das wirklich passiert ist. Meinte Francesca es ernst? Ich musste es herausfinden, auch wenn es mir Angst macht, wieder ein Mobbingopfer zu werden. Entweder es wird gut, oder ich bin wieder da, wo ich jetzt bin. Aber ich muss es versuchen. Morgen ist ein neuer Tag, vielleicht der Beginn von etwas Neuem?

Donnerstag, 28. August 1986

Der Tag heute war super. Ich bin zum Treffpunkt hinter dem Schloss gegangen, wo die Steintreppe zur Terrasse hoch führt. Dort saßen auch Francesca, Isabel und einige andere Spanier, die ich noch nicht kannte, auf der Mauer. Ich bin so froh, dass ich mich getraut habe, dort hinzugehen. Wenn ich es nicht gewagt hätte, hätte ich nicht so einen coolen Tag gehabt.

Seitdem möchte ich regelmäßig zur Clique gehen.

Vorhin, als Francesca mich kommen sah, sprang sie von der Mauer und kam auf mich zu. »Schön, dass du gekommen bist«, begrüßte sie mich mit einem warmen Lächeln. Sie stellte mich den anderen vor. Das war so nett von ihr, ich habe mich wirklich willkommen gefühlt.

In unserer Clique sind die meisten Spanier, und ich liebe ihre Wärme und das Temperament.

Aber ab und zu stoßen auch ein paar deutsche Jugendliche dazu. Einer von ihnen ist Tom, den ich heute auch kennenlernen durfte. Er ist wirklich lustig, und mit ihm habe ich jeden Unsinn machen können. Ich fühle mich irgendwie glücklicher. Er bringt eine Art Leichtigkeit mit, die alles besser macht. Leider ist er nicht so oft da, bekam ich dann mit.

Ich versuche aber, so oft wie möglich zum Treffpunkt zu gehen, solange Mama mich nicht braucht, um auf Daniel und Stephan aufzupassen.

Dienstag, 16. September 1986

Du errätst nie, was ich heute gemacht habe.

Nach der Schule bin ich mit Francesca zu ihr nach Hause gegangen, zum ersten Mal. Ihr Zimmer ist genauso stylisch wie ihre Klamotten. Ich fühlte mich dort sofort wohl.

Francesca ist mir in der letzten Zeit wirklich ans Herz gewachsen. Wer hätte das gedacht, ich und die Spanierinnen. Früher hätte ich darüber nur gelacht, wenn mir einer gesagt hätte, dass sie mich mögen würden, aber jetzt? Jetzt bin ich mit ihnen befreundet und wir treffen uns nach der Schule fast regelmäßig.

Wir saßen in ihrem Zimmer auf dem Boden und unterhielten uns, wie wir noch vor ein paar Wochen zueinander standen. Dann, ganz plötzlich und ohne Zusammenhang, sprang Francesca auf und fragte mich: »Hast du schon einmal

Alkohol getrunken?«

Ich war total verblüfft über diese Frage und schüttelte den Kopf.

Ich dachte noch: »Sie wird doch jetzt nicht …«, aber genau das tat sie! Stürmt in die Küche und kommt mit einem Bier zurück. Ihre Eltern sind nicht da, sie waren bei Freunden, also waren wir allein.

»Wir müssen uns aber ein Bier teilen, sonst fällt es auf«, meinte sie und hielt mir das Bier vor die Nase.

Mit zittrigen Händen nahm ich die Flasche, ich konnte meine Aufregung nicht verbergen. Francesca erzählte mir dann, dass sie irgendwo gelesen hatte, wenn man Bier mit einem Löffel trinkt oder durch einen Strohhalm, wirkt der Alkohol schneller. Wir haben nur dieses eine Bier, also probieren wir beides! Und es wirkt, es wirkt wirklich. Plötzlich fühlte ich mich so unbeschwert, so leicht und sorgenfrei. Francesca und ich alberten herum, wir lachten und kicherten über fast alles. In dieser Stimmung machten wir uns auf zur Clique.

Nun ermahnte sie mich, ich sollte nicht so auffällig sein, schließlich müssten wir noch bei ihren Eltern vorbeischauen, um ihnen Bescheid zu sagen.

Sie schimpfte mit mir, dass ich richtig Angst bekam, ihre Eltern könnten etwas bemerken. Darum hielt ich Abstand zu ihnen und bin ganz ernst geblieben. Am Ende war es gar nicht so dramatisch, wie ich es mir ausmalte.

Während wir zum Treffpunkt liefen, merkte ich, wie mir das Bier weiter zu Kopf stieg. Die frische Luft und die Bewegung fördern den Alkohol noch zusätzlich. In Redelaune erzählte ich ihr, dass ich einen Jungen aus der Clique ganz süß finde.

*Natürlich wollte Francesca wissen, wer es ist, und ehe ich
mich versah, schwärme ich von Tom.
Wir näherten uns dem Treffpunkt und ich hoffte insgeheim,
dass er da sein wird. Aber nein, Tom war heute nicht da.
Trotzdem war der Tag super lustig, wir alberten herum und
lachten viel. Vielleicht kam es mir auch nur so vor, aber ich
glaube, das war einer dieser Tage, den ich nicht so schnell
vergessen werde!*

Freitag, 19. September 1986

*Heute muss ich dir unbedingt erzählen, was passiert ist! Als
ich morgens ins Klassenzimmer kam, kam Francesca sofort
auf mich zu und fragte, ob ich heute auch zur Clique
komme. In ihre Stimme lag eine Begeisterung, die ich mir
nicht erklären konnte. Aber ich wunderte mich eher, dass
sie mich fragte. Denn normalerweise fragt sie mich das nie.
Wir verabreden uns nie richtig fest, ich bin einfach meistens
da.
Im Park fand ich dann meine Clique, und mein heimlicher
Schwarm kam auch dazu, nur fünf Minuten später. Das hat
mich total gefreut! Francesca, Isabel, Carmen, Andreas,
Tom und ich – wir fanden einen super Platz im Park, dort
waren wir ganz ungestört. Wir setzten uns auf die
Sitzlehnen der Parkbänke, die wir zuvor gegenüberstellten.
Isabel schlug vor, Wahrheit oder Pflicht zu spielen. Ich
hatte das noch nie gespielt und war total neugierig. Die
Regeln waren einfach und schnell erklärt. Irgendwie
empfand ich, dass ich ziemlich oft dran kam. Ich wunderte*

mich zwar, aber es war auch ein tolles Gefühl, so im
Mittelpunkt zu stehen.
Ich nahm Tom aber nie dran. Ich wusste einfach nicht, was
ich ihn fragen sollte. Aber dann kam Francesca dran und
fragte mich: »Wahrheit oder Pflicht?«
Ich habe wie immer »Wahrheit« genommen.
Ärgerlich fragte sie mich, warum ich immer Wahrheit
nehme, ich sollte auch mal Pflicht nehmen. Was soll ich
sagen, beschämt lachte ich und gab ihr zu verstehen, dass
ich nichts Peinliches machen möchte.
Vor Tom etwas Peinliches zu tun, wäre mir unangenehm,
also blieb ich lieber bei der Wahrheit.
Ich konnte doch auch nicht ahnen, dass sie mir dann diese
Frage stellte.
Sie wollte wissen, ob ich einen Jungen aus der Clique toll
finde. Ich wurde so was von rot und gab kleinlaut »Ja« zu.
Alle waren neugierig, aber ich weigerte mich, mehr zu
verraten.

Montag, 29. September 1986

Jetzt kommt der Hammer! Ich habe später erfahren, dass
das ganze Wahrheit-oder-Pflicht-Spiel nur meinetwegen
inszeniert wurde. Die Clique wollte mich mit Tom
verkuppeln! Francesca weihte Isabel ein und beide
organisierten dann alles für das Treffen.
Und das Unglaubliche ist, es hat funktioniert! Tom und ich,
wir sind jetzt ein Paar.
Er fragte mich neulich, ob wir allein reden könnten. Ich war
so aufgeregt, dass er sich mit mir allein unterhalten wollte,
dass ich mein Herz in der Brust schlagen spürte. Wir gingen

zum Schlosstor und da gestand er mir, dass er mich mag
und gerne mit mir zusammen sein möchte. Ich konnte mein
Glück kaum fassen und sagte ihm, dass ich ihn auch mag.
Gespannt, was jetzt passieren würde, nahm er meine Hand
und gemeinsam gingen wir zurück zur Clique. Seine Hand
zu halten, fühlt sich ungewohnt an, aber auch richtig gut.
Isabel und Francesca waren die ersten, die mich umarmten,
als sie uns Hand in Hand zurückkommen sahen. Es war so
ein unglaubliches Gefühl, im Mittelpunkt zu stehen und zu
wissen, dass ich jetzt nicht mehr allein bin.
Tom ist jetzt mein erster fester Freund und ich bin so
glücklich!

Mittwoch, 12. November 1986

Es ist eine Weile her, seit ich das letzte Mal geschrieben
habe, aber ich war nach der Schule regelmäßig bei der
Clique um Tom zu sehen. Danach war ich zu müde, um hier
reinzuschreiben, aber heute muss ich dir unbedingt von
meinem Tag erzählen. Tom und ich, wir haben uns bisher
immer nur mit der Clique getroffen, nie allein. Das war
okay für mich, ich weiß ja sowieso nicht, wie man sich
verhält, wenn man einen Freund hat.
Heute aber war alles anders:
Ich kam etwas früher als üblich am Treffpunkt an.
Normalerweise waren schon ein oder zwei aus der Clique
da, aber heute war ich die Erste. Es war komisch,
niemanden vorzufinden. Kurz nach 16 Uhr kam Tom. Er
war genauso überrascht wie ich, dass sonst keiner da war.
Wir setzten uns und eine peinliche Stille breitete sich aus.

Ich überlegte krampfhaft, was ich sagen könnte, doch mir fiel nichts ein.

Um das Schweigen zu brechen, schlug ich vor, auf die Terrasse hochzugehen. Tom stimmte zu und wir gingen hinauf ohne ein Wort zu wechseln. Oben stellte ich mich ans Geländer und Tom kam ganz nah hinter mich. Seine Nähe ließ mein Herz schneller schlagen. Ich spürte seinen Atem auf meinem Hals, als er mir: »Darf ich dich küssen?«, ins Ohr flüsterte. Oh Mann, war ich verlegen. Sofort ging mir durch den Kopf, dass ich noch nie einen Jungen so richtig geküsst habe und gestand ihm das auch. Ich bekam Angst, etwas falsch zu machen und dass er mich dann nicht mehr mögen könnte.

Aber Tom beruhigte mich mit den Worten: »Dann probieren wir es halt aus und wenn du wirklich etwas falsch machen solltest, dann müssen wir halt so lange üben, bis es klappt.« Er lächelte und das beruhigte mich irgendwie. Er näherte sich und mein Herz pochte wie wild gegen meine Brust und ich atmete schneller vor Aufregung. Die Angst stieg wieder, diesmal war sie aber nicht beängstigend, sondern ein wohliges und kribbelndes Gefühl.

Als unsere Lippen und Zungen sich berührten, war ich nur noch auf den Kuss fokussiert, ließ keine anderen Gedanken oder Gefühle zu. Nach dem Kuss schaute ich ihn erwartungsvoll an. Tom lächelte mich verschmitzt an, sagte aber keinen Ton.

»Und?«, fragte ich also neugierig.

Er meinte darauf, dass wir uns wohl öfter küssen müssen. Nun war ich geschockt. War ich so schlecht?

Dann lachte er und sagte, dass er mich einfach nur öfter küssen möchte. Ist das nicht süß?

*Darauf musste ich auch lachen, vor allem vor
Erleichterung.*

*Nachdem wir uns noch einmal küssten, konzentrierte ich
mich wieder auf den Kuss. Danach beschlossen wir
zusammen zur Burgruine Windeck hochzugehen. Ich mag
es, in seiner Nähe zu sein. Finde es schön, wenn wir Hand
in Hand durch die Straßen laufen. So muss sich Verliebtheit
anfühlen, oder?*

*Was mich wundert ist, dass wir auf dem ganzen Weg kein
Wort sprachen. Uns fiel einfach nichts ein, worüber wir
reden könnten. Darum gewöhnte ich mich an unsere Stille.
Für mich wurde sie zur Normalität.*

Montag, 01. Dezember 1986

*Ist das normal? Fühlt sich so Verliebtheit an? Ich hatte mir
eine Beziehung ganz anders vorgestellt. Wenn ich einen
Liebesfilm sehe, schmachte ich doch auch dahin, warum
kommt beim Tom kein Bauchkribbeln? Beim Morten Harket
(dem Sänger von a-ha) fühlte ich es doch auch. Oder Jon
Bon Jovi, der Morten ablöste.*

***

Ich senkte mein Tagebuch und erinnerte mich, wie ich ein
Treffen mit Morten Harket gewann. In einer Jugend-
Zeitschrift war ein Preisausschreiben angekündigt: Wer a-ha
den schönsten Liebesbrief schreibt, bekommt ein Treffen
mit seinem Star.

Ich spürte wieder die Euphorie von damals und in meinen

Gedanken spielten sich die Szenen wie in einem Film noch einmal ab.

***

Ich lag auf meinem Bett und las die Jugendzeitschrift, als ich vor Freude aufschrie, weil ich den Artikel, über das Preisausschreiben las.

Ich rannte nach oben zu meiner Mutter und zeigte ihr ganz aufgeregt die Seite. Ich wollte so gerne mitmachen und gewinnen. Am selben Abend machten wir uns daran, einen Liebesbrief zu gestalten. Als ich müde wurde ging ich ins Bett. Am nächsten Morgen saß meine Mutter immer noch am Tisch und hatte gerade den Brief fertig gebastelt. Es war ein auf Englisch geschriebener Liebesbrief als Schriftrolle. Meine Mutter übertraf sich selbst. Sie saß die ganze Nacht daran, um mir das Treffen zu ermöglichen.

Nachdem wir die Liebesschriftrolle verschickt hatten, verging eine lange Zeit. Ich glaubte nicht mehr daran, dass noch eine Nachricht käme.

Meine Mutter, meinen beiden Brüdern und ich machten Urlaub auf Spiekeroog. Gottfried fuhr uns zur Fähre und half uns die Sachen in das Ferienhaus zu tragen. In einer Woche wollte er dann dazukommen. Er betreute gerade einen wichtigen Kunden, weswegen er nicht bleiben konnte. Nach der Woche, als er kam, hielt er einen Brief in der Hand und war sichtlich erfreut. Der Brief war für mich von der Jugendzeitschrift, die das Preisausschreiben ausgeschrieben hatte. Meine Liebesschriftrolle wurde als die schönste ausgewählt und ich durfte meinen Schwarm treffen. Meinen Freudenschrei hat man auf ganz Spiekeroog gehört.

Zuhause musste ich natürlich sofort zu Margarethe runter

rennen und ihr den Brief zeigen. Sie freute sich mit mir.
Und in der Klasse erzählte ich meinen neuen Freundinnen
auch von meinem Glück, dass ich den Sänger von a-ha
sehen würde. Francesca ging deshalb mit mir einkaufen, um
mich neu einzukleiden.
Endlich war es soweit. Am 20. November 1985 flog ich
zum ersten Mal, zwar nicht weit, betrat aber zum ersten Mal
ein Flugzeug. Das allein fand ich schon ganz aufregend!
In Hamburg fand das Treffen statt, der Flug und die
Unterkunft wurden von der Jugendzeitschrift bezahlt.
Ich dachte, dass ich den Sänger direkt sehen und den ganzen
Tag mit ihm verbringen würde, doch so war dem nicht. Wir
gingen erst einmal Chinesisch essen, danach wurden wir ins
Hotel gebracht, damit wir uns frisch machen konnten. Wir,
das waren ein Journalist von der Jugendzeitschrift, ein
Mädchen, die Pål - dem Gitarristen - den schönsten
Liebesbrief schrieb und ein anders Mädchen, die Magne -
dem Keyboarder - einen Liebesbrief zukommen ließ.
Danach ging es aufs Konzert.
Unsere Sitzplätze waren seitlich der Bühne. Ich vermute,
damit der Journalist uns besser im Auge behalten konnte.
Ich freundete mich mit einem Mädchen an, die den
Gitarristen anhimmelte. Wir schwärmten verliebt von
unseren Stars und blieben natürlich nicht auf unseren
zugeteilten Plätzen. Der Journalist hatte mit uns alle Hände
voll zu tun, damit wir nicht verloren gingen.
Nach dem Konzert durften wir hinter die Bühne und
warteten im Flur, bis die Band so weit war, um uns zu
empfangen. Als wir den Raum betraten, liefen die beiden

Mädchen direkt zu ihren Liebesbriefempfängern, jedoch fehlte von meinem Schwarm Morten jede Spur.

Mir wurde erklärt, dass er beim Arzt wäre und eine Spritze bekam. Er hatte sich während des Konzerts am Rücken verletzt und deshalb furchtbare Schmerzen.

Ich sah, wie meine neugewonnene Freundin Martha bei ihrem Gitarristen stand und beide sich recht angeregt unterhielten.

Ich stand alleine. Von uns wurden recht viele Fotos gemacht. Das Mädchen und der Keyboarder hatten sich offensichtlich nichts zu sagen. Der Keyboarder Magne kam zu mir und versuchte, sich mit mir zu unterhalten. Der Journalist übersetzte für mich, was Magne erzählte. Ich war aber einfach nur enttäuscht, dass der Sänger nicht da war, sodass ich Magne zurückwies. Obwohl er einfach liebevoll und verständnisvoll zu mir war.

Ich sollte für ein Foto Magne und Pål in mein Buch reinschreiben lassen, welches ich für Morten zu Hause vorbereitet hatte.

Ich drückte das Buch an meinen Körper und sagte: »Nein, ich möchte, dass nur Morten in das Buch schreibt.«

»Dann nimm doch eine andere Seite, das Buch hat doch viele Seiten!«, gab mir der Journalist zu verstehen und ich ließ mich widerwillig darauf ein.

Magne war weiterhin echt lieb zu mir, immer wieder suchte er das Gespräch und bemühte sich darum, mich aufzuheitern, weil noch nicht abzusehen war, wann Morten auftauchen würde.

Nach langer Zeit erschien dann auch Morten.

Es wurde ihm erzählt, dass ich die schönste Liebesschriftrolle für ihn verfasst hatte und der Sänger bekam die Rolle überreicht. Es war nicht mehr so viel Zeit, deswegen schrieb der Sänger auch nur ganz kurz in mein Buch.

Danach wurde ein Gruppenbild geschossen, auf dem Morten seinen Arm um mich legte.

Diese Bilder sind alle nichts geworden. Von Morten und mir gab es nur ein Bild, auf dem ich neben ihm stand, während er in mein Buch schrieb. Sogar dieses Bild war überbelichtet.

Trotz aller Pannen, war ich voller Glücksgefühle, so dicht bei meinem Schwarm zu sein, aber ich war auch enttäuscht, dass es nur so kurz war.

Das Einzelzimmer, welches ich zugeteilt bekam, nutze ich nicht, weil meine neue Freundin Martha und ich in ihrem Zimmer übernachteten. Bis in die Morgenstunden unterhielten wir uns verliebt über unsere beiden Stars. Am nächsten Morgen ging es recht früh zurück nach Hause. Meine Eltern holten mich vom Flughafen ab. Sie waren schon ganz gespannt von meinen Erlebnissen zu hören.

***

Sich daran zurückzuerinnern, lies mich kurz wieder über Morten schwärmen. Er sah heute noch sehr gut aus. Ich brauchte eine Weile, um wieder mit meinen Gedanken zu Tom zurückzukehren. Als ich so weit war und meine Gedanken sich sortierten, las ich weiter auf der Seite, die ich angefangen hatte.

***

Beim Morten Harket (dem Sänger von a-ha) fühlte ich es doch auch. Oder Jon Bon Jovi, der Morten ablöste.
34

Ich mag Tom, aber irgendwie ist es auch langweilig mit ihm. Wir haben uns einfach nichts zu sagen. Ist das normal in einer Beziehung? Erwarte ich zu viel? Als wir noch nicht zusammen waren, war es immer so lustig mit ihm. Muss eine Beziehung ernster sein?

Außerdem, wenn wir uns trennen, vermisste ich ihn nicht und wenn wir uns wiedersehen, war es auch ok. Aber die Leidenschaft fehlt mir!

Freitag, 29. Mai 1987

Tom und ich sind jetzt genau 8 Monate zusammen! Er wollte diesen besonderen Tag feiern, indem er mich in der großen Pause an meiner Schule überraschen wollte. So etwas macht er sonst nie und ich war total aufgeregt und happy zugleich.

Ich glaube, er hat heute eigentlich schulfrei ... aber bei Tom weiß man das nie so genau. Jedenfalls konnte ich es kaum erwarten, dass es endlich zur Pause klingelt. Ich fand es total cool, dass ich den anderen in meiner Schule zeigen konnte, dass ich auch einen Freund habe.

Als die Pausenglocke endlich läutete, überflog ich oben am Fenster, das gegenüber unserer Klasse lag, den Schulhof. Ich hielt Ausschau, ob ich ihn auf dem Schulhof entdeckte. Bald entdeckte ich ihn, er stand außerhalb, mit zwei Freunden vor dem Schulgebäude. Ich rannte die Treppen herunter und ging zügig auf ihn zu. Er bemerkte mich erst gar nicht, weil er mit den anderen im Gespräch vertieft war. Unsere Begrüßung fiel kurz und enttäuschend aus. Da war meine Vorfreude ihn zu sehen intensiver gewesen als das eigentliche Treffen.

*Also stand ich einfach nur dabei und habe ihnen zugehört.
Sie redeten über einen Typen, der einen Ausbildungsplatz
bekam, aber dafür müsste er seine langen Haare
abschneiden. In dem Moment dachte ich, wie schön ich
lange Haare bei Jungs finde. Tom hat einen
Kurzhaarschnitt, alles andere würde ihm auch nicht stehen.
Und dann hab ich mich gefragt, warum manche Leute so
ein Problem mit langhaarigen Jungs haben.
Plötzlich wurde ich aus meinen Gedanken gerissen, als ich
einen Jungen wahr nahm, der von der anderen Straßenseite
direkt auf uns zusteuerte. Seine langen dunkelbraunen
Haare fielen ihm wie eine Löwenmähne über seine
Schultern – ein Traum, genau so, stellte ich mir meinen
Traummann vor. Er stellte sich neben uns und alle, auch
Tom, begrüßten ihn herzlich.
Nur ich starrte ihn bloß an. Geblendet von seiner Schönheit.
Alle unterhielten sich nun über seinen Ausbildungsplatz.
Also war er der Typ, über den sich die drei unterhielten.
Um mich herum wurde alles schwarz. Ich nahm nur noch
diesen Menschen wahr, konnte auch der Unterhaltung nicht
mehr folgen.
Ich dachte nur: Das ist er, der Junge aus meinen Träumen.
Leider ist er dann ziemlich schnell wieder gegangen und ich
bin irgendwie wieder in die Realität zurückgekehrt. Das
war so ein komisches Gefühl, ich war traurig und mein
Herz tat weh.
Auf dem Rückweg zum Klassenzimmer hab ich mich gefragt,
ob das gerade wirklich passiert ist. Der Rest des Schultags
ist nur so an mir vorbeigezogen. Ich konnte mich auf nichts*

*anderes konzentrieren, weil ich nur noch an ihn denken
konnte.*

*Und jetzt in meinem Zimmer, denke ich auch an ihn, an sein
perfektes Gesicht. Wie ist er so? Würde er mich auch
mögen? Wie wäre es, ihn richtig kennenzulernen? Ja,
vielleicht sogar seine Freundin zu sein ...*

drittes Kapitel

Ein Lächeln huschte mir über die Lippen, als ich von dem langhaarigen Jungen las. Ich bekam ein warmes und wohliges Gefühl, als ich an ihn dachte.
Unbegreiflich schüttelte ich den Kopf, weil ich ihn als 16-Jährige nach einiger Zeit wieder vergaß.
Die Beziehung zu Tom lief nicht so gut, also vermied ich ihn zu treffen. Ich empfand damals, dass ihm das auch nichts auszumachen schien, denn er meldete sich auch nicht bei mir. Die Beziehung war zu Ende, das war mir klar.
Ich blätterte weiter und als ich die Zeilen las, spielte sich das Erlebte wie ein Film von früher wieder in meinem Kopf ab. Es wurde eine Mischung aus Lesen und meinen eigenen Erinnerungen.

***

Samstag, 4. Juli 1987

Es ist schon komisch, wie schnell die Zeit vergeht. Schon wieder sind 1 ½ Wochen verflogen, ohne dass ich es richtig gemerkt habe. Deshalb habe ich mich heute mit Tom verabredet. Ich konnte ihm ja nicht ewig aus dem Weg gehen. Schließlich mied ich auch die Clique, um ihm dort nicht zu begegnen. Vielleicht fand ich heute die Kraft, ihm zu sagen, dass unsere Beziehung keinen Sinn macht? Doch als ich dann vor ihm stand verlor ich den Mut.
Die Begrüßung war kühl, aber ich glaube, das lag auch an

mir. »Kommst du mit zu meinem Kumpel? Der hat mir
einige Platten ausgeliehen, die ich ihm zurückbringen
wollte«, schlug Tom plötzlich vor.
Wir saßen so da, jeder für sich, in seinem Wohnzimmer. Mit
ihm die Platten wegzubringen, dazu verspürte ich, ehrlich
gestanden keine Lust. Aber es war immer noch besser, als
einfach nur bei ihm herumzusitzen.
Also sind wir losgezogen, in eine Ecke von Weinheim, die
mir völlig unbekannt war. Alles kam mir so verwinkelt vor
und ich war mir sicher, alleine würde ich nie wieder
zurückfinden. Dann standen wir plötzlich vor einem grünen
Zaun, der einen Garten und ein ziemlich unscheinbares
Haus umgab. Das Haus mit seinem braunen Dach und den
zwei Dachfenstern sah nicht gerade einladend aus. Je
länger ich es betrachtete, desto hässlicher wirkte es auf
mich.
Während ich in Gedanken versunken war, fing Tom
plötzlich an, »Frank ... Fraaaannnk!«, zu schreien.
Ich bin total zusammengezuckt. Wer rechnet denn auch
damit, dass er einfach so losbrüllt? Auch wenn das Haus
hässlich ist, besitzt es eine ansehnliche Klingel.
Kurz darauf öffnete sich eines der Dachfenster, und Frank
schaute heraus. Als ich sein Gesicht sah, war es, als würde
ein Blitz durch mich hindurchfahren. Das war nicht
irgendein Junge – das war der Junge, der mir in der Schule
aufgefallen war als Tom mich mal dort besuchte. Der Junge
aus meinen Träumen. Wie konnte ich ihn nur vergessen?
Mein Herz machte einen Salto, und am liebsten würde ich
vor Freude aufschreien. Aber ich riss mich zusammen und
stattdessen starrte ich einfach nur nach oben.

»Moment, ich komme runter!«, rief Frank uns zu und war auch schon wieder verschwunden.

Ich konnte es nicht glauben, hier also wohnte er, mein wunderschöner Traumprinz.

Er heißt Frank, schoss es mir durch den Kopf. Er wohnt in diesem wunderschönen Haus. Dort oben, in der Dachschräge. Frank wohnt hier. Hier in Weinheim und ich weiß jetzt sogar, wo genau. Nun ja, falls ich hier irgendwann wieder hinfinden würde.

Es dauerte ein bisschen, bis er schließlich mit nur einem blauen Turnschuh an der Tür erschien. Tom und ich warteten immer noch am Gartenzaun und Frank hüpfte mit einem Bein auf uns zu.

»Ich habe meinen anderen Schuh nicht gefunden«, meinte er verlegen.

Während die beiden über Musik und die zurückgebrachten Platten sprachen, konnte ich meinen Blick nicht von Frank abwenden. Er schien noch hübscher geworden zu sein als in meiner Erinnerung.

Aber leider wollte Tom schon wieder weiter. Auch wenn es mir vorkam, als stünden wir nur kurz dort. Es hätte nie genug Zeit sein können, um mich von Frank loszureißen. Ich wollte nicht, dass irgendjemand merkte, wie sehr mich dieser wunderschöne Junge verwirrte. Denn schließlich bin ich ja noch mit Tom zusammen. Aber ich nahm mir fest vor, dass ich ihn diesmal nicht vergessen werde.

Tom beschloss zur Clique zu gehen, das erleichterte mich irgendwie, so musste ich nicht allein mit ihm sein. Francesca und Isabel haben mich total herzlich begrüßt.

»Mensch Maja, du warst aber lange nicht mehr hier«, sagte
Isabel.
»Wir sehen uns doch immer in der Schule«, war mein
Versuch, mich zu entschuldigen.
»Ja, da ziehst du dich auch immer mehr zurück«, warf
Francesca ein. »Was ist denn los?«
An ihrem Tonfall konnte ich hören, dass sie sich wirklich
Sorgen machte. Also packte ich Francesca am Arm und zog
sie ein Stück von den anderen weg.
»Kommst du auch mit, Isabel?«, fragte ich sie.
Als wir sicher waren, dass Tom uns nicht hören konnte,
erzählte ich ihnen endlich, was Sache ist.
»Ich möchte mich von Tom trennen. Deshalb war ich auch
nicht mehr so oft in der Clique. Ich wollte ihm einfach nicht
über den Weg laufen. Eigentlich wollte ich heute Schluss
machen, aber ich habe mich nicht getraut.«
»Das tut mir leid, ist bestimmt eine schwere Entscheidung«,
meinte Francesca. »Aber Tom kommt auch nicht mehr so oft
zur Clique.«
»Trotzdem«, erwiderte ich darauf, »erst wenn ich mit ihm
Schluss gemacht habe, komme ich wieder regelmäßig.«

Montag, 13. Juli 1987

Heute war es so weit. Ich dachte mir: Entweder jetzt oder
nie! Ich konnte es einfach nicht länger vor mir herschieben.
Schon seit Wochen, nein, Monaten, fühlte es sich so an, als
ob unsere Beziehung, wenn wir es überhaupt noch so
nennen konnten, langsam aber sicher im Sande verlief.
Irgendwie waren wir in dieser seltsamen Schwebe gefangen,
gefühlt noch zusammen, weil keiner den Mut fand, den

ersten Schritt zu machen und es offiziell zu beenden. Ich meine, wer bricht schon gerne jemandem das Herz? Mir fiel das jedenfalls schwer, und ich glaubte, Tom ging es ähnlich.

Aber ich war nicht mehr glücklich und tief in meinem Herzen spürte ich, dass es ihm genauso ging. Offensichtlich war die Beziehung vorbei, jedoch wollte ich einen konkreten Schlussstrich. Also raffte ich all meinen Mut zusammen und fuhr zu ihm, in der Hoffnung, dass ich ihn zu Hause antreffen würde.

Und da war er auch und öffnete mir die Tür, mit einem Butterbrot in der Hand. Er biss gerade herzhaft hinein und sagte mit vollem Mund: »Hi!«

Er wendete sich von mir ab und ging zurück in die Küche. Ich folgte ihm, mein Herz schlug bis zum Hals. Ich konnte und wollte hier, in seiner alltäglichen Umgebung nicht mit ihm Schluss machen.

»Gehen wir ein bisschen durch Weinheim? Ich möchte mit dir reden, aber nicht hier«, schlug ich vor.

Mein erster Freund, mein erstes Mal Schluss machen. Wie würde das wohl werden?

Tom stellte keine Fragen. Es kam mir so vor, als ob er es schon ahnen würde, was jetzt passiert.

Wir gingen ein Stück und ich blieb die ganze Zeit über stumm. Innerlich machte ich mich immer wieder bereit, es einfach herauszuhauen, doch es fiel mir so schwer. Auf der Höhe des Kaufhauses Birkenmeier platzte es dann endlich aus mir heraus: »Ich denke, wir sind nicht wirklich glücklich miteinander.«

*Es klang so kläglich in meinen Ohren. Das konnte ich doch
besser, oder?*

*Tom sagte nichts. Ich war mir nicht sicher, ob er wirklich
verstand, worauf ich hinauswollte.*

*»Ich möchte unsere Beziehung nicht mehr weiterführen«,
wurde ich nun deutlicher.*

*Sein Blick traf mich, er nickte nur. Plötzlich überkam mich
ein schlechtes Gewissen. War ich zu hart gewesen?*

*»Du hast recht«, meinte er schließlich. »Ich hoffe aber, dass
wir Freunde bleiben können.«*

Erleichtert umarmte ich ihn.

»Ja, klar!«

*Danach trennten sich unsere Wege. Er ging geradeaus
weiter, und ich machte mich auf den Weg zur Clique.
Obwohl ich mich erleichtert fühlte, spürte ich plötzlich
einen stechenden Schmerz.*

*Am Treffpunkt war niemand zu sehen, also schlenderte ich
durch die Stadt, in der Hoffnung, die Clique irgendwo zu
finden. Aber sie blieben unauffindbar.*

*Letztendlich beschloss ich, zu Francesca zu gehen und
tatsächlich, ich fand sie dort. Ich erzählte ihr, dass ich
gerade mit Tom Schluss gemacht habe, und plötzlich
brachen alle Dämme und ich begann zu weinen. Wir
redeten lange und das Gespräch tat mir unglaublich gut.
Auch wenn ich diejenige war, die die Beziehung beendete,
war ich trotzdem traurig.*

*Die Traurigkeit ließ mich den ganzen Tag nicht los. Mit den
Gedanken an Tom und alles, was gewesen war, werde ich
nun einschlafen. Gute Nacht.*

Dienstag, 14. Juli 1987

Heute Morgen fühlte ich mich schon viel besser. Die schwere Traurigkeit von gestern war nicht mehr zu spüren und ich konnte wieder klarer denken.

Auf der Fahrt zur Schule passierte dann etwas Ungewöhnliches – ich ergatterte tatsächlich einen Sitzplatz im Schulbus! Normalerweise ist der Bus so voll, dass ich mich zwischen die anderen Kinder quetschen muss, aber heute hatte ich Glück. Vielleicht war das ein gutes Omen? Kaum betrat ich das Klassenzimmer, kam Francesca auf mich zu und fragte besorgt, wie es mir ginge.

»Mir geht es wieder gut«, antwortete ich ihr und meinte es auch so. »Das war die beste Entscheidung. Gestern ging es mir nur so schlecht, weil Tom und ich wirklich lange zusammen waren. Es ist einfach nicht schön, jemanden zu verlieren.« Francesca nickte verständnisvoll und schenkte mir ein ermutigendes Lächeln. Es tat gut, eine Freundin wie sie zu haben.

In der großen Pause passierte dann etwas, das meine Gedanken völlig auf den Kopf stellte. Ich hörte zufällig zwei Jungs sprechen.

»Hast du das Neueste von Frank gehört?«, einer der beiden bekam nun meine volle Aufmerksamkeit.

Frank? Allein bei der Erwähnung seines Namens machte mein Herz einen kleinen Sprung. Wie konnte ich ihn nur schon wieder aus meinen Gedanken verlieren?

»Nee, was denn?«, fragte der andere Junge neugierig.

»Er hat sich die Haare abschneiden müssen, wegen seines Ausbildungsplatzes! Das ist Frank ganz schön schwergefallen. Er ist deswegen richtig niedergeschlagen.« Als ich das hörte, spürte ich, wie mir ein Stich durchs Herz ging. Franks wunderschöne Haare, abgeschnitten? Ich konnte mir kaum vorstellen, wie schwer das für ihn gewesen sein musste.

Es war schade, dass ich nur auf diese Weise etwas über ihn erfuhr, anstatt ihn zu sehen.

Der Rest des Schultages verlief in einem Nebel aus Gedanken an Frank. Ich fragte mich, wie er jetzt wohl aussah und ob er sich immer noch so niedergeschlagen fühlte. Vielleicht sollte ich einen Weg finden, ihm irgendwie zu zeigen, dass ich an ihn denke? Oder wäre das zu offensichtlich? Meine Gedanken kreisten nur um ihn, und ich merkte, wie sehr ich mir wünschte, ihm begegnen zu können. Einfach nur, um zu sehen, ob er in Ordnung war. Trotz der ganzen Wirrungen der letzten Tage fühlte ich mich heute irgendwie leichter. Vielleicht war es die Gewissheit, dass das Leben weitergeht, egal was passiert. Menschen verlieben sich, Menschen trennen sich. Oder vielleicht war es auch nur die Vorstellung, dass da draußen jemand wie Frank existiert, der meine Gedanken so sehr beschäftigen kann.

Donnerstag, 30. Juli 1987

Oberflockenbach ist elf Kilometer von Weinheim entfernt und eine gefühlte Ewigkeit, wenn man die Strecke mit dem Bus fahren muss. 45 Minuten Fahrt und das nur, weil der Bus wirklich keinen Halt auslässt und Umwege fährt, um die Leute in jedes noch so kleine Dorf zu bringen.

Umso überraschter war ich, als ich Andreas plötzlich entdeckte, der in unsere Sackgasse bog. Ich dachte zuerst, er hätte sich verlaufen oder suchte jemand anderen in unserem Dorf.

Es war ein herrlicher Tag, also setzte ich mich mit meinen beiden jüngeren Brüdern, Daniel und Stephan, nach draußen. Die beiden düsten mit ihren Bobbycars die Straße rauf und runter, voll in ihrem Element.

Meine Verwirrung wuchs, als Andreas direkt auf mich zusteuerte und mich ansprach. Wir hatten in der Clique nie viel miteinander zu tun, deshalb fand ich es seltsam, aber irgendwie auch nett, dass er mich besuchte.

»Hey Maja, ich soll dir etwas ausrichten«, begann er. Sofort schossen mir Sorgen durch den Kopf, es wird doch wohl nichts passiert sein? Nahm er diesen weiten Weg auf sich, nur um mir eine schlechte Nachricht zu überbringen?

»Dein Ex-Freund ist im Freibad und besäuft sich. Es geht ihm nicht gut, weil du Schluss gemacht hast.«

Da war also der Grund für seinen Besuch. Ich war einerseits geschockt, weil ich dachte, Tom hätte unsere Trennung gut verkraftet. Andererseits ärgerte ich mich, dass er jemanden schickte, um mir das mitzuteilen.

»Was soll ich jetzt machen?«, fragte ich, nicht ohne Gereiztheit in meiner Stimme.

»Komm mit mir und rede mit ihm!«, schlug Andreas vor. Aber wie sollte das gehen? Ich war hier mit meinen Brüdern, die noch so klein waren. Außerdem missfiel mir die Idee, dass mein Ex jemanden vorschickte, statt selbst mit

*mir zu reden, falls ihm noch etwas auf dem Herzen lag.
Ich teilte Andreas meine Bedenken mit, und er erklärte:
»Er weiß nicht, dass ich hier bin. Ich mache mir einfach
Sorgen, deshalb bin ich zu dir gefahren.«
Letztendlich sah Andreas ein, dass ich nicht weg konnte,
und fuhr alleine zurück. Bevor er ging, bat er mich noch,
das Treffen für mich zu behalten. Er wollte keinen Ärger
bekommen. Das versprach ich ihm, und ehrlich gesagt war
es mir auch recht so.
Irgendwie war dieser Tag seltsam. Einerseits fühlte ich
mich geschmeichelt, dass Tom die Trennung nicht auf die
leichte Schulter nahm. Andererseits war da dieses Gefühl
der Hilflosigkeit, weil ich nicht wusste, wie ich mit Toms
offensichtlichem Kummer umgehen sollte. Es war eine
dieser Situationen, die mir zeigten, wie kompliziert
Beziehungen und Freundschaften sein können. Es war aber
schön zu wissen, dass andere Menschen für einen da waren,
so wie Andreas für Tom.*

Montag, 10. August 1987

*Es ist irgendwie verrückt, wie sich das Leben manchmal
fügt. Heute erfuhr ich, dass mein Ex an dem Tag, an dem er
sich im Freibad betrank, seine neue Freundin kennenlernte.
Es ist fast schon komisch, wenn man darüber nachdenkt.
Wäre ich an diesem Tag mit ins Freibad gegangen, hätte es
wahrscheinlich nur eine unangenehme Diskussion gegeben,
und er wäre womöglich nie seiner neuen Freundin
begegnet. Auf eine seltsame Weise freut es mich, dass er
jemanden fand, der besser zu ihm passt.*

Den heutigen Tag nutzte ich, um Margarethe zu treffen. Es kommt mir immer so vor, als ob keine Zeit vergangen wäre, wenn ich bei ihr bin. Auch wenn unsere Treffen mittlerweile so selten geworden sind. Das ist es, was für mich eine echte Freundschaft ausmacht. Wir haben uns für Samstag verabredet, um gemeinsam auf die Kirmes zu gehen, die hier Mitte oder Ende August stattfindet.

Samstag, 15. August 1987

Heute war es endlich so weit – Kirmeszeit! Ich war schon den ganzen Tag über aufgeregt, endlich mal wieder raus zukommen und etwas anderes zu erleben. Margarethe und ich waren ziemlich früh dort, weil wir wussten, dass wir am Abend wieder zu Hause sein mussten. Aber das tat unserer Stimmung keinen Abbruch.

Wir hatten unseren Spaß beim Autoscooter, quatschten mit ein paar Leuten, die wir zufällig trafen und die Zeit flog nur so dahin. Als es Abend wurde, füllte sich der Kirmesplatz zusehends. Es war Zeit, sich auf den Weg zur Bushaltestelle zu machen.

Beim Durchdrängeln durch die Menschenmenge verlor ich Margarethe aus den Augen. Als ich mich in der Menge umsah, erblickte ich vor mir einen Jungen, der mir entgegenkam. Unsere Blicke trafen sich und wir konnten beide den Blick nicht voneinander lösen. Getrieben von der Masse mussten wir weitergehen, ich weg von der Kirmes, er hinein.

Er war einfach umwerfend – sein kurzes braunes Haar, sein

Gesicht, alles an ihm berührte mich zutiefst. Mein Herz raste wie wild. Wir schauten uns tief in die Augen, dabei wurden wir durch den Menschenstrom immer weiter geschoben. Während wir aneinander vorbeigetrieben wurden, hielten unsere Blicke stand. Wir konnten nicht aufhören, uns anzustarren. Er drehte sich zu mir um, so wie ich mich zu ihm umsah, bis uns das Getümmel verschluckte. Schließlich verlor ich ihn in der Menge aus den Augen.

In Filmen werden solche Szenen meist in Zeitlupe gezeigt. Mir kam es viel zu schnell vor und doch schien es, als würde die Zeit stehenbleiben. Aber es war nicht lange genug, dass ich reagieren und ihn ansprechen konnte.

Als ich Margarethe wiederfand, war ich total aufgewühlt.

»Ich muss zurück«, sagte ich. »Mir ist gerade mein Traummann begegnet, ich muss ihn suchen!«

Margarethe versuchte, mich zu bremsen, sagte, es sei aussichtslos bei dem Andrang. Aber ich konnte nicht einfach aufgeben.

»Wenn du gesehen hättest«, entgegnete ich, »wie wir uns angesehen haben … dieser Moment war magisch. Ich muss es wenigstens versuchen.«

Also stürzte ich mich wieder ins Getümmel, suchte nach ihm, aber Margarethe sollte recht behalten. Ich fand ihn nicht wieder. Enttäuscht und traurig ging ich zur Bushaltestelle, wo Margarethe wartete. Der Bus war zum Glück noch nicht gefahren. Auf seine Unpünktlichkeit war eben doch Verlass. Ich erzählte ihr, dass meine Suche erfolglos war. Es war einen Versuch wert, dachte ich, so musste ich mir später nichts vorwerfen. Trotzdem blieb die Enttäuschung.

Seit der Kirmes bekomme ich den Jungen einfach nicht mehr aus meinem Kopf. Ständig frage ich mich, was gewesen wäre, wenn ich ihn auf der Kirmes hätte ansprechen können. Wären wir jetzt vielleicht zusammen? Seine Schönheit hat mich so fasziniert. Es schmerzt zu wissen, dass es da draußen jemanden gibt, der so perfekt erscheint und doch so unerreichbar für mich ist. Klar, Jon Bon Jovi ist auch unerreichbar, aber zwischen dem Jungen von der Kirmes und mir könnte es tatsächlich eine Chance geben, denn er musste hier in der Nähe wohnen oder er war bei jemanden zu Besuch?

Ich kann nicht einschlafen, obwohl es schon nach 23 Uhr ist. Immer wieder spiele ich in meinen Gedanken durch, was hätte passieren können, wenn alles anders gelaufen wäre. Wenn ich ihm sofort gefolgt wäre, nachdem ich ihn aus den Augen verlor. Ich stellte mir vor, wie ich ihn einholte, ihm ein Lächeln schenkte... Und dann? Was wäre dann passiert? Wenn er wirklich etwas von mir wissen wollte, konnte er sich doch auch umdrehen und nach mir suchen, oder?

Aber wer sagt denn, dass er das nicht getan hat? Vielleicht kämpfte er sich genauso durch die Menge wie ich, in der Hoffnung, mich wiederzufinden. Allein der Gedanke, dass er vielleicht genauso von mir träumt wie ich von ihm, lässt mein Herz schneller schlagen und zaubert mir ein Lächeln ins Gesicht.

Es ist seltsam und wunderbar zugleich, wie jemand, den ich nicht kenne, solche Gefühle in mir auslösen kann. Es ist, als

50

würde dieser kurze Moment, in dem unsere Blicke sich
trafen, eine Verbindung zwischen uns geschafft haben, die
ich nicht ignorieren kann. Ich frage mich, ob er sich auch
fragt, was aus uns geworden wäre? Ob er auch das Gefühl
hat, dass zwischen uns etwas Besonderes sein könnte.
Ich geh jetzt wieder ins Bett und versuch von ihm zu
träumen.
Auch wenn die Realität ist, dass ich ihn wahrscheinlich nie
wiedersehen werde, erlaube ich mir in diesen nächtlichen
Stunden von ihm zu träumen. Zu träumen von dem, was
hätte sein können, von einem Jungen, dessen Namen ich
nicht einmal kenne, der aber einen unauslöschlichen
Eindruck in meinem Herzen hinterlassen hat.

Donnerstag, 10. September 1987

Ich kann es immer noch nicht glauben!
Auf dem Heimweg war mein Kopf voll mit Hausaufgaben
und ich wusste gar nicht, womit ich als Erstes anfangen
sollte. Ich machte es mir auf meinem Sitz bequem und
starrte sinnlos aus dem Fenster. Plötzlich durchströmte
mich ein Glücksgefühl, das ich kaum fassen konnte. Sofort
setzte ich mich aufrecht, in der Hoffnung, so auf mich
aufmerksam machen zu können. Da draußen, auf der
Straße, lief der Junge von der Kirmes! Er kam gerade aus
der Straßenbahn und ging in Richtung Stadt. Ich konnte es
immer noch nicht glauben, deshalb schaute ich mich im Bus
um, ob irgendjemand ihn wahr nahm. Aber die anderen
Leute im Bus interessierten sich nicht für meinen
Traummann.
Was sollte ich tun? Bis ich an der nächsten Haltestelle

*aussteigen konnte, wäre er längst weg. Also versuchte ich,
ihn so lange wie möglich zu beobachten.*

*Irgendwie kam er mir bekannt vor. Wo hatte ich ihn nur
zuvor gesehen, außer auf der Kirmes? Dann dämmerte es
mir: Das war Frank! Natürlich erkannte ich ihn nicht sofort
– er musste sich ja seine Haare abschneiden.*

*Jetzt war klar, ich musste ihn kennenlernen. Wenn ich mich
schon ein zweites Mal in ihn verliebte, ohne ihn sofort zu
erkennen, musste das doch Schicksal sein! Aber wie? Die
Straße, in der er wohnte, würde ich nie wiederfinden. Aber
er wohnte zumindest hier. Mein Orientierungssinn ist eine
Katastrophe. Glücklicherweise wusste ich ja, wer mir helfen
konnte: Tom führte mich damals ja zu ihm.*

*Ich beschloss, nicht länger zu warten. Morgen war Freitag,
und ich wollte unbedingt vor dem Wochenende Frank eine
Nachricht zukommen lassen. Ich war so aufgeregt, fast wie
ein kleines Kind an Weihnachten. Während der Busfahrt
schmiedete ich einen Plan: Ich schreibe meine
Telefonnummer auf einen Zettel und bitte Tom, ihn zu Frank
zu bringen. Aber was sollte ich schreiben? Nach langem
Überlegen und ein paar Momenten der Unsicherheit – was,
wenn er das albern findet? Was, wenn er schon eine
Freundin hat? – entschied ich mich für einen einfachen
Text:*

*»Ich würde dich gerne kennenlernen, melde dich doch
einfach unter: 06201/23781*

Maja

*Nichts Spektakuläres, aber es musste reichen. Die
Vorstellung, dass Frank morgen diesen Zettel in seinen
Händen halten könnte, ließ mein Herz höher schlagen.
Ich wollte nichts dem Zufall überlassen und rief Tom
an:»Hey Tom, ich bin es, Maja. Kann ich morgen nach der
Schule kurz bei dir vorbeikommen? Ich hätte eine Bitte.«
Tom klang überrascht, aber er sagte sofort zu.
Wir unterhielten uns noch etwas, was komisch und
ungewohnt war, denn in unserer Beziehung fanden wir
selten ein gemeinsames Gesprächsthema.
Ich legte auf, voller Hoffnung und mit einem kribbelnden
Gefühl im Bauch. Was, wenn Frank wirklich anruft? Was,
wenn das der Beginn von etwas Wunderbarem ist? Ich
konnte es kaum erwarten, zu sehen, was passieren würde.*

viertes Kapitel

11. September 1987

Endlich zu Hause! Der Tag war wie eine Achterbahnfahrt der Gefühle.

***

Ich brauchte nur die ersten beiden Zeilen vom Tagebuch zu lesen, schon erinnerte ich mich zurück, wie glücklich ich an diesem Morgen war. Dieses Ereignis werde ich auch mein Lebenlang nicht mehr vergessen. Schon tauchten in meinen Erinnerungen die Bilder auf, von der 16-jährigen Maja, die glücklich ins Bad hüpfte.

***

Während ich mich fertig machte, summte ich erfreut vor mich hin. Ich konnte es kaum erwarten, in die Schule zu kommen, um Tom den Zettel zu überreichen.
Natürlich ging die Zeit in der Schule gar nicht vorbei. Egal, wie sehr ich auch auf die Uhr starrte, die Zeiger ließen sich dadurch nicht schneller bewegen. Eher im Gegenteil, es kam mir vor, als ob sie sich extra viel Zeit ließen.
Meine Gedanken kreisten. Ich versuchte mir sein Gesicht vor meinem geistigen Auge vorzustellen. Schon wieder kribbelte es durch meinen Körper, als es mir gelang.
»Ob sich Frank melden wird?« träumte ich vor mich hin.
Auch, wenn die Zeit so schnell verging, wie eine Schnecke kriecht, war das Schleichen der Zeiger doch einmal vorbei

und ich konnte zu Tom.

Bei ihm unterhielten wir uns erst einmal. Er erzählte mir von seiner neuen Freundin.

»Es freut mich sehr, dass du glücklich bist!« Und das war nicht einmal gelogen.

Jetzt fiel es mir auf jeden Fall leichter, Tom von dem Zettel zu erzählen und meiner Bitte, ihn Frank zu geben.

Wie aufs Stichwort, fragte mich Tom: »Was wolltest du mich denn fragen?«

Augenblicklich erzählte ich ihm von meinem Zettel und dass ich - im Leben nicht - wieder zu Frank finden würde. Ob er den Zettel Frank geben könnte!?

»Klar kann ich das machen, ich werde gleich losgehen.«

»Ich meine aber den Frank, dem du die Platten zurückgebracht hast, nicht, dass jemand anderes bei mir anruft.«

»Hey, Maja, ich weiß schon Bescheid. Der richtige Frank bekommt deinen Zettel.«

Als das erledigt war, konnte ich es kaum erwarten nach Hause zu kommen. Typischerweise verspätete sich der Bus um 10 Minuten.

Eine Unruhe machte sich bei mir breit, was wäre, wenn er anrief und ich noch nicht zu Hause bin? Würde er dann noch einmal anrufen? Während der Fahrt machte ich mich verrückt und wollte am liebsten aussteigen und den Bus anschieben, damit er schneller fährt!

»Hat jemand für mich angerufen?«, waren meine ersten Worte, als ich zu meiner Mutter stürmte.

»Bis jetzt hat noch niemand angerufen! Warum fragst du?«

Aufgeregt erzählte ich ihr, dass ich dem süßesten Jungen auf der ganzen Welt einen Zettel habe zukommen lassen und dass er mich vielleicht anrufen wird. Ich konnte gar nicht aufhören zu schwärmen, obwohl ich ihr eigentlich die Kurzfassung erzählen wollte. Achim saß im Wohnzimmer, als ich vom Frank schwärmte und bekam alles mit!

Voller Hoffnung und Euphorie, dass Frank mich anrufen könnte, hüpfte ich unbeschwert in mein Zimmer hinunter. Ich lag auf meinem Bett und träumte von ihm, im Hintergrund lief Musik.

»Maja. Telefon. Frank ist dran«, rief Achim die Treppe runter.

Ich sprang aus dem Bett, riss die Tür auf und stürmte nach oben.

Mein Herz pochte wie wild in meiner Brust. Freude und Aufregung machten sich in mir breit. Er rief mich wirklich an. Ich nahm zwei Stufen auf einmal, bis ich, etwas außer Atem vor Achim stand. Ich atmete nicht schneller, nur weil ich die Treppen hoch gerannt war, sondern es war die freudige Aufregung, weil ich gleich mit Frank sprechen konnte.

Achim hielt mir breit grinsend den Hörer entgegen. Voller Vorfreude ergriff ich den Hörer und säuselte mein süßestes: »Hallo«, hinein.

Jedoch kam am anderen Ende kein ersehntes »Hallo« zurück, sondern nur ein langgezogenes Tuuuuuut-Zeichen. Nun lachte Achim, weil sein Plan aufgegangen war, mich hinters Licht zu führen. Da war kein Frank am anderen Ende.

Lachend sagte Achim: »Kannst gleich oben bleiben, wir essen jetzt.«

Achim und ich spielten uns häufig Streiche. Das letzte Mal,
war er der Leidtragende, als ich zufällig an seiner
Zimmertür vorbeiging und mitbekam, dass er gerade im
Begriff war rauszugehen.
Da sprang ich vor die gerade geöffnete Tür und ließ einen
Schrei los. Achim erschrak so fürchterlich, denn damit hatte
er überhaupt nicht gerechnet. Lachend tanzte ich stolz
davon.
Als Kind war Achim immer für mich da. Wir spielten
zusammen und bei ihm fühlte ich mich beschützt. Ich
wusste, mein großer Bruder passte immer auf mich auf.
Aber nun, mit dem Hörer in der Hand protestierte ich:
»Nicht witzig!«
Achim fand es aber gelungen und feierte sich.
Etwas enttäuscht, dass Frank nicht anrief, setzte ich mich an
den Tisch. Während des Essens verlor ich immer mehr die
Hoffnung, dass er sich überhaupt melden würde.
»Maja, hörst du mich?« vernahm ich auf einmal die Stimme
meiner Mutter. »Kannst du mich mit Daniel und Stephan
zum Einkaufen begleiten? Ich muss heute sehr viel
besorgen, da wäre deine Unterstützung ganz gut!«
Ich nickte und schluckte das Essen, was ich zuvor in den
Mund gesteckt hatte herunter, bevor ich ihr eine Antwort
gab: »Ja, klar, kann ich machen!«
Ich verlor sowieso jegliche Hoffnung, dass sich Frank
melden würde.
Nach dem Essen war noch Zeit, also ging ich ins Bad, um
mich fertig zu machen. Während mein Spiegelbild mich
ansah, liefen meine Gedanken über:
Was ist, wenn Tom ihm den Zettel noch nicht gegeben hat?
Vielleicht ist ja doch noch alles offen und er würde mich

anrufen.

Nun hörte ich Achim wieder rufen: »Maja, Telefon, Frank ist dran!«

Ich nickte mir im Spiegel zu und rief: »Jaaa!«, zurück. Machte jedoch ganz entspannt weiter, mit dem, was ich vor dem Spiegel anfing, mit keinerlei Eile oder Hast! Ich wusste ja, dass meine Mutter mit mir einkaufen wollte, darum rief mich Achim bestimmt wieder hoch.

Noch einmal falle ich nicht auf ihn herein, dachte ich zufrieden mit mir.

Ganz entspannt ging ich dann doch nach einer kleinen Weile nach oben. Schließlich wollte ich Mama nicht zu lange warten lassen. Achim rief mich auch schon das zweite Mal. Er stand mit dem Hörer in der Hand vor mir. So wie vor dem Mittagessen.

Gelangweilt schaute ich mich um und fragte: »Wo ist Mama?«

»Maja, jetzt nimm den Hörer, Frank ist dran!«

»Diesmal legst du mich nicht rein! Wann fahren wir?«

Mein Bruder lachte: »Du bist so doof, Frank ist wirklich dran, jetzt geh schon ans Telefon.«

Weil Achim so lachte, glaubte ich ihm natürlich kein Wort. Ich gähnte übertrieben, um ihm zu signalisieren, dass es mich langweilt und machte keine Anstalten, den Hörer zu ergreifen.

Achim ließ nicht locker, lachend sagte er: »Ich leg gleich auf, geh jetzt ans Telefon.«

Noch immer zeigte ich kein Interesse, ich vermutete aber auch zu keiner Sekunde, dass Frank vielleicht wirklich am

Telefon sein könnte. Achim wurde verzweifelter, darum sagte er nun netter, aber immer noch mit einem breiten Grinsen im Gesicht: »Bitte Maja, geh ans Telefon!«
Okay, dann tue ich ihm halt den Gefallen, dachte ich, rollte die Augen nach oben und nahm den Hörer. Ich quetschte ein gelangweiltes »Hallo« heraus.
Mir wurde heiß und kalt zugleich, als ich nicht das gewohnte langgezogene Tuuuuuut-Zeichen hörte, sondern ein »Hallo« vom anderen Ende zurückbekam. Sofort schnappte ich mir das Telefon und verzog mich damit in die Küche.
In der Zeit erklärte ich Frank, warum ich nicht sofort ans Telefon kam. Ich redete mit ihm ganz ungezwungen, weil ich vor Scham nicht wirklich registrierte, dass er anrief. Erst, als ich ihm die Geschichte erzählte und er nun auch zu Wort kam, realisierte ich, dass ich gerade mit meinem Traummann sprach.
»Ich habe auch Geschwister«, meinte er, »ich weiß, wie das ist.«
Ich schnappte nach Luft, als ich nun wirklich begriff, dass Frank am anderen Ende der Leitung war. Aufregung, Freude, Glücksgefühle kamen in mir hoch. Ich konnte nicht mal in Worte fassen, wie glücklich ich in diesem Moment war. Ich bemerkte nicht einmal, dass ich nichts sagte. Ich drückte nur den Hörer an mein Ohr, um alles von ihm zu hören. Sein Atem, ja, ich wollte sogar seinen Herzschlag wahrnehmen. In die kurze Stille hinein, fragte Frank: »Hast du heute Zeit? Ich würde dich gerne treffen!«
Seine Worte machten mich so glücklich.
Er wollte mich heute sehen, schossen mir seine Worte nochmal durch den Kopf.

Eine wohlige Wärme durchströmte mein Körper, als ich seine Worte vernahm. Er wollte mich sehen, nicht irgendwann, sondern heute!

Gerade noch rechtzeitig erinnerte ich mich aber, dass ich meiner Mutter versprochen hatte, mit ihr zum Einkaufen zu fahren. Am liebsten würde ich ihm antworten: Jaaa, ich fahre sofort los!

Stattdessen hörte ich mich sagen: »Heute ist es leider schlecht, da ich meiner Mutter versprochen habe, ihr zu helfen.«

Bevor ich ihm vorschlagen konnte, wie es denn mit morgen aussieht, schlug er mir das schon vor.

Am liebsten würde ich vor Freude laut aufschreien und dabei in die Luft springen. Aber ich wollte cool wirken, also kam ein: »Gut, dann treffen wir uns morgen!«

Ich kann nicht verleugnen, dass meine Stimme ein bisschen quietschig klang, vor Aufregung!

»Passt es dir um 14 Uhr, am Anfang der Fußgängerzone?« Natürlich passte mir das, ich konnte an nichts anderes mehr denken, als dass ich morgen ein Date mit dem schönsten Jungen der Welt hatte.

Mein Glück sprudelte in mir über. Es fühlte sich an, wie ein wahr gewordener Traum. Nachdem wir aufgelegt hatten, verweilte ich noch ein bisschen in der Küche. Ich saß auf dem Boden und fühlte noch etwas meiner Euphorie nach. Um dann im gleichen Moment aufzuspringen, um meiner Mutter das Ereignis mitzuteilen.

Ohne Punkt und Komma redete ich in einer Tour von dem Telefonat. Ich schwärmte von seiner Stimme, dass er mich als Erstes fragte, ob wir uns sehen könnten. Am liebsten hätte ich vor Freude getanzt!

Auch als Achim mich aufzog, weil ich nicht sofort ans Telefon gegangen bin, störte ich mich nicht daran. Ich lächelte ihn einfach nur an, weil ich gerade der glücklichste Mensch auf diesem Planeten war.

Wir fuhren dann bald einkaufen, auch dort kannte ich kein anderes Gesprächsthema, außer dem Telefonat und dass ich mich morgen mit Frank treffen würde.

Ich war so überglücklich. Solche Empfindungen kannte ich bis zu diesem Zeitpunkt nicht. Das Leben konnte so schön sein, so fühlte sich das absolute Glück an. Ich musste so oft wegen Kleinigkeiten lachen, weil ich einfach nur glücklich war. Ich fühlte mich wie ein neuer Mensch, so lebendig, obwohl mir der Zustand wie ein Traum vorkam.

Konnte es wirklich wahr sein? Ich, die unscheinbare Maja, hatte ein Date, mit wohl dem schönsten Menschen aller Zeiten. Immer wieder konnte ich mein Glück kaum fassen.

***

Weil ich mich nicht mehr an den Abend erinnern konnte, las ich im Tagebuch nach.

***

... Ich werde diese Nacht bestimmt nicht schlafen können, denn die Aufregung und die Glücksgefühle werden mich umhüllen wie eine warme Decke. Ich werde mich zwar ins Bett legen, aber der Schlaf wird weit entfernt sein, da meine Gedanken unaufhörlich zu unserem Treffen wandern werden, zu dem, was sein wird, zu dem, was wir sagen werden.

Dieser Tag hat mit so viel Unsicherheit begonnen und endet jetzt in einem Gefühl, das ich schwer in Worte fassen kann. Es ist wie ein Traum, der zum Greifen nah ist. Ich kann es kaum erwarten, bis der Morgen anbricht. Frank und ich – wer hätte das gedacht?

Samstag, 12. September 1987

Heute war einer dieser Tage, die man am liebsten einrahmen und an die Wand hängen würde, um sie nie zu vergessen. Ich bin so überwältigt von Gefühlen, dass ich kaum weiß, wo ich anfangen soll.

***

Auch hier brauchte ich nicht weiter lesen, denn mein erstes Treffen mit Frank konnte ich auswendig vor meinem geistigen Auge nochmal abspielen. Wie ein Film, den ich schon Millionen Mal angeschaut hatte.

***

Der Morgen begann ungewöhnlich früh für einen Samstag. Schon kurz nach Tagesanbruch waren meine Augen weit offen und die Vorfreude auf das Treffen mit Frank ließ mein Herz schneller schlagen. Um die Zeit bis zu unserem Treffen irgendwie zu überbrücken, ließ ich mir besonders viel Zeit im Bad. Danach zog ich meinen weißen langen Rock und eine hübsche Bluse an, in der Hoffnung, dass Frank mich darin mögen würde. Unaufhörlich kribbelte es angenehm in meinem Bauch, als würden tausend

Schmetterlinge freudig und wild durcheinander fliegen.
Viel zu früh fuhr ich in die Stadt, weil die Stunden bis zu
unserem Treffen sich wie Kaugummi zogen. In meiner
Unruhe und Vorfreude traf ich unerwartet auf Ahmet, einen
Bekannten, der mich auf einen Kaffee einlud. Aus Angst,
dass ich nur eine Minute zu spät zum Treffpunkt mit Frank
kommen könnte, lehnte ich dankend ab. Ein Nein ließ
Ahmet jedoch nicht gelten und ich fand mich plötzlich in
einen angeregten Gespräch wieder, bis mir auffiel, dass es
bereits nach 14 Uhr war.
Sofort sprang ich auf und bedankte mich für die Einladung.
Ich wollte jetzt nur noch zum Treffen.
Zum Treffpunkt war es nicht weit, trotzdem überschlugen
sich meine Gedanken.
Oh Mann, was wäre, wenn er nicht mehr da war?
Anstatt aufgeregt zu sein machte ich mir jetzt Sorgen, die
vollkommen unbegründet waren.
Als ich dem Treffpunkt immer näher kam, sah ich ihn auf
einer Mauer sitzen. Da saß er nun und wartete auf mich. Die
Sorgen, die ich mir kurz vorher gemacht hatte, wurden jetzt
von Nervosität abgelöst. Mir wurde flau im Magen, eine
Euphorie überkam mich und ich wurde von seinem Anblick
richtig berauscht. Ich hätte nicht gedacht, dass es bei jedem
Schritt eine Steigerung gäbe. Doch es gab sie, Schritt für
Schritt!
Ich musste tief Luft holen, denn es stockte mir der Atem.
Frank war gekommen, er saß da und wartete auf mich. Als
Frank mich entdeckte, stand er auf und lächelte.
Ich war vor lauter Freude so benommen, dass ich froh war,
aufrecht stehen bleiben zu können. Sein Lächeln war so
bezaubernd, unwillkürlich strahlte ich über das ganze

Gesicht!

Als ich meine Benommenheit wieder einigermaßen in Griff hatte, hörte ich Frank reden: »Schön siehst du aus!«

Ich wurde verlegen und ich glaube auch, dass ich rot wurde. »Er findet mich schön!«, schoss es mir durch den Kopf und meine Gefühle schlugen Saltos.

»Was hältst du davon, wenn wir nach Heidelberg fahren?«, fragte er mich.

Es kam mir in den Sinn, dass er sich vorher Gedanken gemacht haben musste, ich war so beflügelt. Fühlte mich bestätigt, dass er etwas geplant hatte und bestimmt vorher auch an mich denken musste. Ich nickte, fand noch keine Worte. Bestimmt würde nur ein Quietschen aus meiner Kehle ertönen, so freudig aufgebracht fühlte ich mich.

Wir gingen zur Straßenbahn, dabei erzählte mir Frank, dass er sich mit mir an den Neckar setzen wollte. Das Wetter war herrlich für Mitte September und lud geradezu dazu ein. Die Straßenbahn war nicht sehr voll. Frank lief vor mir und suchte uns einen Platz. Wir kamen in ein Abteil, in dem niemand saß. Dort setzten wir uns auf ein Vierer-Platz, ich setzte mich Frank gegenüber. So konnte ich ihn anschauen. Ich bekam nicht genug von seiner Schönheit. Immer wieder musste ich ihn anstarren! Während der Fahrt unterhielten wir uns darüber, wie wir aufgewachsen waren.

»Maja ist ein sehr schöner Name!«, meinte Frank.

Er fand, dass ich schön aussah und mochte auch noch meinen Namen. Ich war so glücklich, dass er mir signalisierte, dass er mich mochte.

»Eigentlich wollte meine Mutter mich anders nennen!«, fing

ich an zu erzählen. »Ich sollte Diana heißen. Ich bin aber ganz froh, dass sie sich anders entschieden hat!«
»Gab es einen Grund, warum deine Mutter sich umentschied?«, fragte Frank aufmerksam.
»Ja, in der Tat, den gab es!«, lächelte ich.
Dass er fragte, zeigte mir, dass er wirkliches Interesse an mir hatte.
»Meine Mutter stand hochschwanger mit mir in einer Bäckerei, als die Ladentür aufging und eine kräftige Frau den Laden betrat, begleitet von ihrer Tochter, die ebenso füllig war. Das kleine Mädchen packte mit ihren klebrigen Fingern alles an. Sie hatte zottelige Haare, ihre Nase lief und auch so, war sie keine gute Erscheinung.
Als die Mutter mitbekam, dass ihre Tochter alles anfasste, ermahnte sie sie mit den Worten: „Diana, lass das!“
Von da an wusste meine Mutter, dass sie mich nicht so nennen würde!«
Daraufhin erzählte mir Frank, dass er als Kind auch kräftig war und von seinen Mitschülern deswegen gemobbt wurde.
Als Kind trug er eine viel zu große Brille, er hatte das Gefühl, dass er sich hinter ihr verstecken könnte!
Als er älter wurde, besorgte er sich Kontaktlinsen.
Sein Vater war Dachdecker und Frank liebte es, auf dem Gerüst herumzuklettern und auf dem Dach zu laufen. Er konnte gut balancieren, dort oben fühlte er sich wohl und frei. Er kannte keine Höhenangst wie ich.
Ich wäre auf dem Dach tausend Tode gestorben. Ich konnte es kaum glauben, dass so ein hübscher und toller Junge, wie Frank, früher in der Schule gehänselt wurde. Das verband mich mit ihm. Ich hörte ihm gespannt zu und warf ab und zu einen Kommentar ein. Dabei schaute ich ihn intensiv an,

er wirkte so selbstbewusst. Wenn er mir seine Erinnerungen erzählte, schauten wir uns intensiv in die Augen. Es kam mir so vertraut vor. Ich merkte meine Anspannung gar nicht mehr, genoss seine Anwesenheit und fühlte mich umso mehr zu ihm hingezogen, um so mehr ich von ihm erfuhr. Ich war so glücklich, dass Mr. Perfekt mir gegenübersaß und wir uns gut unterhalten konnten.

So etwas passierte doch eigentlich nur im Traum; nicht mir, die in der Schule eine Außenseiterin war, mir, die von Jungs einen Korb bekam die sie gut fand, mir, die sich die meiste Zeit wie Luft für andere fühlte. Und nun saß mir mein Traummann gegenüber und er schien mich sogar zu mögen. Die Sonne kitzelte mein Gesicht und ich musste blinzeln. Auch in Heidelberg genossen wir das schöne Wetter und liefen erst einmal durch die Stadt, bevor wir an den Neckar gingen. Wenn wir an ein Gebäude oder eine Statue kamen, stellten wir fest, dass wir beide den gleichen Geschmack hatten.

Manchmal war es erschreckend, wie sich unser Geschmack ähnelte. Oft passierte es, dass er den Satz sagte, den ich eigentlich sagen wollte oder andersherum.

Die gemeinsame Zeit mit ihm, zusammen zu lachen, mit ihm durch die Stadt zu gehen und Franks ruhige Art, halfen mir, den Moment zu genießen. Wir gingen an den Neckar und suchten uns auf der Wiese ein Plätzchen. Jeder wollte die Sonne genießen, denn es war sehr voll. Wir gingen nebeneinander, aber wir berührten uns nicht. Wir hielten respektvollen Abstand, was ich nicht als Ablehnung empfand. Ich fühlte mich ihm schon so nah, allein nur, weil er neben mir stand. Es erfüllte mich mit stolz, dass wir gemeinsam etwas unternahmen. Seine Präsenz spürte ich sehr stark, auch ohne Berührung. Als wir einen schönen Platz entdeckten, etwas entfernt von den anderen, breitete Frank seine Jacke aus. Er wollte, dass ich mich darauf setzte. Ich zierte mich erst einmal, weil ich nicht wollte, dass seine Jeansjacke Grasflecke bekam. Aber Frank bestand darauf. Meinetwegen breitete er sie ja schließlich aus, denn auf meinem weißen Rock würde man schließlich jeden Fleck sehen.

Bevor ich mich schlagen ließ, setzte ich mich auf seine Jacke. Er setzte sich neben mich ins Gras.

Diesen Moment empfand ich als sehr romantisch. Neben meinem Traummann zu sitzen und ihn einfach nur anzuschauen. Allein, dass ich bei ihm sein durfte, machte mich zum glücklichsten Menschen.

Alles andere nahm ich gar nicht mehr wahr, für mich gab es nur noch uns beide auf dieser Welt. Die Atmosphäre am Neckar gab uns das Gefühl, als ob wir im Urlaub wären. Immer mehr spürte ich, dass ich diesen Jungen nicht nur äußerlich wunderschön fand, er war es auch innerlich. Wir sprachen, als ob wir uns alles anvertrauen könnten. Als ob wir uns eine Zeit lang aus den Augen verloren hatten und uns dann endlich wiederfanden.

Alles mit ihm war so vertraut aber auch irgendwie neu. Meine Gefühle für ihn überschlugen sich, umso mehr wir voneinander erfuhren, um so vertrauter kam er mir vor. Zum ersten Mal in meinem Leben fühlte ich mich verstanden, ich fühlte mich in seiner Nähe wohl. Er gab mir das Gefühl, dass es ihm mit mir genauso erging. Wieder schauten wir uns tief in die Augen, wie schon so oft, seit unserer Begegnung. Er ließ keinen Zweifel daran, dass er mich mochte.

Genauso wie ich ihn!

Allein dafür, dass es ihn gab und ich bei ihm sein durfte, lohnte sich schon zu leben!

Von mir aus konnten wir ewig so sitzen bleiben, alles war perfekt. Doch die Zeit, die vorher so langsam verstrichen war, versuchte jetzt ihr Versäumnis aufzuholen. Wir mussten zurück, denn ich musste meinen Bus rechtzeitig erreichen. Als wir in Weinheim ankamen, war es schon dunkel. Frank begleitete mich noch zur Bushaltestelle. Wir nahmen aber nicht die naheliegendste, sondern schlenderten an sämtlichen Haltestellen vorbei. So wie es üblich war, würde sich der Bus sowieso verspäten. Also gab es keinen Grund zur Eile. Während wir unterwegs waren, erzählte ich Frank, dass ich als Kind immer einen Millionär heiraten wollte.

»Das war so ein Tick von mir. Dabei ging es mir nicht mal um das Geld, sondern ich fand es cool, wie die Menschen waren. Unabhängig zu sein und seine Interessen wahrzunehmen, stellte ich mir toll vor. Ich hatte aber auch mal eine Phase, in der ich einen Bauern heiraten wollte, um mit den Tieren zusammen zu sein.

Als Kleinkind wollte ich einen Millionär. Einmal machte meine Mutter mit uns einen Ausflug in die Berge. Dort trafen wir an einem See eine andere Familie. Diese hatte einen Jungen in meinem Alter. Zu dem Zeitpunkt war ich fünf. Wir spielten den ganzen Tag zusammen. Als wir uns dann wieder trennen mussten, sagte mir der Junge, dass er mich heiraten wird, wenn wir groß sind. Daraufhin erklärte ich ihm, dass ich nur einen Millionär heiraten werde. Damit war er einverstanden und beteuerte mir, dass er Millionär werden wird.«

Ich lachte, und fragte mich, was wohl aus dem Jungen geworden ist? Hat er schon einige Ideen, um Millionär zu werden? Natürlich waren wir klein. Er wusste zwar, dass er Millionär werden wollte, aber nicht, dass er meine Adresse brauchte, um Kontakt zu halten.

Wegen der Millionen in meiner Erzählung, erwähnte Frank, dass er Lieder komponierte.

»Spielst du in einer Band oder machst du das nur als Hobby?«

»Ich spiele in einer Band und ich bin der Sänger!«, grinste Frank nun stolz.

Einen Sänger! Wow, ich träumte schon immer von Sängern. Mit vierzehn war es Morten Harket und später träumte ich von Bon Jovi. Wer nicht?! Und nun lief ich neben einem Sänger durch Weinheim.

Wieder konnte ich mein Glück kaum fassen, Frank sah gut aus, sein Charakter war umwerfend und anscheinend mochte er mich.

Dieser Junge war nicht nur in all seiner Art anziehend, er war sogar Sänger. Ich zweifelte nicht daran, dass er einmal groß rauskommen würde.

»Oh, cool. Wenn du dann mal berühmt bist, kann ich überall herumerzählen, dass ich mit dem Sänger einmal ein Date hatte!«

»Das kannst du nicht!«, wandte Frank schon leicht empört ein. »Weil wir dann immer noch zusammen sind. Du kommst mit auf jedes Konzert und stehst natürlich in der ersten Reihe.«

Das stellte ich mir bildlich vor und wir alberten herum, dass ich ihm BHs auf die Bühne werfe und ihm am lautesten zujubele. Plötzlich wurde mir bewusst, was Frank gerade sagte. Meine Gedanken überschlugen sich: *Hat Frank mir gerade gesagt, dass er mit mir zusammen ist?* Und was noch viel besser war, er wünscht sich, dass wir es auch bleiben. Wir beide waren uns einig, dass wir nach nur diesem einen Tag wussten, dass wir zusammenbleiben wollten.

Auch diesmal sprudelten meine Gefühle über, wie schon so oft an diesem Tag und Frank musste es genauso gehen, sonst hätte er mir nicht zu verstehen gegeben, dass er mit mir zusammen sein möchte.

Ich strahlte über das ganze Gesicht, noch mehr Grinsen ging wirklich nicht. Doch da täuschte ich mich.

Frank haute eine neue Aktion heraus, die mein Herz noch mehr zum Schmelzen brachte. Was ja eigentlich gar nicht mehr möglich war.

Verlegen fragte er mich: »Du, Maja, darf ich deine Hand halten?«

Gedanklich hüpfte ich wie ein kleines Kind auf und ab und dachte nur: *Oh mein Gott, ist das süß!*

»Ja! Ja, natürlich darfst du meine Hand nehmen!«

Als sich unsere Hände berührten, wurde mir auf einmal klar, wie sehr ich diese Nähe vermisst habe. Nicht nur an diesem Tag, sondern in meinem ganzen Leben. Diese Geborgenheit, den Frieden, dieses Gefühl hätte ich liebend gerne schon viel früher verspürt. Durch meinen Körper

strömte eine Ruhe und zum ersten Mal in meinem Leben
fühlte ich, dass ich angekommen war. Mister Perfekt lief
neben mir und hielt meine Hand.

In diesem Moment bedeutete mir diese Geste alles und ich
wollte seine Hand nie wieder loslassen. Wir beschlossen, an
der nächsten Haltestelle zu bleiben. Frank setzte sich auf
eine Bank. Er gab mir ein Zeichen, mich auf seinen Schoß
zusetzen. Was sich für mich am Anfang eher befremdlich
anfühlte. Doch die Freude darüber, dass Frank wollte, dass
ich so nah wie möglich bei ihm war, überwog meine
anfängliche Scheu.

Ich fühlte mich auf einmal komplett eins mit ihm so, als ob
wir vorher getrennt waren und mir das verlorene
Gegenstück fehlte.

Leicht verlegen schaute ich zur Seite. Ich wusste nicht, was
ich nun machen sollte, oder sagen. Stille machte sich breit,
was zuvor noch keinmal vorgekommen war. Wir hörten nur
die vorbeifahrenden Autos. Nun suchte ich Franks Blick,
und wir schauten uns intensiv in die Augen. Dieser
Augenblick hatte etwas Magisches und eine Wärme
durchflutete meinen Körper. Es ist so, als ob gleich etwas
ganz Großes passieren würde. Etwas, was einen für das
restliche Leben verändert.

Er lächelte mich an. Sein Blick wurde weich und zart.
Zärtlich streichelte er mir mit seinen Fingerspitzen über die
Wange. Seine Hand fühlte sich auf meiner Haut sinnlich an.
Ich genoss dieses prickelnde und wohlig warme Gefühl.
Seine Finger glitten weiter Richtung Nacken. Mit sanftem
Druck zog er mich an sich, bis sich unsere Lippen
berührten. Er presste seine Lippen leidenschaftlich auf
meine und ich erwiderte seinen Kuss. Alles andere verlor an

Bedeutung. Dieser Kuss steigerte jedes Gefühl in mir; es stieg auf das Hundertfache und potenzierte sich.

Ich konnte ihm nicht nah genug sein. Wir umarmten uns und hielten uns fest. So, als ob wir befürchteten, dass wir nur eine Illusion wären, wenn wir uns losließen.

Dadurch, dass wir uns körperlich spürten, empfand ich eine noch nie dagewesene Sicherheit. Ich fühlte mich richtig berauscht vor lauter Glück. Meinen ersten Kuss bekam ich von Tom, doch dieser Kuss mit Frank übertraf jede Vorstellung, er war einfach überwältigend. Ihn irgendwann in Zukunft nicht mehr spüren zu können, war für mich nun unvorstellbar sein.

Jedoch musste ich mich schweren Herzens von ihm trennen, weil der Bus kam. Zögerlich lösten wir uns und gingen Richtung Bus. Frank begleitete mich die drei Schritte und wich mir nicht mehr von der Seite. Als der Bus hielt und sich seine Türen öffneten, fragte er: »Kommst du morgen auch wieder?«

»Ja, sehr gerne!«

»Komm bitte ganz früh, wenn der erste Bus fährt, ich möchte dich so früh wie möglich sehen. Ruf mich vorher an, meine Nummer ist ganz leicht: 87015.«

Wir küssten uns noch einmal und ich stieg ein. Ich setzte mich ganz nach hinten und schaute mich noch einmal zu Frank um. Er stand an der Bushaltestelle und schaute dem Bus nach, bis der aus seinem Blickwinkel verschwand.

Als ich Frank nicht mehr sah, drehte ich mich wieder nach vorne und ging in Gedanken seine Nummer durch. **87015.** Das war nicht ganz so einfach, denn meine Synapsen sprudelten über vor Glück. **87015.**

Frank, den ich absolut toll fand, mochte mich und wollte mich so schnell wie möglich wiedersehen. **87015!**

Immer wieder überkam mich ein Glücksgefühl. Ist das Ganze wirklich gerade passiert? **87015**, oder bildete ich mir das alles nur ein? **87015.**

Das war ein Teenietraum, der jetzt in Erfüllung ging. **87015!**

Trotzdem fühlte es sich unwirklich an und ich wusste nicht wohin mit meiner überschwänglichen Freude und dem Gefühl, wirklich glücklich zu sein.

Ich wusste, dass ich erst sechzehn war und dass mein ganzes Leben noch vor mir lag. Doch in diesem Fall, was Frank betraf, war ich mir absolut sicher, dass meine Liebe zu ihm niemals enden würde. **87015.**

Zu Hause notierte ich mir sofort seine Nummer.

Ich tanzte durch mein Zimmer, schwebte auf Wolke sieben. Alles war so bunt, so schön, so vollkommen. Das Leben ergab plötzlich einen Sinn und ich liebte dieses Gefühl der absoluten Glückseligkeit.

Wer hätte gedacht, dass ich meinen Traummann einmal treffe? Ich nicht!

Aber so war es, er mochte mich und möchte auch Zeit mit mir verbringen, viel Zeit.

Diesmal spielte die Uhrzeit keine Rolle, ich genoss den Abend mit all meinen überschwänglichen Empfindungen.

***

Mein Herz ging auf, als ich zur Unterstützung in meinem Tagebuch noch einmal mein erstes Date in meinen Gedanken durchlebte. Ich konnte förmlich die alten

Emotionen, die ich empfand, erneut spüren. Es war so ein warmes und intensives Gefühl. Vor Vorfreude strahlend, ließ ich unser zweites Treffen in meinen Gedanken noch einmal Revue passieren.

***

Es war noch dunkel draußen, als ich lächelnd meine Augen öffnete. Nur die Digitalanzeige von meiner Uhr schimmerte leicht durch mein Zimmer. Mein Herz war voller Freude und aus diesem Gefühl heraus drückte ich mein Kissen, um ganz leise: »Ich liebe ihn«, zu sagen.

Ich war so aufgeregt, dass ich gleich nach der Uhrzeit schaute. In der Hoffnung, es wäre schon Zeit, Frank anzurufen. Aber es war erst kurz vor 23 Uhr, die Nacht lag noch vor mir.

Enttäuscht, weil ich es kaum erwarten konnte, dass es endlich Morgen wird versuchte ich, wieder einzuschlafen. Doch immer, wenn ich kurz davor war einzuschlafen, hat mich das Glücksgefühl wieder geweckt. Jedes Mal hab ich mein Kissen gedrückt und die drei magischen Worte geflüstert.

Immer wieder schaute ich in der Nacht auf die Uhr, kaum abwarten könnend, ihn wiederzusehen. Als es endlich Morgen wurde, habe ich mich leise nach oben geschlichen und bin mit dem Telefon in die Küche gegangen, um niemanden zu wecken. Ich wählte seine Nummer, ließ es dreimal klingeln und legte wieder auf, weil ich seine Eltern nicht wecken wollte.

Ok, vielleicht war er gerade nicht am Telefon, also probierte ich es noch einmal. Wieder ließ ich es dreimal klingeln, um dann erneut aufzulegen.

Ich wartete etwas, probierte es dann wieder. Keiner nahm ab, nun schlich sich mir der Gedanke, dass ich doch einen Zahlendreher hatte. Frank würde sicherlich schon sehnsüchtig warten und sich wunderte, warum ich nicht anrief.

Also probierte ich es mit der 78… am Anfang.

Wieder nichts! Es klingelte auch bei dieser Nummer, doch es hob keiner ab. Nun probierte ich abwechselnd die eine und dann die andere. Bald kam bei der Nummer, die ich als Zweites wählte, ein Besetztzeichen. Mein Herz sprang höher, ich dachte, dass mich Frank jetzt zurückrufen würde! Also wartete ich geduldig vor dem Telefon. Aber es kam kein ersehnter Anruf!

Solange hielt ich es nicht mehr aus, darum rief ich erneut die Nummer an. Wieder besetzt!

Ich erkannte ziemlich schnell, dass jemand den Hörer daneben gelegt haben musste. Ich war mir nur nicht schlüssig, ob es Franks Eltern waren oder ein anderer, der vollkommen genervt war, dass ich immer wieder dreimal klingeln ließ.

Nach 20 Minuten gab ich auf und beschloss, trotzdem mit dem ersten Bus in die Stadt zu fahren.

Es war noch dunkel und recht frisch. Ich spürte die Kälte aber nicht. Die Vorfreude Frank wiederzusehen ließ alles andere nichtig erscheinen. Während der Fahrt wuchs meine Aufregung, trotzdem wusste ich, dass ich Frank nicht sofort sehen würde. Die Vorstellung, dass ich ihn gleich wieder sehen würde, übermannte mich.

Es war ein herrlicher Morgen. Während der Bus gemächlich Richtung Stadt fuhr, kam langsam die Sonne zum

Vorschein und je nachdem, um welche Kurve er zuckelte, konnte ich das Farbenspiel der aufgehenden Sonne beobachten. Auch nachdem ich an der Endstation ausgestiegen war, schaute ich wie gebannt immer wieder nach oben, wie die Sonne die Stadt in unterschiedlich intensive Orangetöne tauchte.

Ich fühlte mich so friedlich und ruhig und genoss die Stimmung, die ich ganz bewusst wahrnahm. Um diese Uhrzeit war sowieso alles sehr verschlafen und still hier in der Stadt. Menschen, die mir begegneten, weil sie zum Bäcker wollten, grüßten mich mit einem Lächeln zurück. Schon fast leichtfüßig tänzelte ich über den Asphalt und genoss die Zeit, die schnell verflog. Ich schwelgte jede einzelne Minute im Glück, weil ich nicht ungeduldig wartete, bis ich Frank wieder anrufen kann. Meine Gefühle sprudelten über von der friedlichen Atmosphäre, die mich umgab.

Gegen 9 Uhr dachte ich, dass ich es jetzt wieder wagen könnte anzurufen. Von Weitem sah ich schon die Telefonzelle und holte mein abgezähltes Kleingeld während dem Gehen aus meinem Portemonnaie. Um dann das Geld in den Schlitz zu werfen und gleichzeitig die gelbe, mit Edding beschmierte Tür hinter mir zu schließen. 87015 tippte ich seine Nummer auf den abgegriffenen Tasten und musste nicht lange warten, da kam schon seine Mutter ans Telefon. Ich entschuldigte mich für die frühe Störung und bat sie, mir doch bitte Frank ans Telefon zu holen.

Ich hörte seine Mutter nach ihm rufen und nur wenige Sekunden später kam er ans Telefon. Er ließ mich noch

nicht einmal »Guten Morgen« sagen und legte sofort los.
»Es tut mir so leid, ich habe verschlafen. Ich bin eben erst
aufgewacht und ganz erschrocken, wie spät es ist. Ich hatte
solche Angst, dass du dich nicht mehr meldest«, er
entschuldigte sich in einer Tour.
Ich musste ihn förmlich unterbrechen.
»Hey, alles gut! Guten Morgen erst einmal. Ich bin schon in
Weinheim und genieße den Morgen.«
»Ich mache mich jetzt auf den Weg und komme dann zu dir,
wo bist du?«
»Lass uns am Bahnhof treffen, dann hab ich noch einen
kleinen Weg und du kannst dich in Ruhe fertig machen.«
»Ich bin in 20 Minuten bei dir!«, sagte Frank und legte auf.
Frank kam sogar früher, er war die Strecke gerannt, um
mich nicht länger warten zu lassen. Noch einmal
entschuldigte er sich. Lachend erzählte ich ihm, was für
einen wundervollen Morgen ich hatte.
»Was der Mensch, mit der Nummer 78015 nicht behaupten
konnte. Denn er wurde mit ewigem Geklingel geweckt und
war sicher angenervt. Vor allem musste er sich bestimmt
gefragt haben, wer so früh anrief?«, erzählte ich ihm
lachend und klärte ihn auf, dass ich diese Nummer auch
ausprobiert hatte.
Aber nun besaß ich ja Franks richtige Nummer, sodass der
Mensch, bei dem ich versehentlich anrief, von mir nie
wieder belästigt werden würde.
Frank trat nach den Albereien an mich und sagte mit
weicher Stimme: »Ich habe dir noch gar nicht richtig guten
Morgen gesagt!«
Während er mir das zuflüsterte, näherte sich sein Gesicht
meinem. Wir küssten uns und wieder war es perfekt. Er war

perfekt!

Dort, wo die Sonne schien, wurde es auch wärmer. Wir gingen an Schrebergärten vorbei und genossen unsere Zweisamkeit. Auch heute redeten wir wieder unaufhörlich. Aber wir redeten nicht nur, sondern lagen uns auch in den Armen und küssten uns. In seinen Armen gehalten zu werden und seine Zuneigung zu spüren, versetzte mich in ein berauschendes Gefühl. Nach seinen Lippen könnte ich süchtig werden.

Obwohl wir uns erst das zweite Mal trafen, spürten wir eine tiefe Verbundenheit. Einfach alles fühlte sich richtig an.

»Ich probe heute mit meiner Band, möchte aber, dass du bei mir bleibst. Würdest du mitkommen?«, fragte er mich. Natürlich wollte ich, schon allein, dass er mich fragte, versetzte mich in Hochstimmung. Dann würde ich seine selbst geschriebenen Stücke kennenlernen und ihn zum ersten Mal singen hören. Er spielte Heavy Metal. Während wir Arm in Arm an den Vorgärten entlang spazierten, träumte ich davon, wie Frank vor seinem Mikrofon stand und sang.

Frank musste das erahnen, als er mein Gesichtsausdruck sah lächelte er. Aus heiterem Himmel blieb er stehen, und erst dann registrierte ich, dass er lächelnd vor mir stand. Er musste mich die ganze Zeit beobachtet haben und ich schaute verlegen zur Seite.

»Du bist so bezaubernd …«, flüsterte er.

Seine Finger berührten zärtlich mein Kinn, er drehte mein Gesicht liebevoll zu seinem und unsere Lippen berührten sich wieder. Ich spürte, dass er meine Nähe suchte, genauso wie ich seine.

Seine Umarmungen und seine Art, wie er mich häufig berührte, nährten mein Selbstbewusstsein. In seiner Gegenwart fühlte ich mich so stark und wertvoll. Zum ersten Mal in meinem Leben fing ich an, mich selbst zu mögen!

Es war bereits Mittag geworden und die Sonne brannte, so, dass es wieder schön warm wurde. Auf dem Weg zurück in die Stadt zog Frank seine Jacke aus. Er trug ein Muskelshirt und ich konnte seine kräftigen Arme sehen, die ich zuvor schon erahnte.

Plötzlich stoppte er und zog mich hingebungsvoll verspielt zu sich, um mich zu umarmen und zu küssen. Was wir an diesem Morgen schon so oft getan hatten. Ihn störte es nicht, dass wir mittlerweile mitten in der Fußgängerzone standen und die Leute um uns herum gehen mussten. Sein Selbstbewusstsein übertrug sich auf mich, darum störte es mich auch nicht. Ich liebte es, wenn ich in seinen Armen lag. Als ich seine muskulösen Arme von Nahen sah, fiel mir auf seiner linken Schulter eine großflächige alte Brandnarbe auf.

Ich streichelte sanft darüber, schaute wieder in seine verliebten Augen und fragte leise: »Was ist da passiert?«.

»Die habe ich schon sehr lange. Als Kind wollten mein Bruder und ich Süßigkeiten aus dem Schrank holen. Meine Mutter bewahrte sie in der Küche auf. Ich diente meinem Bruder als Räuberleiter so, dass er sich zum Schrank hoch hangeln konnte. Dabei stieß er an die Kaffeemaschine, die prompt umkippte. Der brühend heiße Kaffee verbrannte mir sekundenschnell meine Schulter. Und so entstand die Narbe!«

Während Frank mir seine Geschichte erzählte, ließ er mich nicht aus den Augen. Ich hielt seinem Blick stand.

»Wie langweilig!«, neckte ich ihn. »Das kannst du doch so nicht erzählen.«

»Aber wenn es sich so nun mal zugetragen hat?«, verteidigte er sich.

»Ich dachte, jetzt kommt eine heldenhafte Geschichte. Todesmutig …«

Ich lachte. Frank stieg auf meine Andeutungen ein und wir erfanden die wildesten Geschichten, wie er zu seiner Narbe kam.

Obwohl noch ein bisschen Zeit war, machten wir uns auf dem Weg, zum Jugendzentrum. Dass die Stadt so etwas besaß, wusste ich nicht einmal.

Meine Clique und ich hielten uns ja eher im Schlosspark auf.

Das Jugendzentrum war noch geschlossen, also setzten wir uns davor auf die Treppe. Einer seiner Bandmitglieder, der den Proberaum angemietet hatte, besaß den Schlüssel.

Ich setzte mich wieder auf Franks Schoß, das war nun mein Lieblingsplatz. Wir küssten uns und hielten immer wieder Ausschau nach der Band. Mit ihm zusammen zu warten, genoss ich sogar. Egal, was wir machten, Hauptsache wir machten es zusammen.

Die Band trudelte nach und nach ein, natürlich kam der mit dem Schlüssel als letzter. Als Erster kam Juan, der Gitarrist. Er war Spanier, seine schwarzen, etwas gelockten langen Haare fielen ihm wild auf die Schulter. Er war nicht allein. Seine Freundin, auch mit lange schwarze Haare, begleitete ihn. Sie schoss immer zu Fotos von ihm. Als sie Frank und mich entdeckte, fotografierte sie uns auch. Sie sah sehr verliebt aus und so wie sie Juan anschaute, verriet mir, dass sie ihn anhimmelte. Dieses Gefühl kannte ich nur zu gut, mir erging es ja genauso.

Etwas später trudelte auch der Schlagzeuger Maurice ein. Seine Mähne war nur schulterlang und stufig geschnitten. Mit einem Lächeln stellte er sich zu uns, Frank tauschte sich mit Juan über die letzte Probe aus. Dabei saß ich immer noch auf seinen Schoß. Frank hielt mich fest umschlungen. Juan und seine Freundin lagen sich in den Armen. Außer dem Bassisten Anton, der den Schlüssel besaß, waren alle anwesend. Sie nahmen mich auf, als ob ich schon immer dazu gehörte. Auch dieses Gefühl genoss ich.

Endlich kam auch der Schlüsselträger und wir konnten in den Proberaum. Die Musiker waren beschäftigt, ihre Instrumente auszupacken. Frank blieb währenddessen bei mir und wir küssten uns immer wieder.

In mir stiegen Gefühle auf, die mir bisher völlig fremd waren. Ich fühlte mich wertvoll und geliebt.

Bevor es dann richtig losging mit der Bandprobe, mussten die Instrumente noch am Mischpult angeschlossen und getestet werden. Auch Franks Mikrofon. Dabei ließ er mich nicht aus den Augen und lächelte mich immer wieder an. Jede freie Minute und war sie noch so kurz, kam er zu mir und gab mir einen Kuss.

Auch beim Singen, als ein Solo gespielt wurde, kam Frank, um mich zu küssen und wieder fühlte ich mich absolut geliebt und bedeutungsvoll. So viel Aufmerksamkeit zu bekommen, kannte ich nicht. Das Gefühl, dass ich jemanden so viel bedeutete, war berauschend. Diese

Empfindung, die ich verspürte, machte mich richtig high. Und ich wollte sie nicht mehr verlieren. Ich war nicht mehr die unbedeutende Maja, die ausgestoßen wurde. Gegenwärtig war ich ein Mädchen, was man lieben konnte. Während der ganzen Probe behielt ich das berauschte Gefühl. Ich war so glücklich, nicht einmal im Traum hätte ich geahnt, dass ich mich jemals so bedeutend fühlen würde.

Sie spielten ihr letztes Lied. Das Mikrofon von Frank war schnell zusammen gepackt. Sofort kam er wieder zu mir, um mich zu küssen.

Nach dem Aufräumen standen wir alle noch draußen vor dem Jugendzentrum und unterhielten uns. Nun fragte mich auch die Band, wer ich war und wie wir uns kennengelernt hatten.

Als alle neugierigen Frage beantwortet waren und die Bandmitglieder sich in alle Richtungen verstreuten, waren Frank und ich wieder allein. Das Jugendcafé machte auf und Frank lud mich noch auf ein Getränk ein. Das Café strahlte eine gemütliche Wärme aus. Die Wände waren orange gestrichen und in der Mitte des Raumes standen Tische und Stühle. An der Seite gab es eine gemütliche Couch. Diese war aber schon belegt. Sowieso war das Café gut besucht. Wir hielten nach einem Tisch Ausschau und hatten Glück. Einige Jugendliche wollten gerade gehen. Ich setzte mich, um den Tisch besetzt zu halten, während Frank die Getränke besorgte. Als Frank mit einer Cola und einer Limo zum Tisch zurückkam, beobachtete ich ihn. Ich konnte es immer noch kaum glauben, dass er mit mir hier war. Der

schönste Mensch auf der Welt, kam zu mir, an meinem
Tisch.

Im Jugendcafé herrschte eine gute Stimmung. Daher war
der Geräuschpegel etwas lauter. Im Hintergrund lief
Radiomusik. Frank lehnte sich zu mir rüber, um besser mit
mir sprechen zu können.

»Hat es dir gefallen?«, fragte er mich mit einer etwas
lauteren Stimme, um gegen den Geräuschpegel
anzukommen.

Begeistert und euphorisch erzählte ich ihm, wie toll und
aufregend ich das alles fand und fing an zu schwärmen.

»Deine Band ist sehr nett!« Aber vor allem schwärmte ich
von seiner Stimme und seinen Liedern. Vor allem ein Lied
hatte es mir angetan.

Frank freute sich, dass mir seine Lieder gefielen und ich
seine Band mochte. Später begleitete er mich noch zur
Bushaltestelle, wo wir wieder, so wie gestern, unsere Plätze
einnahmen.

Als wir uns später verabschiedeten, wusste ich, dass das
hier etwas ganz Besonderes war. Ich war so dankbar für
jeden Moment mit ihm.

In der Schule konnte ich es kaum erwarten, meinen
Freundinnen von meinem Wochenende zu erzählen, vor
allem von Frank. Es fühlte sich an, als würde ich alles noch
einmal erleben und jedes Mal, wenn ich davon erzählte,
scheint meine Begeisterung für ihn zu wachsen. Leider
hatten wir nicht genug Zeit, um wirklich auf jedes Detail
einzugehen, denn einige meiner Freundinnen nehmen die
Schule etwas ernster als ich.

Francesca schlug vor: »Bring ihn doch das nächste Mal zur

Clique mit.«

Ich mochte die Idee, aber ich wollte auch noch etwas Zeit allein mit ihm verbringen, bevor wir diesen Schritt gingen. Während des Unterrichts verbrachte ich lieber Zeit damit, Zettelchen mit einer Klassenkameradin zu schreiben. Das war unterhaltsamer, brachte jedoch ein kleines Risiko mit sich, was es umso spannender machte. Ich musste aufpassen, nicht schon wieder aufzufallen.

In der großen Pause kam dann ein Fünftklässler auf mich zu und fragte: »Bist du die Maja?«

Meine Antwort war eher kühl: »Wer will das wissen?«

Mein Tonfall war nicht sehr nett und ich schaute ihn streng an, denn ich wollte nicht schon wieder ein Mobbing Opfer werden. Der Junge drehte sich von mir ab und zeigte mit seinem Finger Richtung kleiner Mauer. Plötzlich sah ich Frank außerhalb des Schulhofes stehen, der mir zuwinkte. Mein Herz machte einen Sprung und ich rannte auf ihn zu. Ohne ein Wort fiel ich ihm sofort um den Hals.

»Als Wiedergutmachung, dass wir uns gestern erst später treffen konnten«, begrüßte mich Frank mit einem Lächeln.

»Wenn das so ist, dann darfst du öfter verschlafen«, erwiderte ich grinsend.

Mit ihm hatte ich gar nicht gerechnet, also fiel ich ihm wieder um den Hals und er drückte mich an sich.

»Hast du nach der Schule Zeit?«, fragte er mich.

»Für dich, immer«, gab ich zurück.

»Dann komm doch nach dem Unterricht ins Jugendcafé, ich möchte dir meinen besten Freund vorstellen!«

Die Schulglocke läutete und es fiel mir schwer, Frank

loszulassen. Erst nach dem zweiten Klingeln, was eigentlich bedeutete, dass sich jeder in der Klasse hinsetzen sollte. Erst dann löste ich mich von ihm. Der Pausenhof war leer, alle Schüler waren schon in ihrer Klasse. Der Lehrer würde bestimmt schon im Unterricht sein.

Ich gab ihm noch schnell einen Kuss und lief die meiste Zeit rückwärts, um ihn so lang wie möglich zu sehen. Er zögerte auch zu gehen und wartete, bis ich im Gebäude verschwand. In dem langen Flur, bis zu meinem Klassenzimmer im ersten Stock, gab es ein lang gezogenes Fenster. Von dort aus konnte ich noch einmal den Schulhof überblicken. Ich starrte hinaus und suchte Frank. Leider sah ich ihn nicht mehr.

Der Lehrer war schon anwesend und hielt seinen Unterricht, als ich dazukam. Ich entschuldigte mich kurz, bekam einen roten Kopf und setzte mich auf meinen Platz. Meine Freundinnen lächelten mich an und gaben mir zu verstehen, dass sie sich für mich freuten.

Nach der Schule kam ich ins Café und entdeckte Frank ziemlich schnell. Neben ihm saß ein Junge, der auch eine wilde Löwenmähne besaß. Er war alternativ gekleidet und wirkte dadurch sehr umweltbewusst. Auch er sah richtig gut aus. Als ich auf beide zukam, stand Frank auf und küsste mich zur Begrüßung.

»Das ist Dieter«, stellte Frank seinen besten Freund vor. Mit Dieter verstand ich mich auf Anhieb. Schnell fanden wir ein Gesprächsthema. Während wir uns unterhielten und uns über Gott und die Welt austauschten, suchte Frank immer wieder meine Nähe.

Die Art, wie er mich ansah und wie aufmerksam er war, wenn ich redete … es ließ mich innerlich strahlen. Es war,

als würde ich in seiner Gegenwart zu etwas
Außergewöhnlichem werden. Nicht nur ein weiteres
Mädchen, sondern jemand Besonderes. Ich fühlte mich so
behaglich und angenommen, wenn er mir diese Beachtung
schenkte. Seine Art von Respekt und Fürsorge, das war
nicht alltäglich, das spürte ich bis in die Zehenspitzen.
Bei Frank zu sein, bedeutete, mich geliebt zu fühlen. Es war
eine warme, feste Art von Liebe, die mir zeigte, dass ich
nicht klein und bedeutungslos war. Zu wissen, dass ich für
jemanden so wichtig sein kann, pumpte mein
Selbstwertgefühl so richtig auf. Die Welt sah dadurch
bunter und freundlicher aus. War das nicht verrückt?
Einfach durch sein Dasein, durch seine Nähe veränderte
sich alles.
Und was ich auch total schön fand, war, dass Frank darauf
bestand, mich zur Bushaltestelle zu bringen.
»Du musst mich nicht begleiten, du kannst ruhig noch bei
deinem Freund bleiben«, bot ich ihm an, als ich registrierte,
dass Frank auch aufbrechen wollte.
Er schaute mich nur fest an: »Natürlich begleite ich dich,
das ist selbstverständlich. Erstens ist es schon dunkel und
zweitens haben wir so mehr Zeit miteinander.«
Glücklich über sein Angebot nahm ich seine Hand und
schmiegte mich total verliebt an ihn. Mit einem Kuss auf
die Wange bedankte ich mich.
Mit einer freundschaftlichen Umarmung verabschiedete ich
mich von Dieter, um danach zusammen mit Frank das Café
zu verlassen, ganz locker, Arm in Arm.
Unterwegs unterhielten wir uns über Dieter. Dabei erzählte

ich Frank, dass ich Dieters Art echt schätzte, wie er das Leben und die Natur sah.

»Ja, er ist ein großartiger Mensch!«, stimmte Frank mir zu. Während wir auf den Bus warteten, war es ruhiger zwischen uns. Wir haben nicht viel geredet, sondern die Zeit genossen, um uns zu küssen.

»Sehen wir uns morgen wieder?«, fragte er mich zwischen einer Kuss-Pause.

Das hat mich echt gefreut, weil ich am liebsten jede Minute mit ihm verbringen würde.

»Mir wäre nichts lieber, als dich zu treffen, doch morgen kann ich leider nicht, ich muss auf meine Brüder aufpassen, das habe ich meiner Mutter versprochen!«

Wir küssten uns leidenschaftlicher, als wollten wir uns unsere Küsse für morgen schon heute geben.

»Wir sehen uns aber übermorgen?«, hakte Frank nach.

»Ja!«, strahlte ich überglücklich.

Manchmal wünschte ich, ich könnte die Schule sausen lassen, um Frank länger zu sehen, aber das ging halt nicht. Frank war irgendwie das Beste am Tag. Und ich freute mich schon darauf, ihn wiederzusehen.

Am nächsten Tag, nach der Schule musste ich mich um meine Brüder kümmern, Mama musste etwas erledigen und der Termin stand schon seit Wochen fest. Es war ein Glück, dass ich überhaupt noch daran dachte. Eigentlich ist in meinem Kopf nur noch Platz für Frank.

Am Abend rief mich meine Mutter hoch, Frank war am Telefon.

Glücklich und verliebt eilte ich nach oben, schnappte mir das Telefon und ging damit in die Küche, setzte mich auf

den Boden und lehnte mit meinen Rücken an die Küchentür.
»Hey«, begrüßte ich ihn.
»Hey«, kam seine Antwort zurück. »Ich habe heute den
ganzen Tag an dich denken müssen«, gestand Frank offen.
Was mein Herz wieder höher schlagen ließ, obwohl es
schon unnatürlich war, wie glücklich ich mich fühlte,
seitdem ich ihn kannte.
»Das musste ich auch«, antwortete ich ihm
wahrheitsgemäß.
»Wie war dein Tag?«, erkundigte er sich.
Ich erzählte ihm, was meine Brüder und ich alles
unternommen hatten und erkundigte mich danach nach
seinem Tag.
»Ich bin durch Weinheim gelaufen und habe mir
gewünscht, dass du bei mir gewesen wärst. Ich hab dich
vermisst!«
Oh Mann, das Grinsen wich mir nicht mehr aus meinem
Gesicht, »Ich hab dich auch vermisst!«
»Ich würde dir gerne etwas sagen, Maja!« Nach einer
kleinen Pause redete er weiter: »Ich liebe dich!«
Als ich die drei Worte hörte, atmete ich tief ergriffen ein. In
meinem Kopf drehte sich alles vor Glück und ich spürte,
dass mir in Zukunft nichts mehr Schlimmes passieren
konnte. Dieser Junge, von dem ich mir so sehr wünschte,
dass er mich mochte, liebte mich!
»Ich liebe dich auch«, bekam ich nur flüsternd heraus, weil
ich so unkontrolliert atmete.
Nun säuselten wir uns verliebt ins Ohr. Mir wurde klar, dass
ich Frank nie wieder in meinem Leben missen wollte. Ich

freute mich auf unsere Zukunft. Wir standen gerade am Anfang unseres Lebens und ich war gespannt, wie es weiterging. Wenn er an meiner Seite war, fühlte ich mich beschützt und aufgehoben. Seine drei Worte zeigten mir, dass er es genauso sah.

Frank stand in einer Telefonzelle, die Münzen, die er einschmiss, neigten sich dem Ende zu und wir mussten uns verabschieden.

»Ich liebe dich so arg«, meinte Frank zum Schluss.

»Ich liebe dich noch viel … ärger!«, meinte ich darauf.

Ich machte eine kleine Pause zwischen viel und ärger, weil ich nach der Steigerung suchte, für das Wort »arg«. Mir fiel nur »mehr« ein. Jedoch das Wort fand ich zu schwach. Es drückte bei Weitem nicht aus, was ich für Frank empfand.

Frank musste lachen und fragte mich, ob es nicht »mehr« heißen würde? Ärger hätte er in dem Zusammenhang noch nie gehört.

»Ja, das habe ich mir auch überlegt. Aber »mehr« klingt für mich zu schwach. Deswegen liebe ich dich »ärger«!«, gab ich lachend zurück.

Wir konnten uns noch sagen, dass wir uns morgen sehen und uns darauf freuten, bis das Münztelefon uns gnadenlos trennte.

***

Als ich das las, musste ich laut auflachen. Die Steigerung von arg ist tatsächlich ärger. Jahre später hatte ich im Internet nachgesehen. Das wusste ich zu diesem Zeitpunkt aber nicht und Frank wahrscheinlich auch nicht. Darum war für uns das Wort ärger so ungewohnt.

Voller alter Gefühlte las ich weiter.

***

Verliebt und voller Glück ging ich singend die Treppe
hinunter in mein Zimmer.

Dass sich Liebe so anfühlen konnte, war berauschend. Ich
fühlte mich in meiner Haut das erste Mal wohl und ich
liebte das Leben. Vor allem empfand ich das Leben
lebenswert. In meinem Zimmer tanzte ich zu der Musik und
drehte mich immer wieder vor Glück. Nahm ein Bleistift,
um auf meinen Tisch: Frank, ich liebe dich so sehr!, zu
schreiben. Ich wollte es hinaus in die Welt schreien, dass
ich Frank liebe. Jeder sollte es erfahren.

fünftes Kapitel

Die letzten Tage im September fühlten sich an, als würde ich in einem Wirbelwind aus Emotionen und neuen Erfahrungen tanzen. Jede freie Minute, die Frank und ich finden konnten, verbrachten wir miteinander. Es war verrückt, wie stark meine Gefühle für ihn geworden waren. Es war alles so neu und aufregend, meine erste echte Beziehung, und ich genoss jede Sekunde davon.

Wieder verbrachten wir einen wundervollen Tag. Wir schlenderten durch die Stadt, trafen zufällig Freunde und lachten viel. Dann, ganz unerwartet, stießen wir auf Francesca.

»Das nenne ich doch mal einen Zufall«, meinte ich, nachdem wir uns gedrückt hatten.

Frank und Francesca reichten sich die Hände.

»Wir vermissen dich in der Clique. Du kommst ja gar nicht mehr!«, meinte sie, etwas enttäuscht.

Ich liebte die Zeit mit Frank so sehr, dass alles andere an Bedeutung verlor. Mir war nicht bewusst, wie viel Zeit vergangen war, als ich in der Schule meinen Freunden von Frank vorschwärmte.

»Wir werden demnächst mal auftauchen, versprochen!«, gelobte ich Besserung. Damit gab sie sich zufrieden.

An diesem Tag vergaßen Frank und ich vollkommen die Zeit. Wir amüsierten uns so sehr, dass wir gar nicht mehr auf die Uhr schauten. Der Tag verging wie im Flug. Umso erschrockener waren wir, als wir feststellten, dass mein letzter Bus schon seit 20 Minuten weg war. Auch wenn die Busse sich verspäteten, 20 Minuten kamen sie noch nie zu spät.

Ich überlegte, was ich machen könnte, um nach Hause zu kommen. Da fiel mir mein Kumpel Olli ein. Der würde mir ganz bestimmt helfen. Frank und ich gingen zur nächsten Telefonzelle, um von dort aus Olli anzurufen.

Im Telefonbuch suchte ich seine Nummer und fand sie auch ziemlich schnell. Es klingelte nicht lange, da hörte ich am anderen Ende Ollis vertraute Stimme.

»Gott sei Dank bist du zu Hause«, begann ich, war aufgeregt und kam somit direkt auf den Punkt. »Du musst mir einen riesengroßen Gefallen tun. Ich habe den letzten Bus verpasst. Könntest du mich bitte nach Hause fahren?«

»Hi Maja, schön, dass du dich auch mal meldest. Wir haben echt lange nichts mehr voneinander gehört. Wo bist du denn?«

Seine Worte klangen, als ob er sich ausgenutzt vorkam, weil ich nur anrief, um ihm um Hilfe zu bitten. Aber trotzdem wusste ich, dass auf Olli Verlass war und ich bedankte mich 1000 Mal bei ihm.

»Das ist so lieb von dir, ich wusste doch, dass ich mich zu 100% auf dich verlassen kann! Wir stehen am Hexenturm, von da aus kann ich schnell zu dir ins Auto springen.«

Natürlich brauchte er etwas Zeit, um zu kommen. Frank und ich schlenderten zum Treffpunkt. Auf dem Weg dorthin, sagte Frank kein Wort. Auf der Bank setzte ich mich wieder auf seinen Schoß.

Während wir auf Olli warteten, merkte ich, dass Frank seltsam still war.

»Wer ist denn dieser Olli?«, fragte er mich aus der

ungemütlichen Stille heraus, die nach dem Anruf entstanden ist.

»Er ist ein netter und liebenswürdiger Mensch, ich kenne ihn ca. 1 ½ Jahre. Wir haben zusammen schon einiges unternommen«, erklärte ich ihm, vielleicht ein bisschen zu euphorisch.

»Ach ja, was denn?« Gab Frank mit einer Stimmlage zurück, die ich von ihm so nicht kannte.

»Wir sind zusammen des Öfteren weggegangen. Er ist wirklich ein netter Kerl …«

» … das erwähntest du schon …«, unterbrach er mich.

Seine Frage, wer Olli sei, löste eine Spannung zwischen uns aus, die sich wie ein Keil zwischen uns drängte. Da dämmerte es mir, dass Frank eifersüchtig war.

»Kann es sein, dass du eifersüchtig bist?«, fragte ich ihn deswegen geradeheraus.

»Ja, ich glaube schon …«, gab Frank offen zu, »…wenn sich Eifersucht so anfühlt. Es ist widerlich und tut weh! Ich mag dieses Gefühl nicht. So etwas habe ich noch nie gefühlt.«

Ich musste lächeln, weil ich es so rührend fand, dass Frank befürchtete, mich zu verlieren.

»Das ist gar nicht witzig«, schmollte Frank und zog übertrieben eine Miene.

»Wie süß!«, stieß ich nun hervor und küsste neckisch sein Gesicht ab.

»Hör mal, du musst auf Olli nicht eifersüchtig sein, er ist nur ein lieber Kumpel, nicht mehr, aber auch nicht weniger!«

»Ich weiß doch auch nicht, was mit mir los ist. Natürlich hast du das Recht, Jungs zu treffen, wann immer du

möchtest. Es tut gerade nur verdammt weh! So ein Gefühl hatte ich noch nie, und ich mag es auch nie wieder fühlen.«
Natürlich wollte ich nicht, dass Frank sich schlecht fühlte. Aber ich konnte auch nichts dafür, dass ich davon gerührt war, ihm so wichtig zu sein, dass er wegen eines anderen jungen Mannes eifersüchtig wurde.
Bis Olli kam, zog ich ihn ein bisschen damit auf, sodass wir nun beide darüber lachen mussten.
Als Olli ankam, stieg ich sofort zu ihm ins Auto, denn schließlich war er extra wegen mir nach Weinheim gekommen und ich wollte ihn nicht warten lassen.
Das sprach ich zuvor mit Frank ab, der damit vollkommen einverstanden war.
Ich begrüßte Olli mit einem Kuss auf die Wange. Er besaß eine etwas kräftigere Figur. Sein Gesicht war aber gütig und liebevoll. So war er auch. Er war wirklich ein guter Freund und er ließ mich nie im Stich. Was er leider von mir nicht behaupten konnte. Trotzdem hielt er mir die Treue, wenn ich seine Hilfe benötigte. Natürlich bekam ich ein schlechtes Gewissen. Ich vermutete, dass er in mich verliebt war. Aber wir sprachen nie darüber, wofür ich sehr dankbar war.
Im Auto erzählten wir, was es bei uns alles Neues gab, in der Zeit, in der wir uns nicht mehr gesehen hatten.
Seitdem ich Frank kannte, pflegte ich keine meiner Kontakte und das sagte ich ihm auch. Er war nicht der Einzige. Er verstand es, wenn man frisch verliebt ist, sieht man erst einmal nur seinen Partner.
Wir wollten uns demnächst mal wieder treffen, um in Ruhe

reden zu können.

Zuhause angekommen, war meine Mutter verständlicherweise nicht begeistert von meiner Verspätung. Ich erklärte ihr die Situation und versprach, in Zukunft vorsichtiger zu sein. Ich legte mich ins Bett, mein Kopf voller Gedanken an Frank, an Olli, und an die komplizierten, aber wunderschönen Verwebungen zwischenmenschlicher Beziehungen.

***

Ich frage mich oft, was aus Olli geworden ist. Was er heute wohl macht? Wir verloren uns aus den Augen, leider wusste ich auch nicht mehr, wo er wohnte und sein Nachname wollte mir partout nicht einfallen.

Ich weiß nur, dass ich damals nicht sehr nett zu ihm war. Jetzt im Nachhinein weiß ich, dass er in mich verliebt war. Früher aber, als 16-Jährige, wollte ich es nicht glauben. Ich hoffe, er hat jemanden gefunden, der seine Liebe erwidert. Und wenn ich könnte, würde ich ihm gerne eines Tages sagen wie leid es mir tut.

***

Anfang Oktober wurde das Wetter immer schlechter, was für diese Jahreszeit durchaus ganz normal war. Und es wurde schon recht früh dunkel, aber an diesem Tag wollte es nicht einmal hell werden.

Frank nahm mich zum ersten Mal mit zu sich nach Hause. Sonst hielten wir uns immer draußen auf. Ich war gespannt auf seine Eltern und wie sein Zimmer aussehen würde. Von außen kannte ich das Haus schon, als Tom und ich Frank seine Platten zurückbrachten. Immer noch empfänd ich, dass die Straßen zu seinem Elternhaus sehr verwinkelt waren. Die Irrwege durch die kleinen Gassen konnte ich mir schon wieder nicht merken.

Unterwegs trafen wir ein Mädchen, ungefähr in meinem Alter. Als sie uns sah, winkte sie freundlich und rief uns schon von Weitem zu: »Hallo Frank! Gehst du nach Hause?«

Sie steuerte auf uns zu. Bevor ich mir etwas dabei denken konnte, sagte Frank schon: »Das ist meine Schwester!«

Ich war sehr erfreut, dass ich nun seine Schwester kennenlernte.

Als wir uns seinem Elternhaus näherten, senkte er seine Stimme zu einem ernsten Flüstern. Die Luft schien plötzlich dichter zu werden, als wären wir die Hauptfiguren in einem Film, kurz bevor die Handlung eine entscheidende Wendung nimmt.

»Wir haben einen Hund«, fuhr er fort, seine Augen fixierten die meinen, als wollte er sicherstellen, dass ich die Tragweite seiner Worte verstand.

»Sie kann bei Fremden ziemlich eigen sein …«

Seine Anweisungen klangen fast wie das Einhalten eines geheimen Rituals: Jacke aufhängen, direkt ins Esszimmer gehen, sich hinsetzen und warten, bis der Hund die erste Kontaktaufnahme von sich aus aufnimmt. Jedes Wort unterstrich die Bedeutung des Moments und ich spürte, wie mein Herzschlag sich beschleunigte. Was für eine Einführung in Franks Welt stand mir bevor?

Ich liebte Hunde, doch bissige Hunde jagten mir eine Heidenangst ein.

Ich tat alles, was Frank mir zuvor auftrug: Setzte mich an

den Tisch, nachdem ich mir schnell die Schuhe ausgezogen
und meine Jacke an der Garderobe aufgehängt hatte.
Franks Mutter begrüßte mich herzlich.
Die Hündin kam und schnüffelte an mir, so wie Frank es
prophezeit hatte. Ich rührte mich nicht und hoffte, dass sie
meine Angst nicht spürte, um mich dann doch noch zu
beißen. Sie war eine Schäferhündin. Außer ihr nahm ich erst
einmal nichts wahr. Frank stand einen großen Schritt weit
von mir entfernt und unterhielt sich mit seiner Mutter. Ich
saß wie angewurzelt auf dem Stuhl und versuchte meine
Angst unter Kontrolle zu halten.
Frank streckte mir seine Hand entgegen. Er wollte mit mir
nach oben in sein Zimmer gehen. Jedoch traute ich mich
nicht aufzustehen. Wie versteinert blieb ich erst einmal auf
dem Stuhl sitzen. Zögerlich nahm ich Franks Hand,
befürchtete, dass der Hund zuschnappen würde. Doch sie
nahm keine Notiz von meiner Bewegung. Vorsichtig stand
ich auf und stellte mich ganz dicht zu Frank. Mein Herz
raste. Versuchte den Hund nicht anzustarren, um sie nicht
zu provozieren. Doch ich interessierte sie nicht. Eng an
Frank gepresst gingen wir hoch.
Er wohnte unter dem Dach. Die Dachschräge verlieh
seinem Zimmer eine gemütliche Atmosphäre.
Frank setzte sich und zog mich zu sich auf seinen Schoß.
Neugierig schaute ich mich um. Sein Zimmer war nicht sehr
groß. An seinen Wänden hingen Poster. Während ich mich
umschaute, beobachtete er mich. Auf einem Plakat, auf
denen Heavy-Metal-Bands standen, stand über Deep Purple,
mit einem Filzstift geschrieben, mein Name.
Natürlich wunderte ich mich darüber.
»Mein Name steht ja auf dem Plakat«, erstaunt sah ich

Frank mit großen Augen an.

Frank lächelte, offensichtlich zufrieden, dass mir das aufgefallen war.

»Ja! Und weißt du auch, warum?«

Ich schüttelte mit dem Kopf.

»Du stehst vor Deep Purple, weil ich dich lieber habe, als meine Lieblingsband«, gab er mir zur Antwort. »Ich sehe auch deinen Namen jeden Tag, nicht nur, weil ich ihn auf das Plakat geschrieben habe, sondern weil meine Gitarre Maya heißt!«

Er zeigte mir seine Gitarre, auf der er seine Lieder komponierte. Ich fühlte mich so sehr geliebt wie ich noch nie zuvor in meinem Leben geliebt wurde.

Dass Frank meinen Namen auf sein Plakat schrieb, bedeutete mir alles. Solche romantischen Albereien kannte ich sonst eher von mir. Franks Name stand in meinen Schulheften. Sogar auf meinem Schreibtisch, weil die Gefühle mit mir durchgingen. Da stand: Frank ich liebe dich so sehr, mit einem Herzchen. Ja, es gab keinen Zweifel, dass wir für immer zusammenbleiben würden.

Ich fühlte mich bei ihm und in seinem Zimmer wohl. Wir redeten über dies und jenes, als er mir erzählte, dass er morgens öfter mit Dieter abhängt. Dieter schwänzte dann die Schule und beide verbrachten den Morgen zusammen. Noch mehr Zeit mit Frank, warum nicht, dachte ich mir und fragte ihn, ob ich mich morgen zu ihnen gesellen dürfte.

»Ich habe dir das jetzt nicht erzählt, damit du morgen die Schule schwänzt. Ich möchte nicht, dass du meinetwegen vom Unterricht irgendetwas versäumst!«

Frank sah sichtlich beschämt aus, weil er mich auf die Idee brachte.

»Das ist jetzt nicht deine oder Dieters Erfindung, die Schule zu schwänzen. Ich habe schon öfter in meinen Leben geschwänzt. Außerdem mache ich es ja nicht jedes Mal, nur morgen.« Nach den Worten setzte ich mein Dackelblick auf. Frank lachte.

»Ich liebe es, mit dir Zeit zu verbringen, das weißt du«, meinte er dann ernst, »aber ich möchte nicht schuld sein, wenn du morgen nicht in die Schule gehst.«

Das wusste ich doch. Trotzdem wollte ich ihn morgen früh gerne sehen. Also verabredeten wir uns morgen um 8 Uhr beim Einkaufsladen Birkenmeier.

Später kam Franks Schwester dazu und ich konnte sie richtig kennenlernen. Ihr Name ist Emilia und trägt ein Heavy Metal T-Shirt.

Ich mochte sie auf Anhieb. Sie zeigte mir stolz ihr Zimmer, das direkt neben Franks lag. An ihren Wänden hingen Bilder von einer Band, die ich nicht kannte. Eigentlich kannte ich mich mit Heavy Metal nicht wirklich aus. Ich hörte meistens Bon Jovi und davor hatte ich meine a-ha Phase.

Wir drei hörten in Franks Zimmer Platten von Emilia.

Am Abend begleitete mich Frank wie gewohnt zum Bus. Wir unterhielten uns über seine Schwester. So wie alle seine Freunde, die er mir bis jetzt vorstellte, mochte ich auch sie.

Am nächsten Morgen machte ich mich fertig, so, als würde ich zur Schule fahren. Fuhr mit dem Schulbus nach Weinheim, stieg aber drei Haltestellen früher aus als sonst.

Bei Birkenmeier wartete Frank schon auf mich. Dieter saß im Café, dass in der Nähe lag. Nach der Begrüßung planten wir den Morgen. Es war sehr kühl geworden, zum Glück regnete es aber nicht.

Dieter brachte selbst gesammelte Esskastanien mit. Und so gingen wir nach dem Kaffee los und suchten uns eine stille Gegend. Ab und zu betreute Dieter junge Pfadfindergruppen und schickte uns daher in alle Himmelsrichtungen, um brennbares Material zu sammeln. Es war tausendmal besser, als in der Schule zu sitzen. Doch leider zog es hier aus allen Ecken und Kanten. Zitternd saß ich auf einem Baumstamm. Frank setzte sich zu mir und wärmte mich, bis das Feuer richtig brannte und Hitze abgab. Die Morgensonne war zwar bereits aufgegangen, jedoch waren ihre jungen Strahlen noch zu schwach, um uns wärmen zu können.

Mir fiel plötzlich Francesca ein, die wir letztens in der Stadt trafen und der ich versprochen hatte mal wieder zur Clique zu kommen. Ich bekam ich ein schlechtes Gewissen und wendete mich an Frank.

»Wir haben doch letztens Francesca in der Stadt getroffen«, erinnerte ich ihn. »Wollen wir demnächst mal zu meiner Clique? Du findest bestimmt auch alle ganz nett!«

»Ja, sehr gerne! Dann lerne ich auch mal deine Freunde kennen.«

Erst jetzt fiel mir auf, dass ich vom Frank schon so viele Freunde traf und er von mir außer Francesca niemanden. Wir warfen die Esskastanien ins Feuer. Bis sie so weit waren, erzählte Dieter uns eine Pfadfindergeschichte nach der anderen. Irgendwann mittendrin holten wir die Esskastanien aus dem Feuer. Wir ließen sie noch etwas liegen, damit sie abkühlen konnten. Gespannt, wie

Esskastanien schmecken, konnte ich es kaum erwarten eine
zu essen. Als sie endlich soweit abgekühlt waren, dass wir
uns nicht mehr verbrannten und ich eine probierte, kam ich
zum Entschluss, dass ich keine Esskastanien mochte.
Die Zeit verflog viel schneller, als in die Schule. Damit es
nicht auffiel, dass ich nicht in der Schule war, fuhr ich mit
dem Bus nach Hause, mit dem ich nach dem Unterricht
gefahren wäre.
Meine Eltern waren jedoch nicht da. Wenn ich das gewusst
hätte, wäre ich noch in Weinheim geblieben. Ich machte es
mir in meinem Zimmer gemütlich, hörte laut Musik und
dachte an Frank. Was meine Lieblingsbeschäftigung war,
seitdem ich ihn kannte.

Nach dem Wochenende hielt ich mein Versprechen und
brachte Frank mit, um ihn meiner Clique vorzustellen. Als
wir, Hand in Hand, auf Francesca und die anderen
zugingen, sprang die Freude förmlich aus ihren Gesichtern.
Es folgten herzliche Umarmungen und kaum saß Frank,
begann das Kreuzverhör. Ich sah, wie schnell er in den
Herzen meiner spanischen Freunde einen Platz fand. Wir
machten es uns auf einer Bank gemütlich, umringt von
meiner Gang, die ihre ganze Aufmerksamkeit Frank
schenkte. Dabei spürte ich wie sich in meiner Magengegend
ein unangenehmes Gefühl breitmachte. Der Junge, der sonst
kaum den Blick von mir abwenden konnte, schien mich
plötzlich vergessen zu haben. Diese Veränderung war neu
für mich und rief ein ziemlich unangenehmes Gefühl hervor
– Eifersucht. Und diese begann, sich ihren Weg zu bahnen –
ein Gefühl, das Frank so treffend als widerlich beschrieb.
Plötzlich stand mein Herz still vor Angst. Was, wenn Frank

eine der anderen mehr mochte als mich? Die schöne Francesca oder Isabel mit ihrem ansteckenden Lachen? In meinem Kopf wurden sie zu potenziellen Rivalinnen. Ich konnte und wollte dieses Gefühl nicht ertragen. Wie automatisch stand ich auf und ging einfach weg von all dem. Vom belebten Rathausplatz marschierte ich zum roten Tor, Frank folgte mir.

Als er mich einholte, war ich erleichtert, wieder seine volle Aufmerksamkeit zu bekommen, aber ich setzte meinen Weg fort. Verloren in Tagträumen einer perfekten Liebesszene, wie sie nur in einem kitschigen Film passiert.

»Stopp, Maja, warte mal«, sagte Frank und drehte mich zu sich. Doch anstatt der ersehnten Liebeserklärung kam etwas ganz anderes: »Das ist das erste und das letzte Mal, dass ich dir hinterherlaufe. Wenn ich dich ungewollt verletzt habe, dann sprich mit mir, statt einfach davonzurennen!«

Das tat weh. Warum konnte er nicht einfach das sagen, was ich hören wollte? Warum konnte er mich nicht einfach in den Arm nehmen und mir seine Liebe gestehen?

***

Mit einem Kopfschütteln und einem Gefühl der Fassungslosigkeit klappte ich mein Tagebuch zu. Wie konnte ich damals nur so blind sein und nicht erkennen, wie wertvoll seine ehrlichen Worte waren? Ich erinnere mich noch gut daran, wie sehr ich mir eine Szene aus einem schwarz-weißen Liebesfilm herbeisehnte. Erst viel später erkannte ich, wie viel ich ihm bedeutet haben muss und wie sehr er sich eine ehrliche Beziehung wünschte.

sechstes Kapitel

An Samstag, den 10. Oktober feierte Frank nachträglich seinen 19. Geburtstag. Mein Geschenk erhielt er bereits schon am Donnerstag, doch sein Herzenswunsch war ein anderer: Er sehnte sich danach, wieder einmal ausgiebig ausschlafen zu können. Seit unserer ersten Begegnung war ihm das nicht mehr vergönnt. Deshalb bat er mich, dass ich erst nach 12 Uhr bei ihm erscheinen soll.

Eine Bitte, die mir ungewohnt schwerfiel. Frühes Aufstehen war für mich Routine und die Vorstellung, kostbare Stunden im Bett zu verlieren, schien mir wie eine verschwendete Gelegenheit, die Zeit nicht mit Frank zu verbringen. Dennoch gab ich ihm mein Wort, weil es sich um seinen Geburtstagswunsch handelte.

Ich wollte die verschenkte Zeit ohne ihn einfach verschlafen. Natürlich Erwachte ich am Samstagmorgen viel zu früh, blieb aber im Bett. Wie sich alle Planeten um die Sonne drehten, kreisten meine Selbstzweifel unaufhörlich um mich selbst. Ich grübelte darüber nach, was Frank in mir sehen könnte. Musik, die einzige Ablenkung, die mir einfiel, kam nicht infrage, da ich meinen Bruder Achim im Zimmer nebenan nicht wecken wollte.

Meine Zweifel und Ängste nahmen zu, bis unerwartet Daniel und Stephan in mein Zimmer stürmten, überrascht, mich anzutreffen. Ihre Anwesenheit und die folgende gemeinsame Zeit, in der wir Verstecken spielten, lenkten mich von meinen dunklen Gedanken ab.

Letztendlich erreichte ich Franks Haus sogar ein wenig nach der verabredeten Zeit. Zu meiner Überraschung öffnete

Frank selbst die Tür, umarmte mich innig und strahlte mich an:

»Du bist spät!«, witzelte er.

»Ach weißt du, ich wollte mal wieder ausschlafen, seitdem ich dich kenne, komme ich ja nicht mehr dazu«, neckte ich zurück.

Und mit jedem Moment in seiner Nähe verflogen meine vorherigen Zweifel. Seine Nähe vertrieb die dunklen Wolken vom paradiesischen Liebeshimmel und ich fühlte mich wieder geliebt und geborgen. Als er mich von hinten umarmte und wir uns gemeinsam im Flurspiegel betrachteten, dachte ich an Adam und Eva – wie füreinander geschaffen.

»Wir sind echt ein verdammt hübsches Paar«, sprach Frank die Worte laut aus, die ich zuvor dachte. Seine Worte laut zu hören, ließen mir keine Zweifel mehr. Ich liebte ihn so sehr, dass ich mir ein Leben ohne ihn nicht mehr vorstellen wollte. »Genau das Gleiche habe ich auch gerade gedacht.« Oben in seinem Zimmer spielte er mir seine Platten vor. Zwei Lieder von einer Platte gefielen mir besonders gut, so gut, dass er sie mir immer wieder vorspielen musste: »Is this love« und »Here I go again« von Whitesnake.

Gegen Abend trafen Franks Gäste ein, die Musik ließ er im Hintergrund laufen. Es kamen viele Freunde und bald war sein Zimmer voll. Ich unterhielt mich mit Franks Schwester Emilia. Frank stand ein paar Schritte von mir entfernt bei seinen Kumpels. Mitten im Gespräch mit Emilia vernahm ich die Melodie von »Is this Love«. Ich schaute zum Plattenspieler. Dort stand Frank und lächelte mich an. Er zwinkerte mir zu und drehte das Lied etwas lauter. Nun musste ich auch lächeln. Frank sah glücklich aus. Wir amüsierten uns prächtig. Jedoch als ich auf die Uhr sah, erschrak ich. Mein Bus würde schon in ein paar Minuten fahren. Es blieb mir nichts anderes übrig, als zu hoffen, dass der Bus wieder einmal zu spät kam. Dann würde ich es vielleicht noch schaffen. Ich verabschiedete mich schnell von allen, schnappte meine Jacke und rannte die Treppe hinunter. Frank rannte mir hinterher.

»Du glaubst doch nicht, dass ich dich alleine gehen lasse!«, meinte er.

»Frank, du hast Gäste und feierst deinen Geburtstag, ich versuche noch den Bus zu bekommen, ich muss mich jetzt aber echt beeilen.«

»Warum redest du dann noch? Komm!«, waren seine Worte und er rannte aus der Haustür.

Ich sprintete hinter ihm her. Meine Kondition war aber nicht so gut wie seine, deswegen musste ich immer wieder gehen, weil ich keine Luft mehr bekam. Frank lief aber weiter, er wollte den Bus aufhalten, wenn er ihn noch erwischen würde.

Als ich an der Bushaltestelle ankam, saß Frank außer Atem auf der Bank. Wäre der Bus pünktlich gewesen, wäre er seit 7 Minuten weg. Ich glaubte auch nicht wirklich, dass er noch kommen würde und ließ mich neben Frank nieder. Warum musste der Bus auch ausgerechnet heute pünktlich kommen?

»Und jetzt?«, fragte ich. »Ich glaube nicht mehr, dass er kommt!«

»Bist du schon einmal getrampt?«, fragte er mich.

»Nein, noch nie. Ich habe Angst davor.«

»Ich bin ja dabei, da kann nichts passieren!«

»Deine Gäste, das kannst du nicht machen«, gab ich zum Einwand.

»Die amüsieren sich auch ohne mich und meine Schwester ist ja auch noch da. Ich lasse dich nicht allein und du musst nach Hause.«

Mit den Worten stellte sich Frank an die Straße und hob seinen Daumen. Nach ein paar Autos hielt auch einer an. Der Fahrer wirkte nett. Er fragte Frank, wohin wir denn wollten. Wir hatten Glück, er fuhr in die Nähe von Oberflockenbach. Wir könnten gerne mitfahren.

»Der Mann scheint nett zu sein, geh wieder auf deine Feier, ich komme schon klar«, sagte ich, damit Frank zu seiner Feier zurückkonnte.

»Ich lass dich nicht allein!«, war wieder seine Antwort und er stieg mit ins Auto. Wir fuhren gemeinsam. Der Fahrer fuhr uns sogar weiter, als er wollte. Er wollte mich sogar bis zur Haustür fahren, doch das wollte Frank nicht.

»Du kannst uns ruhig hier rauslassen, das Stückchen können wir auch laufen. Danke, dass du uns mitgenommen hast.« Frank begleitete mich noch bis zur Haustür und trampte dann wieder nach Hause. Ich wollte, dass er mit reinkommt und dass einer meiner Eltern ihn fährt, doch das wollte er nicht.

»Dann hätten wir deine Eltern direkt anrufen können. Ich komme schon klar, mach dir keine Sorgen.«

Aber die machte ich mir, als ich runter in mein Zimmer schlich. Die Nacht war lang und der Schlaf wollte sich nicht einstellen. Meine Gedanken kreisten unablässig um Frank und die Frage, ob er wohl sicher nach Hause gekommen war. Konnte er eine Mitfahrgelegenheit finden oder musste er die ganze Strecke zu Fuß zurücklegen? Was, wenn ihm unterwegs etwas passiert war? Mein Geist spielte unzählige Szenarien durch, bis ich schließlich, erschöpft von den endlosen Überlegungen, doch noch in den Schlaf fiel.

Am nächsten Morgen erwachte ich wieder viel zu früh. Meine Gedanken an Frank ließen mich nicht mehr schlafen. Was, wenn ihm etwas zugestoßen war?
Vielleicht waren noch Gäste von der Feier da und es wurde spät. Oder schlimmer, er musste die elf Kilometer nach Hause laufen, weil niemand ihn mitnehmen wollte.
In jedem Szenario hätte er kaum ein Auge zugetan. Deshalb entschied ich mich, erst mit dem 10-Uhr-Bus zu ihm zu fahren.
Als ich gegen 11 Uhr an seiner Tür stand, empfing mich seine Mutter mit einem warmen Lächeln. Ich hastete in sein Zimmer, fand es jedoch leer vor. Mein Herz begann zu rasen, aber bevor meine Fantasie mit mir durchgehen konnte, tauchte Frank, frisch geduscht aus dem Bad auf. Er erzählte mir von seinem gestrigen Abend, wie er schnell eine Mitfahrgelegenheit fand und sich prächtig mit dem Fahrer unterhalten konnte. Die Party war zwar aufgelöst, was ihn aber nicht störte.
Wir beschlossen, gemeinsam nach unten zu gehen, zu frühstücken und Kaffee zu trinken. Obwohl ich den Geschmack von Kaffee eigentlich nicht mag, trank ich ihn, weil Frank es tat. Nach dem Frühstück verzogen wir uns nach draußen, dabei tanzte ich vor ihm her und sang andauernd den Refrain von Whitesnake, »Is this Love«.

Den letzten Satz sang ich krumm und schief, worauf sich Frank vor Lachen kaum noch halten konnte. Ich fing immer wieder von vorne an und tanzte weiter vor ihm her. Glückseligkeit durchströmte mich – Frank ging es gut, wir genossen unsere gemeinsamen Momente. Was konnte ich mir mehr wünschen? Die Bedeutung der Liedzeilen, die ich sang, waren mir zwar fremd – mein Interesse am Englischunterricht ließ nach dem Umzug stark nach - und ich vermutete, dass ich die Worte wohl kaum korrekt aussprach. Doch das hielt mich nicht zurück, den Refrain leidenschaftlich zu wiederholen. Dieses Lied hatte es mir angetan; es verfolgte mich, ließ mich nicht mehr los.
Am Abend, während der Bandprobe, war es dann Frank, der für mich sang. Seine Melodien erfüllten den Raum, klar und rein – ein starker Kontrast zu meinem eher schiefen Gesang.

Bei schlechtem Wetter waren wir nicht immer bei Frank. Auch wenn es eisig kalt war, zogen wir es vor, uns draußen aufzuhalten. Zu mir nach Hause zu gehen, kam nicht in Frage. Es lag daran, dass meine beiden jüngeren Brüder uns keine Ruhe gelassen hätten; daher schied diese Option aus. An jenem Tag, von der Kälte durchdrungen, fanden wir keinen Schutz in den Straßen Weinheims, die uns Wärme hätten bieten können. Die Straßen waren fast menschenleer, es schien so, als ob Frank und ich durch verlassenen Gassen liefen. Gefühlt alleine in der Kälte, stieß ich gegen einen Stein. Als der vor mir her sprang, kam mir eine Idee. Mit dem Stein begann ich auf der Straße zu zeichnen. Obwohl die Linien nicht so deutlich waren wie bei

Kreidezeichnungen, war das Ergebnis erkennbar. Frank beobachtete mich schweigend, bis er erkannte, was ich da kreierte: das Spiel Himmel und Hölle. Begeistert von der Idee, half er mir sogleich, es fertigzustellen indem er sich ebenfalls einen Stein suchte.

Unser Ehrgeiz erwachte, als wir von Kästchen zu Kästchen hüpften. Um das Spiel spannender zu gestalten, störten wir uns gegenseitig, hüpften manchmal sogar gemeinsam und versuchten, uns einander aus dem Weg zu drängen. Diese alberne, kindliche Freude belebte uns und wir lachten ausgelassen und unbeschwert. Außer Atem stellten wir fest, dass das Spiel sein Ziel erreichte: Uns wurde warm.

Noch immer in euphorischer Stimmung zogen wir zum Marktplatz. Ich, übermütig und aufgedreht, beschloss, die feine Dame zu mimen. Mit einem Papiertaschentuch in meiner Hand stolzierte ich an Frank vorbei und ließ es direkt vor ihm fallen, während ich weiterging. So wie von mir beabsichtigt, hob Frank das Taschentuch auf und näherte sich mir – während ich dastand, hochnäsig und erwartungsvoll. Malte mir aus, wie Frank das Taschentuch mir mit einer tiefen ehrenhaften Verbeugung zurückgab, um meine Gunst zu erhalten. Ich würde ihn dann auf eine hochnäsige Art noch etwas zappeln lassen, bis wir uns lachend in die Arme fallen würden.

Doch anstatt mir das Taschentuch zurück zu geben, hielt er es sich an die Nase, schnäuzte hinein, ging an mir vorbei und warf es in den nächsten Mülleimer, der zufällig hinter mir stand. Dann lachte er laut.

Fassungslos beobachtete ich das Szenario. Konnte nicht wirklich glauben, was gerade passiert war.

»Ach komm schon Maja, das war lustig!«

Ich verdrehte meine Augen und schüttelte den Kopf, fand es erst einmal gar nicht lustig. Ließ mich aber von Franks Euphorie mitreißen und musste dann auch lachen. Ich schubste ihn spielerisch und meinte: »Du bist doof!« Unsere kindliche Neckerei und die aufgedrehte Art behielten wir bei, bis ich im Bus saß.

Meine Eltern fuhren oft übers Wochenende weg. Und die Stille, die sich im Haus ausbreitete, genoss ich. Normalerweise kam mir diese Abwesenheit sehr gelegen, da ich ohnehin die meiste Zeit bei Frank verbrachte. Doch an diesem Wochenende, Ende Oktober, war alles anders. Ich war krank, ans Bett gefesselt und alles andere als in Gesellschaftslaune. Frank bot an, mich zu besuchen. Aber der Gedanke, er könnte mich in diesem Zustand sehen, in dem ich mich häufig übergeben musste, war unerträglich. Also wählte ich freiwillig die Einsamkeit und verbrachte den Großteil des Tages schlafend.
Gegen späten Nachmittag besserte sich mein Zustand und ich konnte mich sogar aufraffen ins Wohnzimmer zu gehen. Dort legte ich mich auf die Couch um ein wenig Fern zu sehen.
Als das Telefon klingelte, hoffte ich inständig auf Franks Stimme. Doch am anderen Ende war mein Kumpel Olli. Er lud mich spontan ins Kino ein. Trotz meiner anfänglichen Schwäche und der nur kurzen Erholungsphase sah ich keinen Grund abzulehnen. Immerhin fühlte ich mich besser und es war ohnehin unser Plan, uns bald mal wieder zu treffen.
Am Abend holte er mich ab. Wir erreichten das Kino
110

frühzeitig und hielten unsere Karten bereits in der Hand. Bis der Film anfing, dauerte es noch eine Weile, aber wir durften schon ins warme Kino. Auf dem Weg zum Saal beschloss ich plötzlich, kurz wegzumüssen.

»Ich bin gleich wieder da, muss nur schnell etwas erledigen!«, rief ich ihm zu, ohne seine Antwort abzuwarten und sprintete davon.

Mein Ziel war klar: Frank. Ich kannte mittlerweile den Weg zu ihm auswendig und rannte die gesamte Strecke, getrieben von dem Wunsch, ein paar Momente mit ihm zu teilen, bevor der Film begann. Trotz Seitenstechen und Atemnot ließ mich die Hoffnung, ihn anzutreffen, nicht langsamer werden.

Völlig außer Atem, klingelte ich und beugte mich dann nach vorne, um besser Luft zu bekommen. Meine Bedenken, Frank könnte nicht zu Hause sein, wurden von seiner Mutter zerstreut. Sie deutete mir an, dass Frank oben in seinem Zimmer sei.

Keuchend und nach Luft ringend, stürmte ich auch noch die Treppe hinauf.

Seine überraschte Freude war greifbar, als er mich in die Arme schloss.

»Ich wollte mir nur einen Kuss abholen«, keuchte ich, »Seit heute Nachmittag geht es mir wieder gut. Deswegen habe ich auch Olli zugesagt, als er mich spontan ins Kino einlud.«

Der Kuss fiel erst einmal dürftig aus, weil ich immer noch nach Luft ringen musste.

»Ich habe heute auch nicht untätig herumgesessen und für dich mein Zimmer umgestellt!«

Nach seinen Worten zeigte er mir sein Werk.

»Das hat den ganzen Tag gedauert, ich wollte dich damit morgen überraschen. Ich nehme doch an, dass wir uns morgen sehen? Musste heute die ganze Zeit an dich denken!«

»Klar sehen wir uns morgen. Dein Zimmer sieht toll aus, gefällt mir gut! Ich muss jetzt aber wieder los, der Film fängt gleich an.«

Frank hielt mich jedoch fest und drückte mich nochmal an sich.

»Wie? Du willst schon wieder gehen?«

»Von Wollen kann keine Rede sein, ich muss. Es wäre unhöflich Olli gegenüber. Ist sowieso schon unhöflich, dass ich ihn jetzt allein im Kino gelassen habe.«

Frank ließ mich trotzdem nicht sofort gehen und küsste mich immer wieder, mit den Worten: »Nur noch einen Kuss!«

Schweren Herzens trennten wir uns dann aber doch und Frank begleitete mich noch bis zur Haustür. Ich machte mich wieder auf zum Kino, rannte die Strecke aber nicht durch, weil mir die Motivation fehlte.

Im Kino angekommen, lief der Film bereits, deshalb musste ich mich im Dunkeln zu Olli vorschleichen.

»Na toll, jetzt hast du schon einiges verpasst«, begrüßte er mich genervt.

»Sorry, ich wurde aufgehalten«, entschuldigte ich mich.

»Wo warst du denn?«, fragte er.

Ausgerechnet diese Frage wollte ich nicht beantworten. Darum fiel mir nur ein: »Pssst, der Film!«

Ich lächelte ihn an und zeigte mit dem Zeigefinger auf die

Leinwand, in der Hoffnung, er würde nicht weiter fragen.
Und er fragte auch nicht weiter.
Während des Films wanderten meine Gedanken unablässig
zu Frank, was den ohnehin schon uninteressanten Film noch
langweiliger machte. Nach dem Ende, das ich kaum
abwarten konnte, gingen wir noch etwas trinken, bevor
mich Olli nach Hause fuhr. Mein Kopf war voller
Erinnerungen an den kurzen, aber süßen Moment mit Frank.

An einem Sonntag fiel Franks Probe aus, darum entschieden
wir, seinen Kumpel Mathos zu besuchen. Er wollte uns ein
Led Zeppelin Video vorspielen.
Wir machten es uns auf dem Sofa gemütlich, wobei Frank
sich die Mitte sicherte. Ich ließ mich rechts von ihm nieder,
während Mathos den Platz zu seiner Linken wählte. Wir
unterhielten uns nebenbei über das Konzert, als Frank
plötzlich sagte: »Ich würde gerne auf der Bühne sterben,
vielleicht würde das Mikrofon unter Strom stehen, sodass
ich einen tödlichen Schlag bekäme.«
Mathos stieg sofort darauf ein und beide alberten über
Franks Fantasietod. Ich war entsetzt und das sagte ich auch.
»Das ist doch bloß Spaß«, meinte Frank.
Das fand ich keinesfalls lustig und ließ es ihn auch wissen.
Schließlich wollte ich mit ihm alt werden und ich wollte
nicht, dass er vor mir stirbt.
Meine Gedanken verselbstständigten sich und ich stellte mir
vor, was wäre, wenn Frank sterben würde. Eine leichte
Panik stieg in mir auf. Mir vorzustellen, dass ich ohne ihn
mein Leben verbringen müsste, wäre die Hölle für mich.
Wie könnte ich dann weiterleben? Ohne ihn, an meiner
Seite. Das konnte und wollte ich mir nicht vorstellen.

Angst machte sich breit, dass dieser wundervolle Mensch nicht mehr auf der Erde weilen würde.

Er merkte, wie sehr mich das Thema mitnahm, darum wechselte er es. Trotzdem ließ mich sein Kommentar nicht los.

Auch das merkte er, stand auf und ging in die Küche. Mit einem Getränk in der Hand kam er zurück und setzte sich auf den Boden.

Um mich auf andere Gedanken zu bringen, packte er mich und zog mich liebevoll zu sich hinunter. Dort fiel er über mich her und küsste mich ganz wild. Ich lachte, versuchte mich zu befreien, weil es mir peinlich war, vor seinem Kumpel so herumzuknutschen. Mir gefiel seine anhängliche Art und deswegen vergaß ich den Vorfall schnell.

Es klingelte und Tom gesellte sich dazu. Er kam mit schlimmen Neuigkeiten. Ahmets Bruder hatte sich das Leben genommen.

Wieder kippte die Stimmung. Die Ausgelassenheit verflog. Geschockt herrschte erst einmal Stille. Ich brach das Schweigen, indem ich ein unbegreifliches: »Warum?«, in den Raum warf.

»Das ist doch vollkommen egal, warum er gestorben ist. Was für eine doofe Frage. Schlimm ist für die Familie, dass er es getan hat«, war Franks Reaktion auf mein Warum.

»Ich bin geschockt, ich kannte ihn, deswegen will ich verstehen, warum so etwas passieren konnte!«, entgegnete ich Frank, der sichtlich außer sich war.

»Und dann? Dann weißt du es und was machst du mit dem Wissen?«, motzte Frank weiter.

Sein Ton machte mich wütend und deshalb motzte ich zurück: »Das ist ja alles gut und schön, was du da sagst, aber ist das ein Grund mich gleich anzufauchen?«
Frank sah ein, dass sein Ton voll daneben war und entschuldigte sich bei mir. Ihn nahm die Nachricht wirklich mit, er war nicht nur geschockt, sondern zutiefst erschüttert. Zwar motze Frank mich nicht mehr an, dafür aber die anderen beiden. Er war gereizt und verkraftete diese Nachricht nur sehr schwer.
Deswegen blieben wir auch nicht mehr lange bei Mathos. Frank begleitete mich noch zur Bushaltestelle, denn er wollte alleine sein. Es zerriss mir das Herz, dass ich jetzt schon nach Hause sollte, obwohl wir noch ein paar Stunden zusammen verbringen könnten. Darum nahm ich das Thema noch einmal auf.
Wir redeten darüber und Frank erklärte mir, dass er sich vorstellen kann, was seine Eltern gerade durchmachen müssen und das machte ihn sichtlich fertig. Keiner kann ihnen den Schmerz nehmen und die Frage nach dem Warum dürfen auch nur die Eltern von dem Jungen stellen.
Dass ihm das so sehr mit nahm, sprach ja für seine Empathie. Frank fühlte sich zunehmend besser, als wir darüber sprachen. Er wollte, dass ich doch noch etwas bei ihm blieb. Das tat ich natürlich, weil ich sowieso nicht fahren wollte.
Mich traf die Nachricht auch, schließlich war ich mit Ahmet mal gut befreundet. Jetzt machte ich mir aber eher Sorgen um Frank. Er kannte Ahmet nicht so gut wie ich und ich bezweifelte, dass er seinen Bruder kannte. Die Stimmung blieb den Tag über betrübt und ich wollte ihn eigentlich nicht alleine lassen, aber ich musste den Bus nach Hause

nehmen.

Zuhause rief ich Frank an, weil mich die Sorge, wie es ihm ging, nicht mehr losließ.

Er war nicht da, das machte mir noch mehr Sorgen. Ich tröstete mich schließlich, indem ich dachte, dass er zu Dieter gefahren wäre, um dort zu reden.

In den nächsten Tagen sahen wir uns nur kurz, aber Frank berappelte sich wieder und unser Umgang war auch nicht mehr angespannt.

Frank holte mich von der Schule ab und begleitete mich zum Bus, weil wir uns eine Weile nicht wie gewohnt treffen konnten. So nutzten wir diese kurze gemeinsame Zeit um wenigstens einen Augenblick beieinander zu sein. Diese kleinen Momente mit Frank schweißten mich immer mehr mit ihm zusammen.

Ein paar Tage später planten meine Mutter und ich einen Mädchentag. Meine Brüder verbrachten den Tag mit Gottfried, was uns die Freiheit gab, die Stadt in unserem eigenen Tempo zu erkunden. Das Wetter war angenehm, und die belebten Straßen der Stadt fühlten sich einladend an einen Bummel durch die Geschäfte zu machen. Wir stießen auf einen kleinen Schmuckstand im Einkaufszentrum. Meine Mutter, die sofort ihr Interesse an einem bestimmten Stück bekundete, begann ein Gespräch mit dem Verkäufer. Ich ließ sie gewähren und wendete meine Aufmerksamkeit den ausgestellten Ringen zu.

Unter den glänzenden Stücken fiel mir sofort ein silberner Ring ins Auge. Es war ein Ankh-Ring und er war einfach wunderschön. Doch als ich den Preis sah 35 DM, stockte mir der Atem. Für mich war das viel zu teuer. Widerwillig legte ich den Ring zurück. In diesem Moment regte sich jedoch etwas in mir – das Es-Prinzip, wie es Sigmund Freud nannte. Ein Teil von mir begehrte diesen Ring so sehr, dass ich anfing, meine moralischen Grenzen zu hinterfragen.

In meinem ganzen Leben hatte ich noch nie etwas gestohlen und der Gedanke daran war mir fremd. Doch nun nahm ich den Ring erneut zur Hand, probierte ihn an meinem kleinen Finger – der einzige, an dem er einigermaßen passte, obwohl er dort zu groß war. Am Ringfinger saß er so fest, dass ich ihn kaum wieder abnehmen konnte. In einem Moment der Unentschlossenheit steckte ich meine Hand in meine Jackentasche. Den Ring trug ich noch am kleinen Finger.

Nachdem meine Hand in der Jacke ruhte, meldete sich mein Über-Ich mit Nachdruck. Ich fühlte mich ertappt und mein schlechtes Gewissen begann mich zu plagen. Ich sah mich um, besorgt, dass jemand mein Zögern bemerkt haben könnte. Dieses Gefühl war so überwältigend, dass ich den Ring zurücklegte.

Doch das Es ließ nicht locker.

Ich will diesen Ring!, schien es zu schreien.

Übermannt von diesem Verlangen, nahm ich den Ring ein drittes Mal in die Hand. Ein Blick zu meiner Mutter verriet mir, dass sie immer noch in das Gespräch mit dem Händler vertieft war. Er war sichtlich von ihrer Anwesenheit angetan. Ich nutzte die Ablenkung, sah mich hektisch um, überprüfte, ob mich jemand beobachtete und ließ den Ring schließlich erneut in meiner Tasche verschwinden.

Mit klopfendem Herzen und dem Ring sicher in meiner

Jackentasche versteckt, sagte ich meiner Mutter, ich würde draußen auf sie warten. Draußen angekommen, tobte ein innerer Kampf in mir. Mein Über-Ich war außer sich, ermahnte mich, dass Diebstahl niemals der richtige Weg sei. Doch in diesem Augenblick verbündete ich mich mit dem Es und versuchte meinem Über-Ich zu ignorieren.

Als meine Mutter sich zu mir gesellte, berichtete sie von dem netten Verkäufer, der ihr sogar ein kleines Geschenk gemacht hatte. Mein schlechtes Gewissen erreichte einen neuen Höhepunkt. Ich hatte einen freundlichen Mann bestohlen.

Dieser Tag markierte meinen ersten und letzten Diebstahl. Die Last, jemandem sein Eigentum zu entwenden, war unerträglich. Es war eine Lektion, die ich mir niemals wieder antun würde.

Als ich Frank am Wochenende traf, erzählte ich ihm von meinem Diebesgut. Frank war nicht begeistert, von meinem Verhalten. Ich versicherte ihm, dass ich so etwas nie wieder machen würde. Das schlechte Gewissen, welches mich danach plagte, möchte ich nicht wieder spüren und vor allem, so ungeschickt wie ich mich anstellte, würde ich früher oder später im Gefängnis landen.

»Ich denke aber eher früher als später«, versuchte ich die Situation aufzulockern.

Ich holte meine Diebesbeute hervor und zeigte sie Frank. Als seine Augen den Ring erblickten, schien ein Funke Verständnis in ihnen aufzuleuchten.

»Wow, der ist ja echt schön. Bekomme ich ihn?« Seine Worte klangen halb scherzend, halb ernst.

Nur einen kurzen Moment zögerte ich, weil mir der Ring selbst so gut gefiel. Doch Frank liebte ich und wollte ihn damit glücklich machen. Voller Stolz überreichte ich ihm den Ring. Dass er den Ankh-Ring genauso begehrte, wie ich, war ein kleiner Gewissenstrost für meinen Diebstahl. Wir verbrachten den Samstag in Franks Zimmer, umgeben von Musik, die leise im Hintergrund spielte. In seinen Armen zu liegen und seine Gegenwart zu spüren, machte den Tag perfekt.

Am nächsten Tag kam ich natürlich wieder viel zu früh bei Frank an. Er lag noch im Bett und schlief. Liebevoll kuschelte ich mich zu ihm und bemerkte, dass er mein Diebesgut an seinem kleinen Finger trug. Er musste den Ring am Abend angezogen haben. Dass er ihn trug, bedeutete, dass er noch an mich gedacht haben musste. Ich denke ja ununterbrochen an ihn, nur weiß ich nicht, ob er das auch tat, wenn ich weg war. Solche Gesten von ihm bestätigten mich.

Als ich genauer hinsah, merkte ich, dass Franks Finger ganz rot und blau war. Der Ring schnürte ihm die Blutversorgung ab.

»Schau mal, dein Finger ist schon ganz blau, bitte zieh den Ring aus«, bat ich ihn.

»Ach, das wird schon wieder. Ist ja nur ein bisschen blau. Der ist so schön und außerdem möchte ich etwas tragen, was von dir kommt«, winkte Frank ab.

Nach langem Zureden, ließ er sich dann doch darauf ein, den Ring auszuziehen. Das war gar nicht so einfach, denn er ließ sich nicht so leicht von seinem Finger streifen.

Nachdem wir es geschafft hatten, war ein Ankh-Abdruck

auf seinen kleinen Finger zu sehen. Dieser Abdruck blieb auch noch eine Zeit lang.

Da wir nicht wieder den ganzen Tag in seinem Zimmer hocken wollten, beschlossen wir, rauszugehen. Frank gab mir noch einen Pullover, damit ich draußen nicht fror.

Später gingen wir zu seiner Probe. Der Bassist Anton verkündete, dass er umzieht und deswegen nicht zur Probe kommen kann. In seiner neuen Wohnung muss noch so viel gemacht werden, dass er die nächsten Wochenenden einiges zu tun hat. Vielleicht würde er es dann nicht zur Probe schaffen, deswegen fragte er, wer den Schlüssel nehmen möchte. Frank meldete sich freiwillig.

Danach hingen wir noch im Jugendcenter ab.

Am Abend begleitete mich Frank wieder zur Bushaltestelle, dort wollte ich ihm seinen Pulli wiedergeben.

»Was machst du da?«, fragte er mich, als er sah, dass ich meine Jacke ausziehen wollte.

»Ich wollte dir den Pulli wiedergeben.«

»Den nimmst du schön mit zu dir, dann hast du auch etwas, was dich an mich erinnert, wenn wir uns mal nicht sehen können!«

Die Gelegenheit den Schlüssel zum Proberaum zu nutzen kam prompt. Am darauffolgenden Wochenende, als der Regen in Strömen fiel, zogen wir uns dort hin zurück. Wir machten es uns auf dem Boden gemütlich und redeten.

Mit Frank konnte ich mich über tiefsinnige Sachen unterhalten und wir kamen von einem Thema aufs nächste. Seine Sicht auf die Welt war beeindruckend und ich konnte stundenlang mit ihm darüber philosophieren. Dieser

Mensch veränderte mein ganzes Leben ins Positive. Ich
bekam ein besseres Gefühl zu mir selbst, fühlte einzigartige
Emotionen, die ich in meinem Leben noch nie so
empfunden habe und er war einfach schön anzusehen.
Immer wieder wunderte ich mich, wie viele Male ich mich
in sein perfektes Gesicht verlieben konnte.
In einem Moment der Stille legte ich meinen Kopf in Franks
Schoß, während er sanft durch mein Haar strich und nach
einer Weile bemerkte, wie schön meine Ohren seien. Das
brachte mich zum Lachen – Komplimente über meine
Augen oder meine Figur hörte ich schon öfter, aber meine
Ohren? Das war definitiv eine Premiere.
Als das Jugendcafé öffnete, verbrachten wir den Rest des
Tages dort.

Die Tage darauf sahen Frank und ich uns nur zeitlich
begrenzt.
Zum Glück besaß ich Franks Pulli, an dem ich roch, wenn
die Sehnsucht nach ihm zu groß wurde.
Irgendwann in dieser Woche war ich wie immer auf dem
Weg zur Bushaltestelle, als ich Ahmet auf der
gegenüberliegenden Straßenseite sah. Ich überquerte hastig
die Straße, um ihn zu begrüßen.
»Hey, wie geht es dir? Alles in Ordnung? Wenn du etwas
brauchst, dann melde dich doch bitte bei mir, ich würde
gerne für dich da sein!« Fest von seinem tragischen
Schicksal überzeugt, bot ich meine Hilfe an.
Er schaute mich irritiert an.
»Was meinst du?«, fragte er daraufhin.
»Wegen deines jüngeren Bruders!« Nun war ich auch
irritiert.

»Was ist mit meinem Bruder?«, fragte er weiter.
Nun war ich unsicher und entschloss mich, gerade
herauszureden. »Er hat sich doch das Leben genommen?«
Ahmet war sichtlich fassungslos.
»Wer erzählt denn so einen Quatsch, ihm geht es gut und er
erfreut sich bester Gesundheit!«
Entgegen dem Gerücht, das ich gehört hatte, ging es seinem
Bruder gut. Beschämt über das Missverständnis, bat ich um
Entschuldigung.

Das letzte Wochenende im November war ich wieder
einmal allein zu Hause, was die perfekte Gelegenheit bot,
Frank einzuladen, mich zu besuchen. Er machte sich mit
dem Fahrrad auf den Weg zu mir, eine Route, die
größtenteils bergauf führte – und wir reden hier nicht von
kleinen Hügeln. Gegen Mittag kam er schließlich an, und
ich war überglücklich, ihn auch mal bei mir zu haben. Wir
zogen uns in mein Zimmer zurück und hörten Musik.
Dabei erzählte ich ihm von der zufälligen Begegnung mit
Ahmet und der erleichternden Nachricht, dass dessen
Bruder wohlauf und gesund war. Das war doch mal eine
gute Nachricht.
Frank freute sich auch darüber, vor allem weil dessen Eltern
nicht durch die Hölle gehen mussten.
Auf meinem Schreibtisch bemerkte ich die kleine Tafel von
meinem Brüderchen Daniel, auf die er immer etwas
kritzelte. Ich nahm sie zur Hand, griff nach der daneben
liegenden Kreide und schrieb: »Ich liebe dich und möchte
dich nicht mehr verlieren.«
Mit diesem ernst gemeintem Satz reichte ich Frank die

Tafel, damit er es lesen konnte. Er griff nach der Kreide und schrieb zurück: »Liebe ist, was man nicht beschreiben kann. Doch ich spüre deine Zuneigung so stark, dass ich weiß, sie bleibt.«

Mit dem Gedanken, dass Frank weiß, wie sehr ich ihn liebe, kuschelte ich mich eng an ihn. Wir lauschten »True Blue« von Madonna.

Die Platte war bereits auf dem Plattenspieler, und obwohl Frank kein großer Fan war, hörte er sie mir zuliebe. Bei »Live to Tell« sprang er plötzlich auf und begann, für mich zu tanzen. Seine Bewegungen waren so entzückend, dass ich nicht anders konnte, als breit zu grinsen. Nach dem Tanz kam er zurück und schmiegte sich wieder an mich.

***

Mein Blick löste sich vom Tagebuch, verloren in Gedanken. Sosehr ich es mir auch wünschte, konnte ich mich einfach nicht an das Ereignis erinnern, dass Frank für mich tanzte. Diese Erkenntnis machte mich traurig, da mir klar wurde, dass viele ähnlich kostbare Erinnerungen für immer verloren waren, weil ich sie nicht alle aufgeschrieben hatte. Doch neugierig wandte ich mich wieder meinem Tagebuch zu und las weiter. An die nächste Begebenheit erinnerte ich mich lebhaft. Und wieder begannen meine Gedanken während des Lesens einen Film abzuspielen.

***

Mein Kopf lag auf seiner Brust und ich spürte seinen kräftigen Herzschlag. Ich lauschte ganz andächtig seinem Rhythmus. »Du, wie ist es eigentlich, mit jemandem zu schlafen?«, fragte ich ihn und blickte dabei auf, in sein

Gesicht.

Schon länger trug ich diesen Gedanken mit mir herum. Meine Liebe zu Frank war intensiver als alles, was ich bis dahin fühlte, und nun sehnte ich mich danach, unsere Beziehung auf die nächste Stufe zu heben.

Es entstand ein Gespräch darüber, ob ich wirklich bereit dafür war, und er versicherte mir, dass er auch ganz zärtlich sein würde.

An seinem Einfühlungsvermögen zweifelte ich nicht; es war eher meine eigene Unsicherheit.

Ich war noch Jungfrau. Er wusste um meine Unerfahrenheit und drängte mich zu nichts; stattdessen redeten wir einfach nur.

Während Frank mit mir sprach, verlor ich mich in seinen braunen Augen. Überhaupt waren seine Augen wunderschön. Nicht nur die warme Farbe, sondern auch seine Augenform. Wenn er mich anschaute, dann nahm er mich wahr. Er sah mich!

Sein Grübchen, wenn er lächelte, ist mir schon so oft aufgefallen.

Ich schnappte einen Bruchteil von Franks Worten auf: »… wenn du Angst hast …« und schon verlor ich mich wieder in meinen Gedanken.

Ja, ich habe Angst, meine Jungfräulichkeit zu verlieren. Aber andererseits ist er der Richtige. Ich wollte mit keinem anderen meine erste Erfahrung machen, außer mit ihm. Ich möchte ihm nahe sein, noch näher, als wir uns schon die ganzen Monate gekommen sind. Wir bleiben ja eh auf ewig zusammen! Ich werde keinen Menschen mehr so lieben

124

können, wie ich Frank liebe.

Ja, er ist der Eine und ich möchte nicht mehr reden.

Sanft legte ich meinen Zeigefinger auf seine Lippen. Frank verstummte, schaute mich intensiv an. In dem Moment der absoluten Stille war der Raum ausgefüllt von unserem Gespür, unserer Liebe. Der Augenblick war gekommen, um unserer Beziehung eine weitere emotionale Bedeutung zu verleihen.

Mit meinem Zeigefinger streichelte ich runter an Franks Kinn. Vorbei an seinem Hals, bis zu seinem Pullover. Am Halsausschnitt zog ich den Pullover etwas zu mir, um ihn dann besser ausziehen zu können. Frank half mir dabei. Seine weiche warme Haut fühlte sich in meinen Händen so vollkommen an.

Ich zog mein Oberteil aus, um seine Haut auf meiner zu spüren. Er atmete schwerer und unsere Küsse wurden inniger und lustvoller. In diesen Moment waren wir die einzigen auf der Welt. Ich genoss seine Zärtlichkeit und dass ich gerade ohne Ablenkung seine volle Aufmerksamkeit bekam.

Ich schloss meine Augen und fühlte seine warmen, weichen Lippen auf meiner Haut. Mein Atem wurde schneller und ich spürte nun keinen Zweifel mehr, dass er der Richtige ist. Leidenschaftlich und mit tiefen Gefühlen verschmolzen wir miteinander.

Als Frank danach neben mir lag und mich fest in seine Arme schloss, hörte ich wieder seinen Herzschlag. Ich küsste seine salzig schmeckende Brust. Lächelnd schaute ich ihn an und fragte:

»Bin ich jetzt entjungfert?«

»Wenn ich alles richtig gemacht habe, dann ja«, antwortete

er lächelnd.

Wir alberten herum, bis plötzlich die Tür aufsprang und meine Mutter schockiert im Türrahmen stand. Frank sprang aus dem Bett und zog sich hastig an, während ich die Decke über meinen Kopf zog, peinlich berührt von der Situation.

Meine Mutter fing sich etwas und sagte: »Maja, kommst du bitte hoch!«, bevor sie den Raum verließ und die Tür hinter sich schloss.

Als sie gegangen war, kleidete ich mich ebenfalls an.

»Soll ich mitkommen? Ich möchte dich nicht alleine lassen«, bot Frank besorgt an.

»Das ist lieb, aber ich gehe lieber alleine hoch«, entgegnete ich und machte mich auf den Weg.

Als ich meiner Mutter gegenüberstand, verlangte sie, dass Frank nach Hause fährt.

Es wurde ein abruptes Ende unseres Wochenendes. Ich teilte Frank mit, dass er gehen müsse, was er bereits erahnte. Er umarmte mich fest und flüsterte: »Ich stehe zu dir, egal was passiert. Du bist nicht allein. Ich liebe dich.«

Ich begleitete Frank zur Tür und zog mich anschließend in mein Zimmer zurück. Noch war ich nicht bereit, mit meiner Mutter zu sprechen. Glücklicherweise drängte sie auch nicht darauf. Den Rest des Tages verbrachte ich allein und hörte Musik.

Gegen Abend konnte ich ihr jedoch nicht länger aus dem Weg gehen und ging nach oben.

Sie stand in der Küche und kochte.

»Hi, was kochst du denn?«, begann ich ein Gespräch.

Ihre Antwort überraschte mich.

»Und, wie war es für dich?«

Ich war verblüfft. Auf diese Reaktion war ich nicht vorbereitet. Ihre Frage gab mir das Gefühl, offen sprechen zu können.

»Ich hatte es mir anders vorgestellt. Die ganze Welt macht so ein großes Ding daraus, aber ehrlich gesagt, war es nicht so aufregend, wie ich dachte. Frank ist toll und ich liebe ihn, aber das Erlebnis an sich … es war ernüchternd.«

Wir sprachen offen darüber und das Gespräch nahm die Anspannung. Sie erlaubte mir sogar, Frank am nächsten Tag zu sehen.

Frank rief mich abends an, besorgt, wie es mir ergangen war. Nachdem er gehen musste, ist er zu Dieter gefahren. Er wohnte nicht weit von mir entfernt im Nachbarort. Freudig erzählte ich Frank, dass wir uns morgen sehen dürfen. Er freute sich darüber und wollte mich gerne bei der Probe dabeihaben.

Am nächsten Tag machte ich mich frühmorgens auf den Weg nach Weinheim, da ich es kaum erwarten konnte, Frank wiederzusehen. Obwohl ich wusste, dass er gerne ausschlief, konnte ich einfach nicht länger warten. Ich erreichte sein Zuhause nach 8 Uhr, glücklicherweise war seine Mutter bereits wach und ließ mich herein. Ich ging direkt in sein Zimmer und setzte mich leise neben ihm aufs Bett. Frank schlief noch tief und fest. Ich liebte es, ihn einfach nur anzusehen, sein perfektes Gesicht zu betrachten, was ich oft tat, wenn ich zu früh kam und er noch schlief. Die Tatsache, dass ich mit ihm zusammen und wir ein Paar waren, fühlte sich manchmal unwirklich an. Ich war so stolz darauf, dass mein Traummann mich liebte und wir unsere

Zukunft gemeinsam gestalten wollten. Ihn zu verlieren, war
für mich unvorstellbar.

Ich liebe dich so sehr, dachte ich gerade, als Frank die
Augen öffnete.

»Guten Morgen«, sagte er verschlafen, »na, wie lange hast
du mich diesmal beobachtet?«

»Ich weiß es nicht«, gestand ich. »Die Zeit spielt keine
Rolle. Ich sehe dich einfach nur gerne an.«

Wir verbrachten den Vormittag zusammen, bis es Zeit für
die Probe war. Auf dem Weg dorthin herrschte eine
ausgelassene Stimmung zwischen uns. Doch schon bald
trübte sich die Atmosphäre.

Anton brachte einen Freund mit, der auch Sänger war.
Daraufhin bekam Frank ein ungutes Gefühl. Schon in der
letzten Probe, als ich nicht dabei war, deutete er an, dass
Anton jemanden mitbringen wollte.

Während der Probe kritisierte dieser Freund Franks
Performance ständig, was ihn sichtlich verunsicherte. In
einer kurzen Pause überlegte ich, ob ich zu Frank gehen
sollte, um ihn zu ermutigen. Zunächst zögerte ich, aber dann
entschied ich, dass ich ihm zur Seite stehen wollte. Ich ging
rüber und umarmte Frank.

»Du bist toll. Lass dich von diesen Idioten nicht
unterkriegen. Er will nur deinen Platz einnehmen, deshalb
kritisiert er dich.«

Ich küsste ihn und drückte ihn fest, bevor ich mich wieder
setzte.

Als die Probe weiterging und Frank sein
selbstgeschriebenes Lied sang, äußerte der Freund erneut

Kritik und meinte, Frank solle das »Ohohohoho«
weglassen. Da platzte mir der Kragen und mischte mich ein.
»Ich bin da anderer Meinung. Als potenzieller Fan und
Sprecher weiterer Fans sage ich, das »Ohohohoho« verleiht
dem Stück erst seinen Charakter. Also sollte es drin
bleiben.«
Der Typ ignorierte mich auf der ganzen Linie, aber es war
mir wichtig, dass Frank spürte, dass ich hinter ihm stand.
Nach der Probe diskutierte die Band noch einmal ohne
mich. Danach brachte mich Frank zur Bushaltestelle. Er
umarmte mich fest.
»Danke, Maja, dass du während der Probe zu mir
gekommen bist. Ich weiß nicht, was ich ohne deine
tröstenden Worte gemacht hätte.«
Seine Worte waren Balsam für meine Seele, besonders weil
ich mir unsicher war, ob mein Eingreifen richtig war.
Trotzdem wirkte Frank immer noch niedergeschlagen und
wir sprachen über die Probe und darüber, ob der Freund des
Drummers in einigen Punkten vielleicht recht hatte. Frank
räumte ein, dass er an manchen Stellen an seiner Stimme
arbeiten könnte. Aber ich mochte den Kerl nicht und fand
Franks Stimme und seinen Gesangsstil perfekt und genau
das ließ ich ihn wissen.

siebtes Kapitel

Die letzten Novembertage brachten eisige Kälte und einen beißenden Wind mit sich, der sich durch die Straßen der Stadt schlängelte. Inmitten dieser ungemütlichen Atmosphäre schlug Frank vor, mir etwas Besonderes zu zeigen, worauf ich natürlich gespannt war. Wir machten uns auf den Weg. Frank führte und ich folgte ihm neugierig auf einem mir unbekannten Pfad. Als ich ihn fragte, wohin es gehen solle, drehte er sich mit einem geheimnisvollen Lächeln zu mir um.

»Das wird nicht verraten!«, zwinkerte er mir zu.

Unser Weg führte uns über eine verwilderte Wiese, dann über eine Brücke, auf der Bahngleise verliefen. Vorbei an einem großen Hügel, bogen wir rechts ab. Noch verbarg der Hügel das Ziel unserer Reise vor mir. Doch als wir ihn umrundeten, erschien ein altes, majestätisches Gebäude. Die Fenster waren alle zerschlagen und die Villa hatte sicherlich schon schönere Tage hinter sich. Aber es war trotzdem noch ein prachtvolles und schönes Haus. Wir gingen hinein. Drinnen war es genauso verfallen wie draußen, aber der Wind fegte uns nicht mehr so unangenehm um die Ohren. Es war riesig, wir waren neugierig und gingen auf Erkundungsreise.

In einem der großen Räume angekommen, deutete Frank auf einen leeren Platz und erklärte begeistert:

»Hier kommt unsere Couch hin. Das wird unser Wohnzimmer!«

Ich ließ mich auf das Spiel ein und so richteten wir uns

Raum für Raum imaginär ein. Nachdem wir das Gebäude erkundet hatten, holten wir einen alten Holzstumpf ins Haus, auf dem wir uns niederließen. Frank nahm mich in den Arm; hier, geschützt vor dem Wind, konnten wir gemeinsam Zeit verbringen. Trotz der windstillen Atmosphäre im Inneren des Hauses ließ die Kälte nicht lange auf sich warten und mit der Zeit wurde es merklich kühler, je länger wir regungslos verweilten. Um der aufkommenden Langeweile und der fallenden Temperatur zu entgehen, entschlossen wir uns, unsere Erkundung des Hauses fortzusetzen.

Wir entdeckten ein riesiges Loch im Boden, es ging steil nach unten. Über diesem riesigen klaffenden Loch lag ein Brett. Frank machte Anstalten, über das Brett zu laufen, ich packte ihn gerade noch am Arm und riss ihn zurück.

»Bist du verrückt! Das machst du nicht«, rief ich ihm entsetzt zu.

»Ich bin früher als Kind auf den Dächern herumgelaufen, also kann ich ganz gut darüber balancieren«, gab mir Frank zu verstehen.

»Das machst du trotzdem nicht, da kannst du dir noch so sicher sein. Das Brett kann morsch sein oder der Boden, worauf das Brett liegt. Ich glaube dir ja, dass du das kannst, ich habe aber Angst um dich und ein ungutes Gefühl, bitte mach das nicht.«

Mir zuliebe schlug sich Frank den Gedanken, über das Brett zu laufen, aus dem Kopf, was mich sehr erleichterte.

Darauf verließen wir das Haus und schlenderten noch etwas durch die Stadt.

Das abendliche Ritual, mich zur Bushaltestelle zu begleiten, war mittlerweile eine liebgewonnene Gewohnheit geworden. Die Momente des Wartens auf den Bus gehörten ganz uns. Es fiel mir zunehmend schwerer, mich von ihm zu trennen, um nach Hause zu fahren. Ich wollte am liebsten jede Sekunde bei ihm sein.

Ein paar Tage später, als ich Frank wieder traf, spürte ich auf den ersten Blick, dass etwas nicht stimmte. Seine Band hatte ihn rausgeworfen. Diese Nachricht traf ihn tief. Wir saßen auf dem Boden im Flur vom Jugendcenter und Franks Kopf lag auf meinem Schoß. Alle Versuche, ihn zu trösten, scheiterten. Er schien untröstlich. Darum beschloss ich, ihn erzählen zu lassen. Offensichtlich fiel es ihm schwer, darüber zu reden. Ich konnte ihm ansehen, wie sehr ihm das Ganze zu schaffen machte, fast so, als würde er sich in seiner Traurigkeit verlieren. Im Stillen litt ich mit ihm, innerlich verzweifelte ich, dass ich es nicht schaffte, Frank zu trösten.
Um einen Atmosphärenwechsel zu schaffen, machte ich ihm nach einiger Zeit den Vorschlag, dass wir ins Café gehen sollten, damit wir unter Menschen kamen.
Oben im Café trafen wir seinen besten Freund Dieter, zu dem wir uns gesellten. Kurz darauf verschwand Frank auf die Toilette, kehrte jedoch nicht zurück. Weil es ihm nicht so gut ging, machte ich mir Sorgen. Ich stand auf und suchte nach ihm. Fand ihn auch schnell. Er saß auf der Fensterbank am Treppenabsatz, der nach unten führte und unterhielt sich mit einem Mädchen. Scheinbar war er so vertieft in das Gespräch, dass er mich nicht bemerkte. Die beiden so vertraut zu sehen, versetzte mich in Angst. Eifersucht stieg in mir auf. Ratlos kehrte ich ins Café

zurück, wo Dieter bemerkte, dass etwas nicht stimmte.
»Was ist los? Hast du Frank nicht gefunden?«, fragte er.
»Doch, aber er redet mit einem anderen Mädchen«, brach es
aus mir heraus und Tränen stiegen mir in die Augen.
»Ja und?«, reagierte Dieter unbeeindruckt. »Dann stellst du
dich einfach dazu.«
Sein Rat klang einleuchtend. Mit neuem Mut wischte ich
mir die Tränen ab und gesellte mich zu Frank und dem
Mädchen. Zu meiner Überraschung zog Frank mich sofort
in seine Arme. Meine Eifersucht schien unbegründet und
ich fühlte mich im Nachhinein albern.
Nachdem das Mädchen gegangen war verbrachten Frank
und ich noch lange Zeit zusammen auf dem Treppenabsatz.
Er immer noch auf der Fensterbank sitzend und ich in
seinen Armen vor ihm.
Wir redend, bis Dieter kam, um sich zu verabschieden.
Dank Dieter, der mir die Augen über meine lächerliche
Eifersucht öffnete, vermieden Frank und ich einen
unnötigen Streit, der nur zusätzlichen Stress bedeutet hätte.
Dabei war er wegen des Rausschmisses genug bekümmert.
Stattdessen suchte Frank meine Nähe und ich genoss das
Gefühl, gebraucht zu werden. Es wurde spät und obwohl ich
zum Bus musste, wollte ich nicht gehen. Ich wollte Frank
nicht alleine lassen und das Gefühl der Nähe nicht missen.
Also schmiedete ich einen Plan, um in Weinheim zu
bleiben. Ich dachte mir eine Ausrede aus und fragte meine
Mutter, ob ich bei Francesca übernachten darf. Meine
Mutter stimmte zu, da am nächsten Tag kein Unterricht war.
So glücklich ich auch über diese Lösung war, bereute ich
sie später, als es zunehmend kälter wurde. Der Wind
durchdrang die Kleidung und wir froren. Ich schwor mir,

dass ich solche Aktionen nur noch im Sommer durchführen würde. Wir suchten Schutz in einer Telefonzelle, die zwar windgeschützt, aber alles andere als gemütlich war. In der Zelle gab es keinen Platz für uns beide, sodass wir uns hinsetzten konnten, obwohl wir es einige Male versuchten. Schließlich gaben wir unseren windstillen Unterschlupf auf, da wir nicht die ganze Nacht stehen wollten.

Zu Frank konnten wir nicht, da seine Eltern es nicht erlauben würden, dass ich bei ihm übernachte. Also warteten wir, bis sie schliefen, um dann in den Heizungskeller zu schleichen. Franks Eltern blieben jedoch lange wach, also holte er wärmere Kleidung. Erst nach Mitternacht konnten wir uns im Keller ein gemütliches Lager aus Decken, Kissen und Kerzen einrichten. Dort war es warm und langsam spürte ich meinen Körper wieder. Wir kuschelten uns aneinander. Ich genoss es, noch mehr Zeit mit ihm verbringen zu können. Das flackernde Kerzenlicht verlieh dem Raum eine harmonische Atmosphäre. Flüsternd redeten wir uns in den Schlaf.

Am nächsten Morgen wachte ich neben Frank auf – unsere erste gemeinsame Nacht. Ich beobachtete ihn beim Schlafen und konnte mich einfach nicht an ihm satt sehen. Stellte mir vor, wie es sein müsste, jeden Tag mit ihm aufzuwachen. Immer wieder wurde mir klar, dass ich mich in seiner Nähe vollkommen fühlte.

Die friedliche Atmosphäre wurde durch Angstgefühle gestört, ich hörte oben Stimmen und fürchtete, dass Franks Eltern auf die Idee kommen könnten, in den Heizungskeller zu gehen.

Als Frank wach wurde, vergewisserte er sich, dass die Luft rein war, um dann nach oben zu gehen.

Mir kam es wie eine Ewigkeit vor, bis Frank wieder auftauchte, um mich zu holen. Seine Eltern frühstückten erst einmal und deswegen konnte er nicht weg, ohne dass es aufgefallen wäre. Jetzt war die Luft rein und wir schlichen hoch bis zur Haustür. Er klingelte und tat dann so, als ob er gerade die Tür aufmachte, um mich reinzulassen. Nun war ich offiziell da.

Ich fühlte mich nicht wohl, ich wollte unter die Dusche, schließlich trug ich noch die Klamotten von gestern. Ich blieb den Tag nicht so lang bei ihm und fuhr am Nachmittag nach Hause.

Am folgenden Schultag fiel es mir unglaublich schwer, mich auf den Unterricht zu konzentrieren. Seit meinem letzten Umzug hatte ich sowieso schon Schwierigkeiten, dem Unterrichtsgeschehen zu folgen. Doch jetzt waren meine Gedanken ausschließlich bei Frank. Der Verlust seiner Band riss ein tiefes Loch in sein Leben. Ich fühlte mich hilflos, weil ich nicht wusste, wie ich ihn unterstützen konnte. Meine Wut auf seine Band wurde nur noch von der Angst übertroffen, Frank selbst zu verlieren. Als ich ihn dann auch noch mit diesem Mädchen im Flur stehen sah, wurde mir schmerzlich klar, dass mein Märchenprinz sehr schnell der Vergangenheit angehören könnte.

Die Frage, was ich tun würde, falls ich Frank verliere, ließ mich nicht mehr los. Ich war von dieser Angst wie gelähmt und konnte an nichts anderes mehr denken. Die Vorstellung, ohne ihn leben zu müssen war so unerträglich, weil ich mir ein Leben ohne ihn nicht vorstellen wollte. Ich dachte sogar, ich würde lieber sterben, als ohne ihn zu sein. Diese Gedanken kreisten unaufhörlich in meinem Kopf und fraßen sich in mein Unterbewusstsein. Immer wieder überkam mich diese Furcht und sie ließ mein Herz schmerzen. Der Gedanke daran ließ mich immer trauriger werden.

Nur wenige Tage nach seinem Rausschmiss erzählte mir Frank am Telefon, dass es ihm langsam besser ging. Er fasste neuen Mut und wollte sich eine neue Band suchen. Anstatt mich darüber zu freuen, packte mich die Eifersucht. Das Mädchen im Flur, mit dem Frank letztens redete, ging mir nicht mehr aus dem Kopf. Ja, ich bildete mir sogar ein, dass Frank sie nun öfter treffen könnte, wenn wir keine Zeit zusammen verbrachten. Sowieso war sie viel hübscher als ich und anscheinend konnte sie Frank auch viel besser trösten. Diese Gedanken schmerzten mich. Sie taten sogar verdammt weh.

Weiter erzählte mir Frank, dass er am Samstag einem Freund beim Renovieren helfen würde – gegen Bezahlung. Deshalb könnten wir uns erst später treffen.

Das war ein gefundenes Fressen für mein Kopfkino. Ihn erst so spät zu sehen, bot meinen Gedanken Raum sie zu vergiften. An diesem Abend weinte ich mich in den Schlaf.

Am Freitagabend, während eines unserer Telefonate voller Liebesbeteuerungen, erinnerte er mich noch einmal daran:

»Ich helfe morgen beim Renovieren! Wie wäre es, wenn du mich danach abholst? So gegen 16 Uhr müssten wir fertig sein.«

»Nichts lieber als das!«, antwortete ich begeistert und erkundigte mich nach dem Ort.

Als Frank mir die Adresse gab und das Gespräch beenden
wollte, hielt ich ihn noch auf.

»Halt! Hast du nicht etwas vergessen?«

Nun tat er so, als würde er in einer Schublade nach etwas
suchen.

»Nein, hier ist es nicht«, meinte er und öffnete eine weitere
Schublade.

Dort fand er auch nichts. Die dritte Schublade war
verschlossen, nachdem er den Schlüssel gefunden hatte,
öffnete er sie.

»Ahhh, da ist es ja!«

Nun tat er so, als ob er einen Zettel auseinanderfalten
würde.

»Auf dem Zettel steht, dass ich Maja unbedingt sagen muss,
dass ich sie liebe!«

Ich lachte, erfreut darüber, dass er genau wusste, worauf ich
hinauswollte.

»Genau das hast du vergessen!«, freute ich mich. Jetzt
konnte ich das Telefonat beenden.

Jedoch hakte nun Frank nach: »Und du?«

»Ich liebe dich noch viel ärger!«, antwortete ich, gerührt,
dass er diese Worte auch von mir hören wollte.

Dass wir auch nur übers Telefon unsere Liebe ausdrücken
konnten, versüßte mir den Abend und die Erinnerung an das
Gefühl ließ mich gut einschlafen.

Am nächsten Morgen wurde ich früh wach und beschloss,
die Zeit mit einem Beautytag zu überbrücken, bis ich Frank
um 16 Uhr treffen würde. Ich nahm mir viel Zeit im Bad,
legte eine Gesichtsmaske auf, badete lange und benutzte das
Parfüm, das Frank so gerne an mir roch. Ich fühlte mich, als

wäre es unser erstes Date.

Ich traf pünktlich an der vereinbarten Adresse ein. Ich musste nicht einmal klingeln, Frank öffnete schon die Tür, als er mich vom Weiten kommen sah. Er kam mir entgegen und umarmte mich, nahm mich hoch und drehte sich mit mir.

Als er mein Parfüm roch, schnupperte er so wild an mir, dass er mich beinahe zu Boden riss, aber seine starken Arme hielten mich fest.

Ich freute mich sehr über die stürmische Begrüßung und fühlte mich wieder bestätigt, weil ich so viel Aufmerksamkeit bekam.

»Maja, ich muss dir leider sagen, dass wir nicht fertig geworden sind. Ich komme hier noch nicht weg!«, beichtete Frank.

Er nahm 50 DM aus seiner Hosentasche und drückte sie mir in die Hand.

»Ich möchte, dass du dir etwas Schönes davon kaufst und dir einen schönen Tag machst. Ich werde heute Abend mit dem Fahrrad zu dir kommen, egal wie spät es wird.«

Natürlich wollte ich das Geld nicht annehmen, aber Frank nahm es nicht mehr zurück! Ich nahm es an mich, mit dem Gedanken, dass wir uns gemeinsam einen schönen Tag machen würden. Mit dem Geld in der Tasche und der Vorfreude, es gemeinsam mit Frank auszugeben, nahm ich den nächsten Bus nach Hause. Ich verbrachte den Rest des Tages damit, auf Franks Ankunft zu warten.

Ich blieb oben im Wohnzimmer, damit ich bloß nicht Franks Klingeln verpasste. Meine Eltern waren mit meinen

Brüdern übers Wochenende verreist. Ich war also wieder allein zu Hause, meine älteren Geschwister waren das Wochenende auch nicht da. Ich sah fern, die Zeit verging und es wurde 23 Uhr. Kein Klingeln, kein Frank …

Ich testete die Klingel. Nicht, dass Frank schon da gewesen war und die Klingel nicht funktionierte. Meinen Test bestand die Klingel mit Bravour. Es wurde 24 Uhr und danach 01 Uhr.

Nun glaubte ich nicht mehr, dass er kam, mein Kopfkino ging wieder los. Ich stellte mir vor, dass er gar nicht beim Renovieren war, sondern bei einer anderen und sein Kumpel war sein Alibi!

Doch tief in mir wusste ich, dass Frank seine Versprechen normalerweise hielt und ich fragte mich, ob ihm vielleicht etwas zugestoßen sein könnte.

Kurz nach 2 Uhr morgens klingelte es endlich an der Tür. Überglücklich fiel ich Frank um den Hals. Er entschuldigte sich für sein spätes Eintreffen und schlug vor, noch ein wenig spazieren zu gehen.

Während unseres Spaziergangs erzählte er von seinem Tag. Sie mussten eine Wand dreimal streichen, weil die Farbe die andere Farbe einfach nicht abdecken wollte. Er erzählte mir von seinem Kumpel, den er nur flüchtig kannte und wie tiefsinnig man sich mit ihm austauschen konnte. Frank erzählte vom heutigen Tag so viele wunderschöne Geschichten.

Ich erklärte ihm, dass ich das Geld lieber gemeinsam mit ihm ausgeben wollte, anstatt alleine etwas zu kaufen. Sonst konnte ich nicht viel über den Tag erzählen. Über mein Kopfkino wollte ich nicht mit ihm reden, aus Angst, er würde mich dann wirklich verlassen.

Schließlich kehrten wir zurück und Frank schlief schnell ein. Ich beobachtete ihn noch eine Weile im Schlaf und genoss das Gefühl, ihn bei mir zu haben.

Als ich am nächsten Morgen aufwachte, war Franks Gesicht das Erste, was ich sah. Es war immer noch ein Wunder für mich, dass dieser wunderschöne Junge mein Freund war und neben mir lag – mein Traummann!
Heute wollte ich Frank ausschlafen lassen und beschloss, das Frühstück vorzubereiten. In der Küche schaltete ich das Radio ein und sang mit, so ausgelassen und glücklich fühlte ich mich seit Langem nicht mehr. Die selbstzerstörerischen Filmszenarien in meinem Kopf waren wie weggeblasen. Ich bereitete sogar Kaffee für Frank zu, obwohl ich das vielleicht besser gelassen hätte wie sich später zeigen sollte. Mit den frisch geschmierten Brötchen auf einem Tablett kehrte ich in mein Zimmer zurück, wo Frank bereits wach war und mich mit seinem makellosen Lächeln begrüßte. Er war sichtlich gerührt, dass ich ihm das Frühstück ans Bett brachte.
Als Frank jedoch den Kaffee probierte, verzog er das Gesicht.
»Möchtest du, dass ich einen Herzkasper bekomme?«, scherzte er.
»Ist der nicht gut?«, fragte ich unschuldig.
Es war mein erster selbst zubereiteter Kaffee und ich dachte, viel hilft viel. Frank musste lachen und erklärte mir dann, wie man richtig Kaffee macht.
Nach dem Frühstück machten wir uns auf den Weg nach Weinheim, wo gerade Weihnachtsmarkt war. Heute war

Nikolaustag und wir schlenderten Hand in Hand über den
Markt. Umgeben von wunderbaren Gerüchen und bunten
Lichtern, die weihnachtliche Stimmung verbreiteten.
An einem Stand hielt Frank inne und betrachtete die
angebotenen Waren, darunter auch kleine Klammerbärchen.
Eines dieser Bärchen, ein lila Exemplar, schenkte er mir
und befestigte es gleich an meiner Jacke. Überglücklich und
sofort in das Bärchen verliebt, taufte ich es Dendet. Wir
setzten unseren Bummel über den Weihnachtsmarkt fort.
Als es Zeit war, mit dem Bus zurück nach Hause zu fahren,
verließ ich den Weihnachtsmarkt schweren Herzens. Die
Zeit, die ich mit Frank nun länger verbringen konnte,
machte mir die Trennung nur noch schwerer. Im Bus
betrachtete ich Dendet während der ganzen Fahrt und
dachte an Frank.
Zu Hause angekommen, reichte mir meine Mutter sofort
den Telefonhörer – Frank war am Apparat. Wir tauschten
verliebte Worte aus und ich bedankte mich nochmals für
Dendet.
Mit einem Gefühl tiefer Zufriedenheit zog ich mich in mein
Zimmer zurück, hörte Musik und betrachtete weiter meinen
kleinen Klammerbären. Der Tag war einfach wunderbar.
Heute hatte ich keine Angst, verlassen zu werden. Ich fühlte
mich rundum geliebt.

***

Ich erinnere mich daran, wie damals schon meine
Stimmung von einer Sekunde auf die nächste kippen
konnte. Diese Gefühlsachterbahnen nahmen immer mehr
zu. Auch wenn ich an einem Tag glücklich war und mich
geliebt fühlte, kam es vor, dass ich am nächsten Tag in die

Kissen weinte. Der Gedanke, dass ich Frank verlieren konnte, übermannte mich immer häufiger und nahm mir die Hoffnung, dass das nicht passieren wird.

Gegen dieses Gefühl kam ich einfach nicht an, immer wieder stach es schmerzhaft in mein Herz. Ich konkurrierte mit anderen Mädchen, obwohl mir Frank zuvor keinen Grund dafür gab. Diesen Schmerz fühlte ich trotzdem, völlig unbegründet. Egal, wie sehr ich im Tagebuch hin und her blätterte, las ich keinen Grund dafür, dass meine Panik gerechtfertigt wäre. Nur, weil ich Frank mit dem Mädchen im Flur sah, löste es in mir das Verlassenheitsgefühl aus. Mir kam der Gedanke, als ob ich im Unterbewusstsein schon eine Vorahnung verspürte.

achtes Kapitel

So gut ich konnte, kämpfte ich gegen die Eifersucht an. Ich konnte mir nicht vorstellen, dass noch eine größere Herausforderung auf mich wartete. Schließlich hatte ich mit meiner Angst, Frank zu verlieren, genug zu tun.

Jedoch nahm mein Leben an jenem Abend eine finstere Wende, die ich mir nicht einmal tief in meinen wildesten Horrorszenarien vorstellen konnte.

Am Abend klopfte Achim an meine Zimmertür, doch ich hörte sein Klopfen nicht, weil ich mal wieder viel zu laut Musik hörte.

***

Verträumt malte ich mir meine Zukunft mit Frank aus, als mein Bruder wütend durch meine Tür stürmte. Er schrie gegen die laute Musik an.

»Du hörst noch nicht mal das Klopfen an deiner Zimmertür, mach die Musik leiser und komm nach oben, Mama muss mit dir reden.« Widerwillig drehte ich die Musik ab und schleppte mich die Treppe hinauf, jeder Schritt ein Echo meiner Unlust.

»Du wolltest mit mir sprechen?«

Die Worte meiner Mutter trafen mich wie gezielte Messerstiche ins Herz. Sie offenbarte mir, dass wir in einem Monat nach Bonn umziehen, um genau zu sein, nach Oedekoven, das lag in der Nähe. Ungläubig kam mir das alles wie ein schlechter Scherz vor.

Warum?

Und schon in einem Monat! Ich schaute meine Mutter verständnislos an und schüttelte mit dem Kopf.

»Das glaube ich jetzt nicht«, flüsterte ich.

Oedekoven … Warum?

Warum jetzt, wo ich endlich … wo ich endlich mein Zuhause gefunden habe?

»Ich möchte von hier nicht weg!«

Mein Versuch, mich gegen meine Mutter zu stellen, prallte auf eine Mauer ihrer Entschlossenheit. Wieder Mal steht es bereits fest. Wieder Mal gibt es keine Diskussion.

Warum macht sie das? Warum ziehen wir alle vier Jahre um? Dieses Mal verliere ich nicht nur meine Freundinnen sondern auch meine große Liebe. Hier fühle ich mich wohl, dass erste Mal in meinem Leben gehöre ich dazu, habe hier viele Freunde und werde von Leuten geliebt. Das kann sie mir nicht noch einmal nehmen!

Beim letzten Umzug schrieb ich schon, wie viele Umzüge es noch braucht, bis von mir nichts mehr übrig bleiben würde.

Das hier war er!

Dieser Umzug würde mich vollkommen zerstören. In mir tat sich die Hölle auf. Nun würde ich Frank auf jeden Fall verlieren. Eine Fernbeziehung geht auf keinen Fall gut. Mir wurde immer mehr bewusst, was das für mich bedeutete. Ich konnte und wollte nicht mehr neu anfangen, mir fehlte die Kraft dazu.

Bei dem Gedanken, dass meine Eltern deswegen so oft übers Wochenende fort waren, wurde mir übel. Sie suchten ein neues Zuhause, weit weg von allem, was mir lieb war. Ich wendete mich von meiner Mutter ab und rief Frank an. Stammelte aber nur unzusammenhängende Worte, unfähig, meine Tränen zu beherrschen. Ich entschied, es ihm persönlich zu sagen, in dem Wissen, dass ich mich nicht beruhigen konnte. Franks Worte waren ein schwacher Trost in der Dunkelheit meiner Verzweiflung.

»Hey Maja, egal was ist, wir schaffen das zusammen. Ich liebe dich!«

Seine Worte, so tröstend sie gemeint waren, schürten meine Angst ihn zu verlieren nur noch mehr. 250 Kilometer würden uns trennen, eine Distanz, die unüberwindbar schien. War denn die ganze Welt gegen mich?

Am nächsten Tag eilte ich direkt nach der Schule zu Frank und auf dem Weg zu ihm übermannten mich erneut die Tränen. Als ich ankam, versicherte mir Frank, dass er mich genauso wenig verlieren wollte. Er liebte mich und er war überzeugt, dass wir eine Fernbeziehung meistern könnten. Ich selbst war weit weniger optimistisch und fand mich immer wieder in Tränen aufgelöst.

»Wie kannst du nur so sicher sein?«, schluchzte ich. »Ich habe solche Angst, dich zu verlieren.«

»Aber das wirst du nicht, Maja. Natürlich finde ich es nicht toll, dass du umziehst und dann auch noch so weit weg. Aber ich liebe dich und möchte mit dir zusammen bleiben«, versuchte Frank mich zu beruhigen.

»Und was, wenn jemand anderes auftaucht?«

Meine Sorge nahm kein Ende. Frank blickte mich verwirrt an.

»Wer sollte denn kommen?«

»Das Mädchen im Treppenhaus, im Jugendzentrum.«

Seine Verwirrung wuchs.

»Welches Mädchen?«

»Mit der du gesprochen hast, als die Band dich rauswarf.«
Es dauerte einen Moment, bis Frank verstand, wen ich
meinte. »Ach, du meinst Annabelle.«
Dass er ihren Namen wusste, ließ mein Herz in tausend
Stücke zerbrechen.
»Du weißt sogar ihren Namen«, schluchzte ich lauter.
»Ja, sie ist eine Bekannte. Ich habe sie dort zufällig
getroffen. Ein Freund von mir ist mit ihr zusammen.«
Auch wenn es nicht Annabelle sein würde, ließen meine
Zweifel nicht zu, mich zu beruhigen.
»Gut, vielleicht nicht sie, aber es könnte jemand anderes
sein!«, entgegnete ich verzweifelt.
»Ich will aber keine andere. Ich verstehe nicht, warum wir
darüber sprechen«, entgegnete Frank ratlos.
»Ich habe einfach Angst. Kannst du das denn nicht
verstehen?«
»Nein, Maja, das kann ich wirklich nicht. Wir haben nie
über so etwas gesprochen und ich habe dir nie Anlass
gegeben zu denken, ich könnte jemand anderen wollen.
Warum jetzt? Damit machst du es nur noch komplizierter.
Es ist schon schlimm genug, dass du 250 Kilometer weit
weg ziehst.«
»Siehst du«, insistierte ich, »du findest es also auch
kompliziert, eine Fernbeziehung zu führen.«
»Ja, weil ich dich schrecklich vermissen werde!«, räumte er
ein. »Ich denke, wir sollten jetzt mal an die frische Luft
gehen, damit du wieder zur Ruhe kommst«, schlug Frank
vor und reichte mir meine Jacke.
Beim Hinunterschauen bemerkte ich, dass Dendet, mein

Anhänger, nicht mehr an meiner Jacke war. Das war der Tropfen, der das Fass zum Überlaufen brachte. Ich hatte ihn verloren!
Wir durchsuchten sein Zimmer, das Haus und folgten meiner vorherigen Route in der Hoffnung, ihn zu finden. Ich spähte sogar in die Gullys, doch es war zwecklos – Dendet blieb verschwunden. Ich war untröstlich.
Wenn ich Dendet nicht wiederfinden würde, dann wäre das ein Omen. Ein übles Vorzeichen, dass auch meine Zeit mit Frank zu Ende gehen würde.
Ich steigerte mich so sehr hinein, dass ich ununterbrochen weinte, weil ich den Gedanken nicht ertragen konnte, dass ich bald von Frank getrennt sein würde. Natürlich auch, weil ich Dendet verloren hatte.

Frank rief mich die nächsten Tage über oft an. Doch wir stritten uns fast jedes mal. Er nahm mich und meine Sorgen nicht ernst. Das machte mich fertig.

Meine Eltern waren mittlerweile jedes Wochenende unterwegs. Frank, der mit dem Fahrrad ankam, war ganz verschwitzt – er hatte sich beeilt, um schneller bei mir zu sein. Deshalb bot ich ihm an, er könne sich gerne bei mir baden oder duschen.
»Kommst du mit baden?«, fragte er mich.
Obwohl wir bereits Intimitäten teilten, fühlte ich mich immer noch gehemmt, ihm direkt in die Augen zu sehen; ich schloss sie lieber. Aus Schüchternheit lehnte ich sein Angebot ab.
Frank respektierte meine Entscheidung sofort und ohne zu zögern. Er ging schnell duschen, während ich in der

Zwischenzeit etwas zu essen vorbereitete.

Beim Essen fiel mein Blick auf eine Kette, die Frank trug und die mir bis dahin noch nie aufgefallen war.

»Schöne Kette!«, bemerkte ich aufrichtig.

Er fasste an seine Kette und erklärte:

»Die habe ich vor ein paar Tagen wiederentdeckt.«

Er nahm sie ab und legte sie mir um den Hals.

»Wenn sie dir gefällt, gehört sie jetzt dir.«

»Danke! Das bedeutet mir viel«, erwiderte ich und fasste berührt die Kette an, bevor ich Frank lächelnd umarmte und küsste. Jeder Kuss mit ihm war etwas Besonderes, meine Gefühle für ihn waren aufrichtig und unumstößlich.

Nachdem wir über unsere Woche sprachen und fertig mit dem essen waren, bat ich Frank, eine Schallplatte auszusuchen. Währendessen räumte ich die Teller hoch in die Küche. In diesem Moment kamen meine Eltern nach Hause. Gottfried brachte meine schlafenden Brüder in ihre Zimmer und ich half meiner Mutter mit den Einkäufen. Ich informierte sie darüber, dass Frank zu Besuch war.

Als ich zurück in mein Zimmer ging und die Tür öffnete, rief Frank mir ein »Stopp!« zu. Er stand am Fenster, den Blick gesenkt, offensichtlich suchte er etwas am Boden. Im Hintergrund lief »Runaway« von Bon Jovi – eine Band, die er nicht besonders mochte, obwohl ihm dieses Lied gefiel.

»Ich habe meine Kontaktlinse verloren«, erklärte er, deshalb sollte ich an der Tür stehenbleiben.

Plötzlich fand ich mich in einer jener Szenen aus einem Schwarz-Weiß-Film wieder. Nur, dass in diesem Film die Frau versehentlich auf die Kontaktlinse tritt.

148

Wir suchten beide auf allen vieren nach der Linse.
»Das ist mir so peinlich«, gestand Frank.
»Ich finde es süß. Erinnert mich an irgendeine Szene aus
einem Schwarz-Weiß-Film. Ich liebe diese Filme.«
Schließlich fand Frank die Kontaktlinse und verschwand
kurz damit ins Bad.
Den Rest des Tages verbrachten wir mit meinen Brüdern,
die mittlerweile aufgewacht waren und zu uns ins Zimmer
kamen.

Am folgenden Morgen wurde ich nicht wie üblich von Frau
Waage an der Tür begrüßt, sondern überraschenderweise
von Franks Vater, Herrn Waage. Mit einem freundlichen
Nicken gestattete er mir nach oben zu gehen, um Frank zu
wecken. Als ich sein Zimmer betrat, fand ich ihn noch in
tiefem Schlaf. Leise setzte ich mich neben ihn und ließ
meinen Blick über ihn schweifen. In seiner Nähe zu sein,
erfüllte mich mit einem tiefen Gefühl von Glück, selbst
wenn es nur darum ging, ihn still zu beobachten.
Als Frank schließlich die Augen öffnete, begrüßte er mich
mit einem stolzen Lächeln.
»Habe ich mein Zimmer nicht schön aufgeräumt? Das habe
ich nur für dich getan.«
Wenn Frank solche liebevollen Worte sagte, ließen sie alle
meine Zweifel verfliegen und ich fühlte mich rundum wohl.
Ich beugte mich vor und gab ihm einen liebevollen Kuss.
In diesem Moment rief Herr Waage von unten, ich solle
herunterkommen, damit Frank sich in Ruhe fertigmachen
könne. Unten angekommen fand ich bereits einen frisch
zubereiteten Kaffee vor, den Herr Waage mir einschenkte.
Obwohl ich eigentlich keinen Kaffee mochte, trank ich ihn,

teils weil Frank ihn trank, teils aus Höflichkeit gegenüber seinem Vater. Das Nachahmen von Franks Vorlieben war für mich eine kleine Geste, um unsere Verbundenheit zu zeigen, auch wenn mein Gaumen sich noch an den Geschmack gewöhnen musste.

Das plötzliche Klingeln des Telefons durchschnitt die ruhige, morgendliche Stimmung und als Herr Waage Frank zum Gespräch rief, begann sich in meinem Kopf ein Film abzuspielen. Die Unsicherheit wieder nagte an mir.

Wer könnte das sein? Vielleicht das Mädchen vom Flur? Sofort spannte sich mein ganzer Körper an, ein Kampf gegen die aufsteigenden Tränen begann, denn tief in mir war ich überzeugt, dass am anderen Ende der Leitung ein anderes Mädchen sein musste.

Meine Sorgen verflogen jedoch in dem Moment, als Frank zu uns zurückkehrte und erklärte, dass Dieter am Telefon gewesen war. »Er und sein Kumpel Kurt kommen gleich vorbei. Sie wollen mit uns spazieren gehen. Es ist so ein herrlicher Wintertag draußen.«

Ein Lächeln breitete sich auf meinem Gesicht aus und ich fühlte, wie sich die Anspannung in mir löste.

Nach dem Frühstück zogen wir uns in sein Zimmer zurück, um Musik zu hören. Wir lauschten der Musik, die wir zum x-ten Mal hörten. Das lag aber an mir, ich konnte nicht genug von dem Lied bekommen, natürlich von Whitesnake: »Is this love«.

Bei mir konnte ich das Lied nicht in Endlosschleife hören, weil ich es ja nicht besaß, darum bettelte ich immer wieder Frank an, das Lied doch bitte noch einmal abzuspielen. Und

immer wieder sagte er, dass das jetzt aber mal genug wäre
und wir doch auch andere Lieder hören könnten, gab aber
immer nach, mit den Worten: »Das ist aber das letzte Mal!«
Bis wir es noch einmal hörten.
Als Dieter endlich eintraf, nutzte Frank die Gelegenheit das
Radio anzuschalten, um die Musik zu wechseln. Während
Dieters Freund sich verspätete, nutzten wir die Zeit und
Frank erzählte von den neuen Schildkröten seiner
Schwester. Die beiden machten sich auf, um die Tiere
anzusehen, während ich in Franks Zimmer zurückblieb, da
ich die Schildkröten schon kannte.
Die Stille, die mich jetzt umgab, wurde nur von der Musik
aus dem Radio unterbrochen. Doch als »French kissin in the
USA« von Deborah Harry spielte wurde, durchzuckte mich
ein Schauer. Dieses Lied spielte im Hintergrund, während
ich den Unfall hatte. Die plötzliche Konfrontation mit dieser
Erinnerung in der Stille von Franks Zimmer ließ mich den
Moment vor meinem inneren Auge nochmal durchleben.

Ich war erst 15 Jahre, als ich mich mit drei weiteren Jungs
im Auto den Berg hinab fünfmal überschlug. Es war der 14.
Februar 1987 ein Samstagabend.
Mein Kumpel Rolf holte mich mit seinen Freunden Ather
und Ulf von zu Hause ab. Wir wollten in die Disco fahren.
Die Strecke, die wir fuhren, war ziemlich kurvenreich. Rolf
fragte mich noch, ob es hier tatsächlich nach Weinheim
ginge.
»Ja, immer weiter geradeaus!«, antwortete ich.
Ather, der auf dem Beifahrersitz saß, fügte scherzhaft hinzu:
»Die Kurven aber bitte ausfahren!«
Es war schon sehr dunkel, deswegen übersah Rolf eine

Kurve und kamen wir von der Straße ab. Das Auto flog über den Gehweg und wir überschlugen uns fünfmal den Abhang hinunter. Alle im Auto waren angeschnallt, nur ich nicht. Ich nahm wahr, dass wir gegen den Bordstein knallten. Das Auto flog über den Bürgersteig, bis es, mit einem unsanften Knall, auf der Wiese landete. Dort rollte es bergab.

Mir schien es so, als ob ich aus dem Auto flog, aber nicht auf die Wiese, sondern weiter hoch in den Himmel. Ich weiß nicht, ob es nur ein Streich meiner Phantasie war oder ob es sich wirklich so zutrug.

Ich registrierte auch gar nicht, dass sich unter mir gerade das Auto überschlug.

Für mich gab es weder das Auto, noch unseren Plan, in die Disco zu fahren. Es gab nur das jetzt und hier. Ich fühlte mich wohl, unbeschwert und frei. Ich flog immer weiter hinauf. Mir kam es noch nicht einmal komisch vor, dass ich auf einmal schweben konnte und immer höher flog. Ich fühlte mich wohl, bis eine Wolkenwand mir den Weg versperrte.

Eine Wolkenmauer, so wie sie Kinder malten. Ich wollte weiter, aber es ging nicht. In meinem Kopf ertönte eine Frage:

»Möchtest du hier bleiben oder möchtest du zurück ins Auto?«

Nun fiel mir alles wieder ein, ich saß eigentlich im Auto und wollte in die Disco. Ich überlegte nicht lange und wollte zurück. Kaum dachte ich diesen Gedanken zu Ende, spürte ich, wie ich im Auto herum gewirbelt wurde. Ich möchte kein Karussell mehr fahren, ging mir durch den

Kopf. Nach zwei Umdrehungen, die ich nun mitbekam, stand das Auto wieder still auf seinen vier Rädern. Ich lag halb auf dem Kofferraum. Die Heckscheibe war durch den Aufprall zerschlagen und ich war rausgeschleudert worden. Mein Oberkörper lag auf dem Kofferraum und meine Beine im Auto.

Ich befand mich in einem Schockzustand, denn meine einzige Sorge war meinen Ohrring-Clip nicht zu verlieren. Um die anderen im Auto mache ich mir keine Gedanken. Erst, als ich jemanden reden hörte, kam ich langsam aus meiner Schockstarre und kletterte aus dem Auto.

Ich setzte mich auf die Wiese und starrte das Auto an. Ich wusste gerade gar nichts, weder dass ich Hilfe holen sollte, noch dass ich nachschauen könnte, wie es den Anderen ging. Als ich Rolf hörte der versuchte, seine Fahrertür zu öffnen, erwachte ich aus meinem Trance. Ich sprang auf und versuchte ihm zu helfen, bekam seine Tür aber auch nicht auf. Mich überkam Panik und ich schrie laut seinen Namen, aus Angst, ihm sei ernsthaft etwas passiert. Er beruhigte mich und fragte mich, ob ich okay sei. Mir ging es eigentlich gut.

Rolf blutete am Arm, Ather am Kopf und Ulf, der neben mir saß, musste später sogar operiert werden. Sein ganzes Gesicht war zerschnitten von den Splittern.

Der Autofahrer vor uns, eilte ins Dorf, um Hilfe zu holen. Für mich fühlte es sich wie eine Ewigkeit an, bis der Krankenwagen eintraf. Die Sanitäter kümmerten sich erst einmal um die verletzten. Ulf lag auf der Trage im Krankenwagen. Sogar dort riss er seine Scherze und die Sanitäter lachten über seine Witze. Rolf stand mit einer Decke um die Schulter, zehn Schritte von seinem Auto entfernt. Als ich ihn entdeckte, stellte ich mich zu ihm. Über meinen Schulter lag auch eine Decke. Ich zitterte, das kam von dem Schock.

»Habe ich meinen Zündschlüssel abgezogen?«, fragte er eher sich selbst. Ich wusste es nicht.

Der Sanitäter, der bemerkte, dass Rolf zu seinem Wagen ging, rief ihm hinterher: »Da dürfen sie nicht mehr hin, wegen der Explosionsgefahr!«

Rolf lief aber weiter, ich bin mir nicht sicher, ob die Worte zu ihm durchgedrungen sind. Um ihm Beistand zu leisten, lief ich zu ihm. Als er sich vergewissert hatte, dass der Schlüssel nicht mehr steckte, betrachtete er weiter sein Auto. Ich konnte förmlich spüren, wie leid ihm das alles tat. Wir mussten alle ins Krankenhaus, um uns untersuchen zu lassen. Nachdem der Arzt mir erklärte, dass mir nichts fehlte, rief ich meine Mutter an.

Noch während das Lied lief, wurden plötzlich all die unterdrückten Gefühle von Hilflosigkeit, Verzweiflung, und lähmender Angst, die ich mit unserem Unfall assoziierte, lebendig. Überwältigt von diesen Emotionen, schaltete ich hastig die Musik aus und lief zu Frank und Dieter, um Trost in Franks Armen zu suchen. Mein Zittern bemerkend, fragte Frank leise: »Was ist los?«

Ohne ins Detail zu gehen, bat ich nur: »Halt mich bitte einfach nur fest!«

Er umarmte mich fest, sein Halt gab mit Sicherheit und ich fühlte mich geborgen. Ein Fels in der Brandung meiner aufgewühlten Gefühle.

Kurz darauf traf Kurt ein und trotz der Kälte lockte uns das

wunderschöne Winterwetter nach draußen. Wir fuhren mit
Kurt in den Wald.

Schnee und Frost verwandelten die Landschaft in ein
Wintermärchen. Zum Teil war der Waldboden mit Eis
bedeckt. Um uns aufzuwärmen, rutschten wir einer nach
dem anderen auf der glatten Fläche. Und einer nach dem
andern verlor das Gleichgewicht, während ich standhaft
blieb. Natürlich musste ich ihre Stürze mit lockeren
Sprüchen kommentieren.

Offensichtlich hatten wir unseren Spaß und waren
ausgelassen. Kurt sah am Wegesrand eine Ukulele die er an
sich nahm und so tat, als ob er darauf spielte. Danach zeigte
er sie uns. Sie war noch gut erhalten, zwar fehlten ein paar
Seiten, die konnte man aber ersetzen. Also beschloss er, sie
mitzunehmen. Mir fiel etwas auf, dass den anderen entging,
wohl weil sie es einfach nicht wissen konnten: Auf der
Ukulele prangte ein Name – »Rolf«.

Ich nahm an, dass es sich dabei um die Marke handelte.
Doch dieses Detail, gepaart mit dem Lied im Radio, bildete
den zweiten Vorfall an diesem Tag, der mich unerwartet
und intensiv an den Unfall erinnerte. Eine seltsame Fügung,
die mich nachdenklich und ein wenig beunruhigt
zurückließ.

»Seht mal, da steht ein Haus! Wer als Erster da ist«, rief
Kurt und rannte los.

Ich verlor meine Sorgen und wir rannten ihm hinterher.
Aufgescheucht, als Erste ans Ziel zu kommen, schaffte ich
es aber nur als Letzte.

Als ich das Haus betrat, schimmerte es gruselig dämmrig.
Die Türen waren aus den Angeln gehoben und die
Atmosphäre war gespenstisch. In einem anderen Raum

entdeckte ich Frank und wollte gerade zu ihm, als Kurt aus einer schattigen Ecke sprang und uns erschreckte. Frank drehte sich um und lachte, ich fuhr zusammen und schrie auf, fing dann aber ebenso erleichtert an zu Lachen.
Kurt lachte ebenfalls. Er war offensichtlich zufrieden, dass sein Plan, uns zu erschrecken ein voller Erfolg war.
Wir suchten Dieter und machten uns dann auf den Weg zurück zum Auto. Mir wurde kalt und meine Füße schmerzten. Meine Zehen waren eingefroren und jeder Schritt den ich machte tat weh. Ich kam mir vor, wie die kleine Meerjungfrau aus dem Buch von Hans Christian Andersen. Nun konnte ich die kleine Meerjungfrau verstehen, die auch Schmerzen bei jedem Schritt verspürte.
Endlich erreichten wir das Auto und auch die anderen drei waren sichtlich froh darüber.
Im Auto erzählten wir ausgelassen über unsere Wanderung. Und wieder musste ich mich über die Situation lustig machen, dass alle drei die Bekanntschaft mit der Schwerkraft machten, alle drei waren auch dadurch dreckig geworden.
Ich erwähnte aber noch:
»Ich sehe es kommen, dass ich auch hinfalle, dafür brauche ich kein Glatteis!«
Die Atmosphäre im Auto war so schön, dass Kurt vorschlug, dass wir alle noch etwas essen gehen könnten.
Wir waren von diesem Vorschlag hellauf begeistert und hielten Ausschau nach einem Restaurant.
Bald fanden wir auch eines. Nachdem das Auto geparkt war, stürmten wir in die warme Stube. Das Restaurant war

gut besucht, wir fanden aber noch einen Tisch. Unsere Jacken hingen wir über die Stuhllehnen.

Hungrig schauten wir alle auf die Speisekarte und wussten schnell, was wir essen wollten. Nach der Bestellung waren wir wieder die ausgelassene Truppe und unterhielten uns vergnügt.

Ich beschloss, mir die Hände zu waschen, bevor das Essen kam, stand vom Tisch auf, tat zwei Schritte und verhedderte mich in Franks Jacke.

Nun packte auch mich die Schwerkraft und ich fiel der Länge nach auf den Boden. Alle Menschen im Lokal starrten mich an. In diesem Moment hoffte ich, dass sich der Boden auftun würde und mich verschluckte. Das geschah aber nicht, Dieter sprang auf und reichte mir die Hand, um mir hoch zu helfen.

Mit hochrotem Kopf verschwand ich auf der Toilette, ohne großartig nach rechts oder links zu schauen.

Das war mir so peinlich, dass ich mir Zeit ließ, wieder zu den anderen zu gehen. Ich hoffe, wenn ich nur lange genug wegbleibe, würden alle den Vorfall vergessen.

Als ich zurück zum Tisch kam, spürte ich von den Dreien keineswegs, dass mein Sturz in Vergessenheit geraten war. Nun zogen sie mich auf. Okay, dass verdiente ich wohl, so wie ich mich über die drei im Wald lustig gemacht hatte.

Nach dem leckeren Essen fuhren wir zurück zu Frank. Wir wurden vor dem Haus raus gelassen und die beiden fuhren nach der Verabschiedung weiter.

Bis mein Bus kam, blieben uns noch einige Stunden Zeit. Wir gingen hoch in sein Zimmer.

Seine Eltern waren nicht da, seine Schwester saß jedoch in seinem Zimmer und hörte Musik!

»Hey Schwesterchen, geh doch mal bitte Zigaretten holen«,
Frank drückte ihr 5 DM in die Hand. »Und lass dir bitte
besonders viel Zeit!«
Nachdem Franks Schwester die Tür hinter sich geschlossen
hatte, sperrte Frank die Tür ab und wir genossen den Abend
noch in Zweisamkeit.

Ein paar Tage später war es so weit: Weihnachten stand vor
der Tür. Heiligabend war für mich stets etwas Aufregendes.
Eine Zeit, in der das Fest im Kreise der Familie gefeiert
wurde. Meine Mutter besaß das Talent, jedes Jahr aufs Neue
eine magische Stimmung zu erschaffen. Ich liebte die
Weihnachtstage. Doch dieses Mal war alles anders;
Traurigkeit überschattete die festliche Atmosphäre. Die
Zeit, die ich mit Frank verbringen konnte, wurde immer
knapper.
Nur noch 15 Tage bis zum Umzug. Die Umzugskartons in
meinem Zimmer waren eine ständige, schmerzliche
Erinnerung daran, dass ich bald nicht mehr hier sein würde.
Ich liebte mein Zimmer und die Nachbarschaft mit
Margarethe, zu der ich jederzeit gehen konnte, wenn ich
jemanden zum Reden brauchte.
Diese Kartons verhöhnten mich und ließen mir keine Ruhe.
Ich konnte spüren, wie sie meinen Schmerz regelrecht
genossen, nur indem sie in meinem Zimmer standen.
Nein, es ist kein Weihnachten für mich, heute ist ein
schwarzer Tag genau wie gestern und vorgestern. Seitdem
meine Mutter mir sagte, dass wir wieder umziehen, gab für
mich keine glückliche Zeit mehr. Ich konnte nicht mehr
unbeschwert den Zauber fühlen, der sich sonst immer zu

Weihnachten einschlich.

Gegen Mittag durfte ich Frank für zwei Stunden besuchen, danach musste ich zurück nach Hause, um mit meiner Familie Weihnachten zu feiern. Bei Frank verbrachte ich die meiste Zeit weinend, während er versuchte, mich zu trösten. Die Zeit verging viel zu schnell und zu Hause warteten nur die Umzugskartons auf mich, die mir unmissverständlich klarmachten, dass ich nicht mehr glücklich sein konnte.

Am zweiten Weihnachtsfeiertag luden Franks Eltern mich zum Essen ein. Den Vormittag verbrachten wir in seinem Zimmer, doch gegen Mittag beschlossen wir, nach unten zu gehen und zu fragen, ob wir irgendwie helfen könnten.

»Ihr beide deckt später den Tisch ab und spült, bis dahin habt ihr frei!«, meinte Frau Waage.

Wir entschieden uns, im Wohnzimmer zu bleiben, das direkt an das Esszimmer angrenzte und machten es uns auf dem Sofa gemütlich, um fernzusehen.

Frank zappte durch die Kanäle und blieb schließlich bei einer Serie über eine Ballerina, die nach einem Autounfall im Rollstuhl saß, hängen. Ich konnte nicht umhin, genervt die Augen zu verdrehen.

»Echt jetzt? Muss das sein?«, fragte ich.

»Das wird bestimmt lustig«, entgegnete Frank und begann, die Serie mit seinen Kommentaren zu untermalen.

Zu meiner Überraschung wurde die Serie dadurch erträglicher und ich musste herzhaft über Franks Bemerkungen lachen.

Als die Folge zu Ende war und wir nichts Vergleichbares zum Kommentieren fanden, schalteten wir den Fernseher ab. Wir kuschelten uns zusammen auf dem Sofa, während wir beobachteten, wie seine Eltern den Tisch mit dem guten Geschirr deckten. Plötzlich begann Frank, seiner Eltern zu improvisieren, indem er Szenen aus der Lindenstraße nachstellte, was mich erneut zum Lachen brachte.

Unser Lachen wurde jäh unterbrochen, als es an der Tür klingelte und Franks Bruder mit seiner schwangeren Freundin eintraf, ein Zeichen für uns, zum Essen zu kommen. Emilia kam von oben runter und setzte sich zu uns an den Tisch.

Es war etwas Besonderes für mich, am Tisch zu sitzen und dazu zu gehören. Ja, sogar ein Teil von Franks Familie zu sein.

Das Weihnachtsessen roch köstlich und der Tisch war liebevoll eingedeckt. Ich fühlte mich wohl, geborgen und vollkommen in seiner Familie integriert. Dass Frank während des Essens immer wieder meine Nähe suchte, machte die Situation perfekt. Mal streifte er meine Finger, streichelte meinen Arm oder nahm meine Hand. Es war ein vollkommener Tag.

Wie versprochen räumten wir nach dem Essen den Tisch ab, während die anderen sich noch unterhielten. Frank ließ das Wasser ins Spülbecken laufen, während ich beschäftigt war, die Teller aufeinanderzustapeln und das Besteck zusammenzulegen. Diese Aufgabe nahm meine Aufmerksamkeit so sehr in Anspruch, dass ich nicht darauf achtete, was Frank machte.

Bis ich auf einmal nass gemacht wurde.

»Du hast mich doch jetzt nicht wirklich nass gemacht?«,

fragte ich witzelnd. »Wie klischeehaft ist das denn?«
Kaum, dass ich dies anmerkte, kam auch schon eine neue
nasse Ladung auf mich zugeflogen. Ich quiekte vor Lachen
und versuchte dem erneuten Überfall auszuweichen.
Okay, diese Herausforderung nahm ich an und drängte mich
ans Spülbecken. Frank hielt mich nicht davon ab und ließ
mich gewähren. Er blieb bei mir stehen und nahm sein
Schicksal mit Würde in Kauf, dass ihm nun das gleiche
widerfuhr. Ich tauchte meine Hände in das Spülwasser,
nahm extra viel Schaum, um meine nassen, mit Schaum
benetzten Hände an Franks Gesicht zu legen und ihn dann
zu küssen.
Auch während des Spülens suchte Frank immer wieder
meine Nähe, deswegen zog sich der Abwasch in die Länge.
Das machte mir nichts aus, solange ich die Zeit mit Frank
verbringen konnte, konnte alles unendlich lang dauern.
Wir wurden aber trotzdem fertig. Franks Familie saß nun im
Wohnzimmer und unterhielt sich.
Da wir jedoch noch etwas Zweisamkeit genießen wollten,
gesellten wir uns nicht dazu und gingen stattdessen in
Franks Zimmer.
Dass er mich nie alleine zur Bushaltestelle gehen ließ, war
ein großer Liebesbeweis für mich.
Diese Aufmerksamkeiten wurden bei Frank nie schwächer,
sondern er behielt dieses Ritual bei. Am Abend, als Frank
mich wieder zur Bushaltestelle begleitete, trafen wir einen
Kumpel von ihm. Die Beiden unterhielten sich, während er
mich in seinen Armen wärmte. Weil der Tag so schön war
und ich immer noch vor Glück übersprudelte, flüsterte ich
ihm ins Ohr: »Ich liebe dich!« Frank schaute kurz zu mir
und lächelte, dann verfolgte er das Gespräch von seinem

Freund weiter. Ich stellte mich auf die Zehenspitzen und flüsterte ihn immer wieder: »Ich liebe dich, ich liebe dich, ich liebe dich …« ins Ohr. Erneut lächelte er, ich merkte, wie er sich nicht mehr auf die Unterhaltung konzentrieren konnte. Eigentlich wusste auch nicht wirklich, worüber sie sich unterhielten, irgendein Männerkram.
Darum wiederholte ich meine Liebesbeteuerungen, bis Frank lachend zu seinem Freund sagte:
»Ich kann mich nicht wirklich auf unsere Unterhaltung konzentrieren, denn meine Freundin raubt mir gerade jede Konzentration!«
Ich lachte auch und war dann still, damit sich die Männer weiter unterhalten konnten.

Noch glücklich vom gestrigen Tag kam ich am nächsten Morgen früh und vergnügt zu Frank. Er lag noch im Bett und schlief. Also setzte ich mich neben ihn auf sein Bett und schaute ihm beim Schlafen zu.
»Warum weckst du mich denn nicht?«, fragte er mich noch sehr verschlafen.
»Ich beobachte dich gerne, wenn du schläfst!«
Er zog mich an sich und küsste mich sinnlich. Durch seine Leidenschaft und seinem schweren Atem fühlte ich mich immer stärker zu Frank hingezogen. Ich erwiderte den leidenschaftlichen Kuss und kroch zu ihm unter die Decke.
»Roaar«, machte ich wie ein Tiger und biss ihn sanft am Hals und dann übermütig an vielen anderen Stellen. Voller Sehnsucht zog er mich wieder zu sich und wir küssten uns immer wilder. Seine Hände zogen, trotz aller Leidenschaft, bedacht und zärtlich mein Oberteil aus und machte mit
162

meiner Jeans weiter. Wir liebten uns und hielten uns danach lange und fest in den Armen. Ich genoss es, ihn so nah zu spüren.

»Sag mal, hast du auch so einen Durst wie ich?«, fragte mich Frank.

»Ja, ich könnte jetzt auch etwas trinken.«

Ich wollte mit Frank aufstehen, doch er drückte mich sanft wieder in die Kissen.

»Bleib ruhig liegen, ich komme gleich wieder.« Mit diesen Worten verschwand Frank aus seinem Zimmer.

Voller Sehnsucht nach ihm legte ich mich wieder verträumt in seine Kissen.

Plötzlich klopfte es an seiner Zimmertür und nur eine Sekunde später stand seine Mutter im Zimmer. Voller Scham zog ich die Decke über meinen Kopf. Ich hörte sie nach ihrem Mann rufen und gehen.

Blitzschnell sprang ich aus dem Bett, als ich mir sicher war, wieder allein im Zimmer zu sein. Ich hörte, wie Franks Mutter die Treppe runter lief und weiter nach ihrem Mann rief.

Also blieb mir nicht viel Zeit, ich streifte mir nur einen Pullover über, der griffbereit da lag und zog mir die Hose an. Es gelang mir, gerade noch die Hose hochziehen, da stürmte auch schon Herr Waage ins Zimmer. Es blieb keine Zeit mehr, die Hose zuzumachen, ich ließ nur schnell den Pulli drüber hängen.

»Das hätte ich nicht von dir gedacht, ich hätte dich für klüger gehalten. Du bist doch noch so jung ...«

Seine Rede erschien mir endlos, doch das war nur mein subjektives Empfinden. Ebenso fühlte sich die Zeit, bis Frank ins Zimmer zurück kam wie eine kleine Ewigkeit an, obwohl es tatsächlich gar nicht so lange dauerte. Franks Vater traf mit allem, was er sagte, ins Schwarze. Verlegen richtete ich meinen Blick auf den Boden; ich wagte es nicht, ihm in die Augen zu sehen und nickte lediglich kleinlaut. »… und wenn du dich richtig angezogen hast, möchte ich, dass ihr beide runterkommt. Ihr bleibt in Zukunft nicht mehr allein in Franks Zimmer.« Mit diesen Worten ging er nach unten.

Während ich mich nun wieder auszog, um mich richtig anzuziehen, sagte mir Frank: »Ich war gerade auf dem Weg zu dir, als mein Vater die Treppen hoch stürmte. So schnell konnte ich gar nicht gucken, wie er an mir vorbeilief. Oh Mann, Maja. Wir wechseln uns ab, mit dem Erwischt werden, erst bei dir, jetzt bei mir!«

Das war eigentlich eine ernste Sache, trotzdem mussten wir darüber lachen, dass wir wieder erwischt wurden waren. Als ich mich richtig angezogen hatte, gingen wir nach draußen und verbrachten den restlichen Tag auch dort.

Nach den Weihnachtsfeiertagen durfte ich nicht mehr so oft zu Frank. Ich musste meine verhassten Kartons packen. Ich wollte bei ihm sein. Ihm zeigen, dass ich ihn liebe. Es tat so weh und keiner bekam meinen Schmerz mit. Nicht einmal Frank, warum verstand er meine Angst nicht? Warum spürte er nicht, wie sehr ich ihn liebte?

***

Wieder senkte ich das Tagebuch, fühlte mit dem Finger über das gewölbte Papier, da, wo ich einst meine Tränen platzierte. Jede einzelne Szene konnte ich vor meinem inneren Auge wieder abrufen. Anstatt die Zeit zu genießen, wenn wir uns sahen, ließ ich mich von meiner Angst treiben.

Meine Liebe zu Frank wuchs ins Unermessliche, es war unerträglich, wenn ich ihn nicht sah. Ich dachte nur noch an ihn, manchmal konnte ich die Zeit mit ihm überhaupt nicht genießen, weil ich daran dachte, dass wir uns am Abend trennen mussten, dass ich darunter wieder leiden würde und ihn so stark vermisste.

Diese Angst, ihn zu verlieren, trieb ihn immer weiter von weg mir, aber das wurde mir erst viel später bewusst. Es bewirkte auch damals schon eine Hoffnungslosigkeit in mir. Gefühlsmäßig konnte ich mich als 16-Jährige verstehen. Wie gerne wollte ich mich selbst in den Arm nehmen. Bildlich, wie ich da saß, zwischen all meinen Kisten wollte ich mich zu meinem jungen Ich knien und es trösten. Mir zu verstehen geben, dass ich ihn gerade deswegen verlieren würde, wenn ich so weiter machen würde. Doch es war unmöglich, in das Geschehen einzugreifen. Es war passiert und es war erlebt. Es gab keinen Weg zurück.

neuntes Kapitel

Die letzten Tage des Jahres neigten sich dem Ende zu.
Weiter packte ich widerwillig meine Sachen. Jeder
Gegenstand, den ich im Karton verstaute, zerriss mir das
Herz. Immer wieder hoffte ich, dass ein Wunder geschehen
würde und wir doch nicht umziehen. Zwischen den Kartons
weinte ich, es war grauenhaft und ich konnte es nicht
wirklich fassen. Vor allem, der Gedanke, dass mich nichts
und niemand retten konnte. Ich war ausgeliefert und
machtlos. Hier war mein Zuhause, hier musste ich wieder
alles aufgeben. Egal, wie sehr ich jammerte und weinte, es
gab kein Weg zurück.
Am Abend kam meine Mutter in mein Zimmer.
»Gottfried muss ganz oft geschäftlich nach Weinheim
fahren, da kann er dich dann mitnehmen. Es wäre dann so,
als ob du noch hier wohnen würdest!«, versuchte sie mich
zu trösten, als sie mich zwischen den Kartons weinen sah.
»Was hältst du davon, wenn Frank Silvester bei uns
feiert?«, fügte sie noch hinzu. Das tröstete mich ein
bisschen und ich wollte es gleich Frank erzählen. Ich
wünschte mir so sehr, dass er mit uns feiern wollte.

Und nun: Silvestermorgen, die Zeit läuft davon. Ich habe
Frank eingeladen und er kommt heute zu mir. Trotzdem
haben wir uns gestern am Telefon gestritten. Er möchte erst
um 15 Uhr kommen. So spät!
Bald sehen wir uns gar nicht mehr und dann kommt er erst
so spät zu mir. Das ist nicht gerade ein Beweis, dass er mich

genauso vermisst.

Während des Streits gab er dann klein bei und meinte, dass er um 14 Uhr kommen würde. Spinnt der? Meint er, die Stunde wäre genug? Warum liebt er mich nicht so wie ich ihn liebe? Ich wäre schon morgens zu ihm gefahren und er möchte noch ausschlafen. Das kann er doch machen, wenn ich weg bin, da kann er den ganzen Tag schlafen!

Das sind doch eindeutige Zeichen, dass es ihm egal ist! Nachdem ich ihm die Tür um 14 Uhr geöffnet hatte, gingen wir nach unten in mein Zimmer und unterhielten uns.

»Du siehst das alles immer zu verbissen!«, meinte er.

»Verbissen?«, fauchte ich ihn an. »Dir ist schon aufgefallen, dass ich in einer Woche nicht mehr hier lebe?!«

»Ja Maja, du lebst aber trotzdem weiter!«, konterte er.

»Aber in einer anderen Stadt, kilometerweit weg. Wir sehen uns dann nicht mehr so oft.«

»Du ziehst nicht nach Amerika. Es ist zwar eine Entfernung bis zu deinem neuen Wohnort, aber wir können uns trotzdem sehen.«

»Na, du nimmst das ja alles sehr locker«, gab ich schnippisch zurück.

»Nein Maja, das mache ich nicht, aber ich hör deswegen auch nicht auf, zu leben. Das solltest du auch nicht.«

Seine Worte ließen mich sprachlos zurück, mein Mund blieb offen stehen und ich fand im ersten Moment keine Antwort. Bevor ich jedoch meine Gedanken ordnen und etwas erwidern konnte, küsste er mich. Dann flüsterte er mir sanft zu:

»Bitte, lass uns diesen Tag genießen. Ich bin so froh, hier zu sein.«

Eigentlich wollte ich die Zeit mit ihm auch genießen,

deswegen machten wir es uns auf meinem Bett gemütlich und sahen fern. Sein Kopf lag auf meinen Beinen und ich kraulte ihn. Seine kräftigen Haare zwischen meinen Fingern zu spüren, fühlte sich so vertraut an. Ich fühlte mich ihm so nah. Der Schmerz, dass ich in einer Woche wegziehe, war für diesen Moment verdrängt. Gerade spürte ich nur seine Nähe und wünschte, die Zeit würde für immer stillstehen. Es klopfte kurz, als auch schon meine Mutter im Zimmer stand.

»Maja, Telefon für dich!«

Erst als meine Mutter die Tür hinter sich schloss stand ich auf. Der Hörer lag neben dem Telefon, als ich oben ankam.

»Einen guten Rutsch wünsche ich euch!«, ertönte die Stimme von Dieter.

»Dieter, das ist ja lieb, dass du anrufst. Das wünsche ich dir auch. Was machst du heute?«

Wir quatschten noch eine ganze Weile bis ich das Gespräch beendete, um zu Frank zurückzukehren.

In meinem Zimmer saß Frank auf meinem Bett. Als ich reinkam, spürte ich in seinem Blick seine Zuneigung zu mir.

»Dein Freund hat angerufen und wünscht uns einen guten Rutsch«, strahlte ich.

Ich wollte Frank gerade fragen, was er so Schönes gemacht hatte, als ich weg war, als plötzlich wieder die Tür aufging. Mein Stiefvater schaute herein und sagte mir, dass ich doch bitte noch einmal hochkommen sollte.

Ich verließ mit ihm mein Zimmer und trottete hinter ihm her. Meine Mutter, die im Wohnzimmer war, fing sofort an zu reden, als sie mich sah:

»Ich möchte nicht, dass ihr so auf dem Bett liegt, mach dein Bett zum Sofa und setzt euch anständig darauf!«
Ich nickte bloß und kehrte wieder in mein Zimmer zurück, um das Bett umzubauen, welches sich tatsächlich in ein Sofa verwandeln ließ.
Als ich zurückkam hatte Frank bereits begonnen das Bett umzubauen. Er schien meine Mutter gehört zu haben oder er konnte tatsächlich Gedanken lesen. Wir plauderten noch ein wenig bevor wir wieder in den Fernseher anstarrten.
Bald war es soweit und wir gingen hoch, um unsere Schuhe anzuziehen und das Feuerwerk anzuschauen. Frank schlüpfte in einen Turnschuh, der andere stand neben ihm. Er kam zu mir, als ich mir gerade die Schnürsenkel zubinden wollte. Frank nahm sie mir aus der Hand.
»Lass mich das bitte machen,« flüsterte er liebevoll.
er kniete vor mir nieder und band mir die Schuhe zu, das empfand ich als große Wertschätzung! Ich fühlte mich wie Aschenputtel, als der Prinz schauen wollte, ob der Schuh passt. Er passte!
Das Feuerwerk draußen zelebrierten wir mit großer Begeisterung. Besonders Gottfried und Frank genossen es, die Raketen in den Nachthimmel zu schließen. Meine kleinen Brüder waren ebenso mit Eifer dabei. Persönlich konnte ich die Euphorie um das Feuerwerk nie ganz verstehen, ich denke immer an die armen Tiere, wie verschreckt sie sein müssen und den fürchterlichen Qualm, der in der Luft lag.
Aber es hatte auch etwas Magisches, jeden Silvester das Neue Jahr mit Krach und Glitzer zu begrüßen.
Nachdem wir zusammen das Feuerwerk verballerten und es draußen auch etwas ruhiger wurde, gingen wir wieder rein.

Nach dem Feuerwerk setzten wir unsere Tradition fort und begannen mit dem Bleigießen.

Als die Nacht schließlich zur Neige ging, fuhr mein Vater Frank nach Hause. Die restlichen Stunden verbrachte ich wach, geplagt von den Gedanken an den bevorstehenden Umzug in einer Woche. Die Unruhe und die Weigerung, mich mit dem Gedanken anzufreunden, hielten mich vom schlafen ab.

In der Hoffnung, meine zunehmende Traurigkeit zu lindern, plante Frank ein besonderes Wochenende für uns. Er schlug vor, zusammen mit seinem besten Freund zelten zu gehen. Die Idee begeisterte mich sofort. Doch am Samstag, bevor wir zu Dieter aufbrachen, gerieten wir erneut in einen heftigen Streit über Kleinigkeiten.

Wir nahmen den Bus, um zu Dieter zu gelangen. Als wir bei ihm ankamen, machten wir es uns kurz gemütlich, bevor wir zum Zelten aufbrachen. Es war sehr kuschelig warm in seiner Stube und Frank fing an zu erzählen. Die ewigen Streitereien belasteten ihn und er musste sich einmal Luft machen und das war jetzt bei seinem besten Freund.

Frank erzählte, dass er es schrecklich findet, wenn ich immer so aufbrausend werde. Dann könnte er mich gar nicht leiden, er würde mich in dieser Phase sogar nicht lieben.

»Ich würde aber niemals mit dir Schluss machen, auch nicht, wenn ich dich nicht mehr lieben würde«, waren seine Worte an mich. Diese Aussage, dass er mich nicht lieben würde, traf mich zutiefst. Ich speicherte nur diesen einen Satz, nicht den kompletten Zusammenhang. Frank sagte noch, dass er auch nicht eifersüchtig wäre, wenn ich einen anderen Mann daten würde. Seine Ex-Freundin war mit einem Mann zusammen, der sie schlug. Sie wollte ihn aber nicht verlassen. Wenn es ihr schlecht ging, rief sie Frank an und er war dann bei ihr geblieben, bis sie eingeschlafen war. Wir redeten eigentlich nie über unsere Ex-Beziehungen, dass er es jetzt tat, nachdem er gesagt hatte, dass es Phasen gab, in denen er mich nicht liebte, tat es umso mehr weh. Ich ging hinaus ins Bad, um meine Tränen zu verstecken die mir die Wange herunterliefen.

Wie sollte ich mit den Informationen umgehen?

Würden wir wirklich eine Zukunft haben? Und, liebte er mich überhaupt noch?

Mir gingen Fragen über Fragen durch den Kopf, aber vor den Antworten fürchtete ich mich viel zu sehr. Deshalb versteckte ich das was mich belastete, vor Frank, weil ich darauf keine Antworten wollte. Als ich aus dem Bad kam, waren beide im Begriff, sich anzuziehen.

Wir gingen auch bald los, zum Platz im Wald, wo wir zelten wollten. Es war schon dunkel, was für diese Jahreszeit normal war, schließlich war es Winter.

Die Dunkelheit schützte mich, denn mir liefen immer wieder Tränen über meine Wangen.

Ich trug die Gitarre von Dieter, der wie Frank einen schweren Rucksack trug. Frank sah, wie ich immer wieder die Schulterseite wechselte, weil mir die Gitarre zu schwer wurde. Deswegen fragte er mich, ob er die Gitarre nehmen sollte. Natürlich nicht, er trug schon genug Gepäck.

Wir liefen zum Glück nicht so lange. Frank half seinem Freund das Zelt aufzubauen, für mich gab nichts zu tun. Darum saß ich auf einem umgefallenen Baumstamm und schaute den Beiden frierend zu. Ich fühlte mich an dem Abend sehr allein obwohl mich beide mit ins Gespräch einbezogen, ich war aber nicht wirklich bei der Sache. Immer wieder gingen mir Frank Worte durch den Kopf, die er bei Dieter gesagt hatte.

Als das Zelt stand und das Feuer nach anfänglichen Schwierigkeiten prasselte, spielte Dieter Gitarre. Eigentlich war es eine recht harmonische und schöne Atmosphäre. Frank saß ganz eng neben mir und legte seinen Arm um mich. Aber auch das konnte ich nicht genießen, zu sehr war ich verletzt und befürchtete, dass bald alles vorbei sein würde. In meinem Kopf spielten sich Szenarien ab, wie unsere Beziehung auseinanderbrechen würde, wenn ich erst einmal weggezogen war. Den ganzen Abend beschäftigte ich mich mit diesen Gedanken.

Dass ich über Nacht von zu Hause weg bleiben würde, hatte ich meiner Mutter nicht gesagt.

Zu sehr war ich am Zweifeln, ob die Beziehung Beständigkeit besaß. Schließlich würde ich nächste Woche wegziehen und ich würde Frank nicht mehr oft sehen. Auf jeden Fall nicht mehr so spontan.

Es wurde spät und wir gingen ins Zelt. Ich kuschelte mich mit Frank in einen Schlafsack, sein Freund lag uns gegenüber.

Die Beide unterhielten sich, bis sie einschliefen.

Aufgewühlt von meinem Gedanken fand ich keinen Schlaf. Ich schaute Frank lange an, zumindest das, was ich von ihm erkennen konnte, bis ich schließlich doch einschlief.

Meine Träume drehten sich nur um das Gespräch. Ich

träumte, dass er mich nicht liebte und dass er nur mit mir zusammen blieb, weil er es versprach.

Als ich am Morgen wach wurde, war es schon hell, ich fing wieder an zu weinen. Die Tränen suchten sich wieder die gleichen Wege über mein Gesicht und ich bemühte mich, nicht zu schluchzen.

Frank und Dieter schliefen noch tief und fest, während ich versuchte mich zu beruhigen. Irgendwann gelang es mir auch bevor die beiden aufwachten.

Gerade dachte ich, Frank liebt mich nicht, als er mir ins Ohr flüsterte: »Ich liebe dich, Maja!«

Konnte er meine Gedanken hören, war das wahr, was er mir gerade sagte? Ich konnte nicht aufhören, an etwas anderes zu denken.

Wir frühstückten und packten danach alles zusammen, diesmal half ich mit, was mir guttat, es lenkte mich vom Grübeln ab.

Bei seinem Freund angekommen, saßen wir noch etwas beisammen bis ich mich entschloss, nach Hause zu fahren. Ich wollte den Ärger mit meiner Mutter nicht länger hinauszögern. Außerdem war meine Stimmung sowieso nicht die beste. Es fiel mir schwer, mich zusammenzureißen und so zu tun, als ob alles okay wäre. Zuhause konnte ich weinen ohne mich zu verstecken.

Das Gewitter blieb aus, denn meine Eltern waren nicht da, ich war allein im Haus. Erleichtert ging ich in mein Zimmer. Dort kam ich wieder ins Grübeln und weinte, ohne dass ich meine Tränen zurückhalten musste. Ich konnte nicht dagegen ankämpfen und auch nicht mehr aufhören. Irgendwann gelang es mir dann doch, entweder waren alle Tränen ausgeweint oder ich hatte mich ganz einfach

beruhigt. Eins von beiden musste es gewesen sein.
Einige Zeit später kam meine Mutter in mein Zimmer, sie war wütend und schimpfte. Mit dem vorausgeahnten Gewitter kam der Stubenarrest. Ich sollte den nächsten Tag, ein Sonntag, zu Hause bleiben. Das traf mich schwer, denn die Zeit mit Frank war begrenzt, da war jeder Tag an dem wir uns nicht sehen konnten eine Folter.
Zu meiner Überraschung stellte ich fest, dass ich immer noch Tränen übrig hatte – ein trauriger Beweis dafür, dass mein Herz noch nicht fertig war, diesen Schmerz zu verarbeiten.

Am Sonntag fuhren meine Eltern wieder mit meinen beiden kleinen Brüdern weg. Ich wusste nicht wann sie wieder kommen würden. Immer noch fühlte ich mich mies, auch wenn ich eine Nacht drüber geschlafen hatte. Der Druck und das beklemmende Gefühl blieben in meiner Brust. Der Streit mit meiner Mutter und vor allem, was Frank gesagt hatte, war zu viel für mich.
Frank rief gegen Mittag an und wunderte sich, warum ich noch nicht bei ihm war, er fragte ob mir etwas passiert wäre. Ich sagte ihm, dass ich Hausarrest bekommen hatte und es mir nicht gut ging. Ob er nicht zu mir kommen könne?
Ich durfte zwar das Haus nicht verlassen, meine Mutter verbot mir jedoch nicht, Besuch zu empfangen.
Frank setzte sich aufs Rad, während ich auf ihn wartete, bereute ich die Frage zutiefst. Die Situation erinnerte mich an seine Ex. Jetzt kommt er nur, weil er Mitleid hat!
Ich wurde eifersüchtig auf ein Mädchen, das ich nicht

kannte. Auch dieses Gefühl ließ ich ungefiltert zu. Ich kam nicht einmal auf die Idee, mich abzulenken, um dem Gefühl nicht so viel Raum zu geben oder mich zu beruhigen. Ich ließ mein Gedankenkarussell freien laufen und das Gefühl wurde immer schmerzhafter. So verstrickte ich mich immer tiefer in mein Leid.

Als Frank ankam, entschuldigte ich mich, dass er kommen musste und sagte ihm, was ich fühlte. Er nahm mich in den Arm und beruhigte mich.

»Bitte Maja, mach dir nicht so einen Kopf. Das mit meiner Ex-Freundin ist vorbei und ich bin jetzt mit dir zusammen.«

Ich weinte wieder und wiederholte, was er bei seinem Freund alles sagte.

»… und das hat mich zutiefst verletzt«, gestand ich.

»Ich wollte dich damit nicht verletzen, ich wollte dir doch nur erklären, wie es mir geht. Es tut mir leid, Maja, dass ich dir damit weh getan habe!«

»Da ist noch etwas«, meinte ich dann zu ihm. »Dass du nicht mit mir Schluss machen würdest, auch wenn du mich nicht mehr liebst! Diese Aussage hat mich vollkommen erschreckt. Wie kann ich sicher sein, dass das jetzt nicht der Fall ist. Ich möchte nicht, dass du aus Mitleid oder anderen Beweggründen mit mir zusammen bleibst, obwohl du die Beziehung eigentlich nicht mehr möchtest!«

Er nahm mich nach meinen Worten wieder in den Arm, drückte mich ganz fest und küsste mich auf den Kopf.

»Ja, das war auch gemein, dass ich das sagte. Ich verspreche dir, wenn ich dich nicht mehr lieben sollte, werde ich es dir sagen.«

Erleichtert war ich nach der Aussage nicht, aber etwas beruhigter, sodass mein Kopfkino erst mal Ruhe gab.

Wie immer war die Zeit mit ihm zu kurz und Frank musste
früh fahren. Ich wollte nicht, dass meine Eltern merkten,
dass er da gewesen war.

***

Die Geister vergangener Schmerzen fanden wieder ihren
Weg an die Oberfläche, lebendig und quälend, als würde die
Zeit zwischen damals und jetzt verschwimmen. Ich wusste
nicht, ob wir Tag oder Nacht hatten. Zu lange saß ich schon
über den Tagebüchern. Wie viele Tassen Tee hatte ich
bereits getrunken? Ich spürte keine Müdigkeit und doch war
ich schläfrig und aufgewühlt zugleich.

***

Frank versprach mir einst, den Schlussstrich zu ziehen,
sollte seine Liebe erlöschen – ein Versprechen, das mein
inneres Drama nur befeuerte. Meine Gedanken kreisten
unaufhörlich um die Befürchtung, er könnte mich nicht
wahrhaft lieben, ein Gedankenspiel, das mich zusehends
verzehrte.
Jede Aufgabe, die ich anging, war durchtränkt von
Gedanken an Frank; nichts anderes schien mehr von
Bedeutung. Meine Existenz fand nur in seiner Gegenwart
statt – in der restlichen Zeit, wenn wir uns nicht sahen, war
ich wie ein Zombie. Ich lebte nicht wirklich!
So vernachlässigte ich meine Freundschaften noch mehr,
zog mich weiter zurück, sehnte mich nach niemandem
außer Frank und zählte die Momente, bis wir uns
wiedersehen würden. Meine Träume, meist düstere

Visionen unserer Beziehung, zeugten davon, wie sehr ich fürchtete, seine Liebe könnte nicht echt sein.

Frank hingegen schien seine Zeit ohne mich sinnvoll zu nutzen, ein Fakt, den ich als Entzug seiner Liebe missdeutete. Seine Fähigkeit, auch ohne mich ein erfülltes Leben zu führen, stach tief in mein Herz – ich konnte mir ein Leben ohne ihn nicht vorstellen, wollte jede Sekunde mit ihm teilen. Dass es gesund sein könnte, die Distanz zu nutzen, um die Wiedersehensfreude zu steigern kam mir nicht in den Sinn.

Weil jedes Treffen etwas Besonderes sein musste, führte diese Erwartung dazu, dass ich meine Unbeschwertheit verlor. Ich weinte viel, geplagt von Vorstellungen, die bald meine eigene Realität wurden. Die Wochenlast drückte schwer auf mir, sodass ich melancholisch und zerrüttet vor Frank stand, bereit, Streit zu provozieren, da ich so unglücklich war. Franks Versuche, mich aufzumuntern, gingen an mir vorbei. Es fiel mir schwer, mich selbst aufzubauen und dafür Sorge zu tragen, mich glücklich zu machen.

Jedoch zu der Zeit verstand ich es nicht. Zu sehr war ich gefangen in meinem Tunnelblick.

Unsere gemeinsame Zeit war überschattet von der ständigen Angst, ihn zu verlieren. Eine Furcht, die ich nicht verbergen konnte. Statt die Momente zu genießen, diskutierten wir über meine Sorgen. Die angespannte Atmosphäre, bereits vor der Nachricht unseres bevorstehenden Umzugs spürbar, wurde nun unerträglich.

Meine Verzweiflung belastete Frank, ließ die Tage trüb und freudlos verstreichen. In meiner Unfähigkeit, die Ängste abzulegen, verfiel ich zunehmend in Panik, ein Zustand, der uns beide zu erdrücken drohte.

Es war der 8. Januar 1988, ein Datum, das sich in mein Gedächtnis gebrannt hat wie ein unauslöschliches Zeichen. In den frühen Morgenstunden, als der Tau noch gefroren auf den Gräsern lag, kündigten die Möbelpacker unser neues Kapitel an. Sie trugen Kiste für Kiste und die Möbel nach draußen in den großen Lastwagen.

Die Fahrt zu unserem neuen Zuhause zog sich endlos, jede Meile weg von Weinheim riss tiefer in mein Inneres. Mit jedem Kilometer, der uns unserem Ziel näherbrachte, spürte ich, wie mein Herz Stück für Stück zurückblieb. Der Schmerz entfaltete sich mit einer solchen Gewalt in mir, dass er mich vollkommen in Beschlag nahm. Immer wieder wischte ich mir die Tränen weg, sie schienen nie zu versiegen.

Plötzlich drehte sich meine Mutter zu mir.

»Wenn Frank dich so sehr lieben würde, hätte er doch vorbeikommen können, um sich noch von dir zu verabschieden.«

Meine Mutter hatte recht! So schmerzlich der Gedanke war, musste ich mich der Tatsache stellen, dass Frank nicht mehr gekommen war. Diese Erkenntnis, traf mich, was meine Tränen nur noch mehr veranlassten, hemmungslos zu fließen.

Stunden später saß ich in diesem neuen Zimmer, das sich so unerbittlich fremd anfühlte, umgeben von den Umzugskartons, die mittlerweile ihre einstige Bedrohung verloren und zu bloßen Hüllen wurden, unfähig, die Leere in mir zu füllen. Es war nicht mehr ihre Gegenwart, die mich quälte, sondern die Fremdheit dieses Raumes, der niemals mein eigenes Zimmer werden würde.

Als Daniel ins Zimmer kam, fand er mich schluchzend und verloren in einer Ecke zwischen den Umzugskartons kauernd. Sein erschrockener Blick traf mich, während er fragte: »Was ist, Maja?«

»Ich will nach Hause«, entfuhr es mir jammernd.

Die Erinnerung daran vergessend, dass Daniel noch so jung war und ich ihn nicht mit meinen Sorgen belasten durfte. Doch in seiner kindlichen Sorge eilte er aus dem Zimmer, um Mama zu berichten, dass ich weinte und nach Hause wollte.

Aus der Ferne hörte ich, wie sie mit ruhiger Stimme zu Daniel sprach: »Wir sind Zuhause. Gib Maja noch etwas Zeit, sie wird sich daran gewöhnen.«

Diese Worte erreichten mich, doch sie berührten mich nicht so, wie sie sollten.

Ich werde mich nie an dieses Haus gewöhnen, geschweige denn an diese Gegend, dachte ich trotzig, während ich ihre Worte nachhallen ließ.

Ein störrischer Gedanke manifestierte sich in mir, fest entschlossen, die Sachen nicht aus den Kartons auszupacken. »Ich will nicht hier bleiben, und dieses Haus ist ganz bestimmt nicht mein Zuhause.«

Der erste Schultag in der neuen Schule folgte direkt auf das Umzugswochenende, ein unerbittlicher Übergang ohne Atempause. Die Schule, nur einen Steinwurf von unserem neuen Zuhause entfernt, hätte ein Neuanfang sein können. Doch für mich war sie lediglich ein weiterer Ort, der meine

Gleichgültigkeit herausforderte. Trotz meiner üblichen Schulangst spürte ich bei meinem Eintritt in das Gebäude nichts außer einer tiefen Leere. Die Schule, wie alles hier, ließ mich kalt. Mit verweinten Augen, Zeugen einer schlaflosen, von Tränen durchzogenen Nacht, nahm ich meinen Platz in der zehnten Klasse ein.

Mein Blick fixierte das Heft vor mir, doch meine Gedanken waren weit entfernt. Neue Freundschaften schließen, am Unterricht teilnehmen – nichts davon interessierte mich. Selbst das Spotten der anderen Schüler prallte an mir ab; ich wünschte mir nur, in Ruhe gelassen zu werden.

Nach Schulschluss kehrte ich in mein Zimmer zurück, umgeben von unausgepackten Kartons und ließ meinen Tränen freien Lauf. Gottfried war am Morgen schon ganz früh nach Weinheim gefahren, während ich in der Schule war. Er blieb auch über Nacht dort. Natürlich durfte ich nicht mit, weil ich zur doofen Schule musste. Das zerriss noch mehr mein Herz.

Meine Mutter, suchend nach einem Funken Hoffnung in meiner Antwort, fragte, wie mein erster Schultag gewesen sei.

»Ich hasse es hier, ich will hier nicht sein! Ich will wieder zurück nach Hause«, entgegnete ich scharf.

Meine Stimme, ein Echo meiner inneren Zerrissenheit.

»Wir sind Zuhause«, gab sie genervt zurück, doch ihre Worte fühlten sich für mich an wie Salz in einer offenen Wunde.

»Nein, dies hier wird nie mein Zuhause sein«, schrie ich sie an, übermannt von meinem tiefen Schmerz.

Ihre Ermahnung, »Nicht in diesem Ton«, ließ mich nur
noch wütender werden.

»Welchen Ton möchtest du denn haben?«, schrie ich ihr
hinterher und beherrschte mich, nicht nach irgendetwas zu
greifen und an die geschlossene Tür zu schmeißen. Ich war
so wütend und verzweifelt. Im neuen Zimmer zwischen den
Kartons kam ich mir vor, wie eine Gefangene. Und dann
war da noch der Schmerz, den ich kaum aushielt: Frank. So
weit weg zu sein, mit der Angst, dass er sich nun eine Neue
suchen könnte. Ich weinte weiter unaufhörlich.

Ein paar Tage nach dem Umzug durfte ich auch endlich mit
Frank telefonieren. Weil das Gespräch nun ein
Ferngespräch war, kostete es ein Heidengeld, darum durfte
ich auch nur maximal fünf Minuten mit ihm sprechen.
Die Telefonschnur reichte zum Glück so weit, dass ich mit
dem Telefon in mein Zimmer konnte. Direkt hinter der Tür
endete die Schnur, ich konnte gerade noch die Tür
schließen.
Aufgeregt und voller Sehnsucht nach ihm wählte ich seine
Nummer. Frau Waage hob ab und freute sich, meine
Stimme zu hören. Sie fragte mich, wie es mir geht.
Nach ihrer Frage konnte ich mich nicht zusammen reißen
und weinte.
»Frau Waage, ich freue mich auch ihre Stimme zu hören,
aber ich darf nur fünf Minuten mit Frank sprechen …«
Sofort schaltete sie, legte das Telefon beiseite und ich hörte
sie Frank im Hintergrund rufen.
»Maja ist am Telefon, komm schnell runter, es kostet sonst
zu viel!«
Sie kam noch einmal ans Telefon und meinte, dass Frank

sofort kommt.

»Bitte Maja, sei nicht so traurig, es wird alles wieder gut«, versuchte sie mich noch zu trösten.

Dann gab sie Frank den Hörer, der nun vor ihr stand.

»Ich hasse es hier!«, begrüßte ich ihn schluchzend.

»Du musst dich erst einmal eingewöhnen«, versuchte er mich zu trösten.

»Ich werde hier nie zu Hause sein«, weinte ich weiter und zusätzlich, zu meiner Traurigkeit mischte sich ein Schmerz hinzu. Der Schmerz, dass Frank wollte, dass ich mich hier einlebe. Bedeutete das, dass er möchte, dass ich akzeptieren sollte von ihm getrennt zu sein?

»Warum willst du mich nicht sehen?«, fragte ich ihn dann.

»Wann habe ich das denn gesagt?«, kam aus dem Hörer, ziemlich verwirrt.

»Indem du möchtest, dass ich mich hier einlebe!«, weinte ich nun mehr.

»Das eine hat doch gar nichts mit dem anderen zu tun.«

»Ich vermisse dich aber!«, knallte ich ihm an den Kopf.

»Ich vermisse dich doch auch«, kam nun sanft zurück. Sein liebevoller Tonfall ließ mein hitziges Gemüt ruhiger werden. Die Aufgebrachtheit war nicht mehr so präsent wie noch vor ein paar Sekunden.

»Ich denke jeden Tag an dich und es fällt mir schwer, dass wir uns nicht mehr sehen. Wir sollten aber das Beste aus der Situation machen, bis wir uns wiedersehen. Ich habe einen Job angenommen in dem ich Geld verdiene. Er wird anständig bezahlt, weil ich hauptsächlich in der Nacht arbeite. Die Arbeit dauert 9 Stunden, von 22 Uhr bis 7 Uhr

in der Früh. So kann ich das Geld sparen und dann zu dir
kommen. Siehst du Maja, ich suche schon nach Lösungen.
Darum mach dir bitte nicht immer so viele Gedanken!«
Seine Worte gaben mir neue Hoffnung und Kraft. Meine
Tränen versiegten und ich hörte auf zu weinen.
»Danke, dass du das gesagt hast. Ich liebe dich!«
Die Zeit war um, wir verabschiedeten uns schnell und
legten auf.

***

Dass sich Frank solche Mühe machte, hatte ich tatsächlich
vergessen. Oder verdrängt. Ich erinnerte mich nur noch an
den Schmerz und an den Gedanken, dass es Frank egal zu
sein schien.
Aber dies zu lesen, versetzte mir abermals ein Stich ins
Herz, weil er doch alles dafür tat, dass wir zusammen sein
konnten. Trotz aller Einsicht nach all den Jahren war ich
damals ein furchtbar launischer, ungeduldiger Teenager. Ich
weiß noch, wie schmerzlich die Zeit für mich war. So wie
ich in den ganzen Jahren dachte, dass Frank mich nicht
vermisste, so vergaß ich es auch als 16-Jährige.
Anscheinend verdrängen Sehnsucht und Schmerzen
glasklare Tatsachen. Es vergingen nur ein paar Sekunden
nach dem Gespräch und ich spürte die Sehnsucht wieder so
gewaltig. Nach ein paar Stunden überwältigten mich wieder
die ersten Zweifel und spätestens nach zwei Tagen war er
wieder da: der ungefilterte Schmerz.

***

»Ich will nach Hause«, war mittlerweile zu meinem
ständigen Begleiter geworden. Ein Refrain, der mein neues

Leben unterlegte. Bei jedem Ausspruch dieses Satzes versuchte Mama stoisch zu erklären, dass dies nun unser Zuhause sei. Aber in meinem Herzen wusste ich, dass ich hier nie wirklich zu Hause sein würde. Es gab mir ein unüberwindbares Gefühl von Falschheit, ein tiefes Empfinden, dass ich hier nicht hingehörte.

Meine Kartons standen immer noch unausgepackt in meinem Zimmer, stille Zeugen meiner Weigerung, mich niederzulassen. In ihnen lag die stumme Hoffnung verborgen, dass wir vielleicht doch eines Tages nach Oberflockenbach zurückkehren würden. Auch wenn mein Verstand mir sagte, dass es unwahrscheinlich war, konnte ich mich dennoch nicht dazu durchringen, meine Sachen an diesem fremden Ort auszupacken.

Maunzi, meine Katze, schien die neue Umgebung weit besser angenommen zu haben als ich. Es war ein kleiner Trost, zu sehen, dass sie sich hier wohlfühlte, ein Lichtblick in meinem ansonsten trüben Alltag. Mein Herz jedoch blieb in Oberflockenbach, zerrissen von dem Schmerz, nicht mehr dort sein zu können. Die Sehnsucht nach Frank, nach der Vertrautheit und der Liebe, die wir teilten, machte die Trennung unerträglich.

Gottfried fuhr die Woche öfter nach Weinheim und am Wochenende ruhte er sich aus. Er fuhr früh los, bevor ich in die Schule ging. Egal wie sehr ich meine Mutter anbettelte, mitfahren zu dürfen, musste ich in die Schule und konnte nicht mit.

Diese Tatsache ließ mich das Haus und die Gegend nur noch mehr hassen.

Nur zwei Wochen nach dem Umzug fuhren meine Eltern mit den beiden Jüngsten für zehn Tage in den Skiurlaub. Ich blieb allein in dem mir verhassten riesigen Haus. Ich wollte nicht hier sein. Die Stille machte mich nur noch verrückter. Meine Gedanken verselbstständigten sich wieder einmal. Wie ein Specht hämmerte mein Hirn abstruse Gedanken in mich hinein. Am Telefon sagte Frank zu mir, dass ich mir keine Sorgen machen sollte. Er würde mich auch vermissen, aber wir müssten jetzt das Beste daraus machen. Was meinte er mit dem; das Beste draus machen? Dass er sich eine andere sucht?

Eifersucht stieg hoch und dazu kam die unerträgliche Sehnsucht nach ihm. Ich bekam sogar richtige Herzkrämpfe.

Mit diesem ewigen Geheule ging ich mir schon selbst auf die Nerven. Wusste aber diesbezüglich keinen Ausweg und konnte es nicht unter Kontrolle bringen.

Teuflische Wesen gruben mir wilde Gedanken tief in mein Unterbewusstsein: Maja, du bist alleine! Frank wohnt 250 Kilometer weit weg. Was denkst du, was er da wohl macht? Er trifft sich ganz bestimmt mit anderen Mädchen! Er wird dich vergessen!

Und weil Frank in der Nacht arbeitete, schlief er nun tagsüber, darum konnte ich ihn auch nicht anrufen, um mich abzulenken.

Ich bekam Angst! Nicht direkt Angst alleine in diesem großen Haus zu sein. Ich befürchtete, dass ich die Sehnsucht nach Frank nicht überleben würde.

Mit neun Jahren wünschte ich mir schon den Tod. Die grausame Welt, in der ich lebte, machte mir zu schaffen. Ich suchte nach Liebe und Geborgenheit, so wie sie mir mein

Vater früher als Kind gab. Ich verliebte mich in fiktive
Männer, die in Serien mitspielten. Sei es Little Joe aus
»Bonanza« oder der Mann von »Ein Mann in den Bergen«.
Diese Männer waren viel älter als ich, trotzdem »liebte« ich
sie, als Ersatz für meine Vaterfigur.
Ich wollte damals schon sterben, weil ich den Sinn des
Lebens nicht erkannte. Die Grausamkeiten an Tieren
machten mir schwer zu schaffen und auch wie die
Menschen miteinander umgingen.
Ich wünschte mir einfach nur den Tod ohne etwas dafür zu
tun. Hoffte einfach, tot umzufallen.
Diese Sehnsucht nach einem Ort, wo alles gut sein würde,
trieb mich seitdem umher. Ich fühlte es regelmäßig und
jedes Mal stärker.

Wenn ich aus der Schule in das mir fremde Haus kam,
erdrückte mich die Stille. Da bekamen meine Gedanken
genügend Freiraum, um wild auf mich einzuprasseln. Meine
tiefe Traurigkeit ertrug ich nicht mehr, aber was konnte ich
dagegen unternehmen? Ich wollte wieder so leicht und
unbeschwert sein, wie am Anfang unserer Beziehung.
Mir fiel ein, dass ich so lustig und ausgelassen war, als
Francesca und ich das Bier tranken.
Ich überlegte nicht lange und rannte runter in den Keller,
dort wo meine Eltern ihren Wein aufbewahrten. Bier gab es
nicht, aber ich dachte mir: Was soll's? Wein tut's auch.

***

Wieder legte ich mein Tagebuch zur Seite.
An diese Zeit wollte ich mich nun wirklich nicht
186

zurückerinnern. Mein Zusammenbruch war schmerzhaft.
Wie dumm ich doch war. Früher wusste ich noch nicht, dass
der Alkohol nur das verstärkt, was man gerade fühlt. Ich
dachte, wenn ich trinke, bin ich wieder glücklich.
Ich trank die ganze Flasche und erst am nächsten Morgen
wusste ich, was ich an dem Abend alles angestellt hatte:
Betrunken rief ich Francesca an und heulte ihr mein Leid
vor. Dass ich Frank so liebte und ohne ihn nicht mehr leben
möchte! Deswegen wollte ich mir in der Nacht das Leben
nehmen. Francesca weinte am Telefon mit mir und flehte
mich an, es nicht zu tun. Sie redete mit Engelszungen auf
mich ein. All das wollte ich nicht mehr lesen, es war mir
peinlich und voller Drama. Francesca rief mich morgens an,
um zu fragen, wie es mir ging. Sie konnte die Nacht nicht
schlafen und wusste nicht, was sie tun sollte. Ich jagte ihr
mit meiner Aktion eine Heidenangst ein.
Ich erinnerte mich auch, dass ich das Wochenende komplett
verkatert war und mir schwor, nie wieder so viel Alkohol zu
trinken. Ich trank fast zwei Flaschen Rotwein. Meine
Lippen und meine Zunge waren tiefrot und immer wieder
musste ich mich übergeben. Mein Kopf zersprang vor
Schmerzen, trotzdem weinte ich das Wochenende durch. In
all dem Elend dachte ich nur an Frank.

***

Erst zwei Tage nach dem Wochenende rief ich Frank an. Er
nahm das Telefonat entgegen und ich freute mich, dass ich
ihn direkt an den Apparat bekam. Doch meine Freude
erstickte im Keim, denn seine Stimme klang nicht erfreut.
»Was ist mit dir?«, fragte ich daraufhin und bekam schon

wieder Herzstiche, weil ich befürchtete, dass er mich nicht mehr wollte.

»Ich habe heute Francesca getroffen, sie hat mir Vorwürfe gemacht, dass ich dich in den Selbstmord treiben würde!«, erklärte er mir ernst.

»Ich hatte getrunken und mir ging es nicht gut!« Meine Stimme wurde kleinlaut, in seiner Stimme lag etwas, das mich innerlich zerreißen ließ. »Ich habe solche Angst, dich zu verlieren!«, fügte ich noch schnell hinzu.

Frank reagierte mit einer Mischung aus Verwirrung und Frustration.

»Was mache ich denn, dass du den Wunsch verspürst, nicht mehr Leben zu wollen? Welchen Anlass gebe ich dir, dass du immer wieder denkst, ich möchte dich nicht mehr? Langsam kommt es mir vor wie eine Platte, die einen Sprung hat.« Seine Worte trafen mich wie ein Schlag. Ich erhoffte mir etwas tröstliches, ein Zeichen seiner Zuneigung. Stattdessen begegnete mir eine Tonart von Frank, die kühl und distanziert war.

»Du liebst mich nicht mehr!«, schluchzte ich, überwältigt von einem Gefühl der Panik, das in mir aufstieg.

Doch dann änderte sich etwas in seiner Stimme; sie wurde weicher, verständnisvoller.

»Ach Maja, was kann ich bloß tun, um dir zu zeigen, dass ich es ehrlich mit dir meine? Es tut halt weh, wenn die Leute denken, dass ich an deinem Leid schuld bin und ich bin mir keiner Schuld bewusst. Ich habe nicht vor, dich zu verlassen. Weder heute noch ein anderes Mal.«

Dass seine Stimme nun weicher klang, beruhigte mich und

ich musste nicht mehr so schluchzen.

»Immer wieder, wenn ich dir meine Liebe beteuere, ist es für den Moment gut und das nächste Mal, wenn wir reden, geht alles wieder von vorne los. Wie kann ich dir helfen?«, fragte er nun.

»Ich weiß es nicht, Frank. Ich möchte es doch auch nicht, nur wenn ich allein bin, kommen all die Zweifel hoch.«

»Dann lenke dich ab. Unternimm etwas, damit du nicht immer wieder darüber grübeln musst.«

»Das kann ich nicht«, gab ich offen zu. »Aber ich möchte, dass du mein Tagebuch liest, damit du mich vielleicht verstehen kannst.«

»Wenn du mir dein Tagebuch anvertraust, dann lese ich es mir gerne durch, vielleicht finden wir eine Lösung.«

Das Gespräch mit Frank tat mir gut. Ich wurde ruhiger und war auch nicht mehr so traurig. Zwar vermisste ich ihn wie verrückt, aber seine netten Worte gaben mir neuen Mut und Kraft, gemeinsam eine Lösung zu finden.

Ich liebe ihn ja so sehr.

Nach dem Telefonat ging ich erleichtert in mein Zimmer, um ins Tagebuch zu schreiben. Während ich schrieb, sah ich aus dem Augenwinkel Franks Liebesbrief. Sofort kam mir seine schöne Schrift in den Sinn und wie fantastisch ich seine Unterschrift fand. Weil ich sie so toll fand, versuchte ich sie in meinem Tagebuch nachzuahmen. Dazu schrieb ich: „Fälschung“ und dass seine viel schöner war.

***

Dann sah ich einen Eintrag vom 1.2.1988, der nicht von mir war. Mir lief ein kalter Schauer über den Rücken, als ich etwas Blaues neben meiner Fälschung las.

Frank selbst hatte mit einem blauen Stift »Original: Frank. Frank. Frank.« unterschrieben! Mir zitterten die Hände und ungläubig schaute ich immer wieder auf seine Unterschrift. Wie für eine heilige Schrift, verspürte ich den Drang, diesen Seiten einen Altar zu bauen. Immer wieder starrte ich auf das Blau von Franks Geschriebenen. Konnte es nicht fassen, was ich mit meinen eigenen Augen sah. Frank. Oh, Frank!

***

Am Donnerstagabend kamen meine Eltern wieder. Am Wochenende drauf fuhren Gottfried und ich überraschend nach Weinheim.

Gottfried ließ mich direkt vor Franks Haustür aussteigen. Die Ungeduld brodelte in mir und ich sprintete zur Eingangstür. Kaum imstande mich zurückzuhalten, um nicht in einem Anfall von Vorfreude Sturm zu läuten. Die Sekunden, bis jemand die Tür öffnete, dehnten sich gefühlt zu einer endlosen Wartezeit.

Doch dann öffnete sich die Tür und Franks Gesicht kam zum Vorschein. In diesem Moment verliebte ich mich aufs Neue in ihn. Oh, wie sehr hatte ich ihn vermisst! Ohne einen weiteren Gedanken zu verschwenden, warf ich mich ihm an den Hals und küsste ihn.

In meiner Hand hielt ich das Tagebuch das ich Frank direkt nach unserer stürmischen Begrüßung überreichte. Er nahm es entgegen und versteckte es in einer Schublade, um es vor neugierigen Blicken zu schützen. Frank war bereits fertig angezogen, bereit, das Haus zu verlassen, und so machten wir uns ohne Verzögerung auf den Weg. Bei Frank wollten wir nicht abhängen, dort standen wir unter Beobachtung.

Das Jugendcenter machte erst viel später auf, also beschlossen wir, unsere alte Ruine zu besuchen. Dort wären wir vor dem kalten Wind geschützt der Ende Januar in der Luft lag. Als wir über die Schienen und um den Hügel liefen, waren wir voller Vorfreude gleich ein Plätzchen zu haben, wo es nicht so windig und nasskalt war.

Wir wetteten, wer als Erster da sein würde. Natürlich schlug mich Frank um Längen, er verschwand als Erster hinter den alten Mauern.

Als ich ankam, lachend und außer Atem, erstarrte ich. Ich brauchte einige Sekunden, um zu begreifen in welcher Situation sich Frank befand. Er stand vor einem Obdachlosen, der mit einer Säge wild um sich fuchtelte und ihn anschrie: »Verschwinde, sonst mache ich kurzen Prozess mit dir!«

Ich konnte mich vor Schock nicht rühren, sah nur, wie Frank leise und ruhig auf den Mann einredete und langsam rückwärts zu mir kam.

Der Mann kam ihm nach, immer noch besorgniserregend seine Säge schwingend. Ich war starr vor Angst um Frank. In meinem Kopf spielten sich tausend Szenarien ab, wie Frank die Säge ab bekam. Nun schrie der Obdachlose auch mich an:

»Ich nehme es auch mit euch beiden auf, kommt ruhig näher.«

Frank drehte sich zu mir. Ich zitterte vor Angst, vor allem, weil Frank nun dem Verrückten seinen Rücken zudrehte. Er nahm meine Hand und redete ruhig und leise zu mir:

»Dreh dich einfach um und geh langsam aus dem Gemäuer.«

Der Verrückte kam immer näher und ich weigerte mich,

ihm den Rücken zuzuwenden. Seine Säge schwang er immer noch bedrohlich vor sich her. Vielleicht würden wir nicht sofort sterben wenn er uns damit traf, aber mit Sicherheit würden wir schmerzhafte, böse Verletzungen abbekommen. Darum schaffte ich es nicht, ihm den Rücken zu kehren. Aber Franks weiche und ruhige Worte holten mich aus meiner Schockstarre. Ich drehte mich um und ging langsam mit ihm zum Ausgang. Ich wollte rennen, doch ich vertraute Frank und hielt mit ihm Schritt. Hinter uns, dicht auf den Fersen der Obdachlose, der uns weiter wie ein Berserker anschrie.

Er folgte uns nach draußen und ich dachte noch, dass er etwas vom alten Haus entfernt ein Blutbad anrichten wollte. So war es zum Glück nicht. Der Mann blieb stehen, als wir etwa auf der Hälfte des Hügels waren. Er schrie uns zwar noch hinterher, folgte uns aber nicht mehr.

Das alte Haus konnten wir nun abschreiben, unser schönes Zuhause, das wir in unserer Phantasie beim letzten Mal so schön einrichteten.

An dem Tag kannte ich kein anderes Gesprächsthema als das, was uns gerade widerfahren war. Etwas Gutes hatte es doch, nun war mir nicht mehr kalt. So viel Adrenalin floss durch meinen Körper und ich achtete gar nicht mehr auf den Wind.

Ich war zu sehr damit beschäftigt, das ganze Geschehen zu verarbeiten.

Immer wieder lobte ich Frank, weil er so cool und vernünftig mit der Situation umgegangen war, während ich starr vor Angst war. Dass ich ihn so sehr lobte, schmeichelte Frank sichtlich. Gegen Abend ließ die Anspannung des Tages nach und gleichzeitig machte sich eine andere Angst breit. Zu wissen, dass ich in wenigen Augenblicken abgeholt wurde und wieder für unbestimmte Zeit von Frank getrennt war. Er besaß nun mein Tagebuch, doch ich konnte nichts mitnehmen, außer der Erinnerung an diesen Tag.

zehntes Kapitel

Der graue Februar löste den grauen Januar ab. Gleiche Kälte, gleiche Trostlosigkeit.

Wir telefonierten auch weniger, weil jedes Gespräch ein Vermögen kostete. Wenn unsere Eltern uns ein Ferngespräch erlaubten, weinte ich viel. Frank versuchte mich dann jedes Mal zu beruhigen:

»Maja, bitte weine nicht mehr so viel, denke einfach an mich.«

»Deswegen muss ich ja weinen, weil wir getrennt sind…«, schluchzte ich.

»Dann denk an etwas Schönes, nimm es nicht so schwer, wir sehen uns wieder und ich bin bei dir!«

Er war wirklich sehr einfühlsam, nur konnte ich seine Worte nicht umsetzen. Jeden Tag vermisste ich ihn aufs Neue schmerzlichst.

Nicht nur die teuren Ferngespräche, sondern auch die Entfernung lag wie ein Stachel zwischen uns. Ich konnte nicht mehr den Bus nach Weinheim nehmen und Frank besuchen, oder er mich. Nun lagen 250 km zwischen uns. Das Geld fehlte mir, um zu ihm zu fahren, und Frank ging es genauso.

Es war selten, dass Frank anrief, denn seine Eltern verboten es ihm. Die meiste Zeit rief ich ihn aus einer Telefonzelle an und das Geld fiel zusehends nur so durch. Umso mehr freute ich mich, als er mich wieder, so kurze Zeit nachdem wir uns gesehen hatten, anrief. Damit hatte ich nicht gerechnet.

Ich ließ ihn erst gar nicht zu Wort kommen vor lauter
Freude.

Frank fragte mich dann:

»Nun, wenn du dich schon darüber freust, was hältst du
davon, wenn ich dich jetzt besuchen komme?«

»Wann?«, fragte ich ungläubig und realisierte nicht ganz,
was er damit meinte.

»Wir sind in fünf Minuten bei dir, Dieter ist auch dabei.«
Frank stand nämlich in der Telefonzelle, in der Nähe von
unserem Haus, da, wo ich sonst mit ihm telefonierte.

Noch immer ungläubig legte ich auf und verschwand sofort
im Bad.

Oh mein Gott, in fünf Minuten sehe ich meinen Schatz
wieder, dachte ich freudestrahlend.

Als er dann vor der Tür stand, fiel ich ihm sofort um den
Hals. Er wollte mir noch eine Überraschung erzählen. Diese
wollte er mir aber in meinem Zimmer sagen. Meine beiden
jüngeren Brüder rannten uns nach. Dieter beschäftigte sie,
damit ich mich ungestört mit Frank unterhalten konnte.

Er erzählte mir, dass er morgen ein Vorstellungsgespräch in
Bonn führen würde. In einer Behinderteneinrichtung würde
er seinen Zivildienst ableisten können.

»So wären wir wieder zusammen«, meinte er.

Ich konnte es kaum glauben. Frank würde nach Bonn
ziehen, damit er in meiner Nähe wäre.

»Ist das dein Ernst?«, fragte ich ihn immer noch ungläubig.

»Ja, ich möchte mit dir zusammen sein!«

In diesem Moment verschwand mein Schmerz, der seit
Monaten mein ständiger Begleiter war und ich war
überglücklich.

Frank und ich lagen eng umschlungen auf dem Boden,
während Dieter mit meinen Brüdern spielte.
Neben uns lag ein Notizzettel, der mir vom Tisch gefallen
sein musste. Ich holte einen Stift vom Schreibtisch und
schrieb auf dem Zettel: »Frank, ich liebe dich!«
Als Frank das las, nahm er mir den Stift aus der Hand und
schrieb: »Ja, und hiermit sind wir Mann und Frau!«
Daraufhin fiel ich ihm erneut um den Hals und wollte ihn
nicht mehr loslassen.
Das musste ich aber, denn um 23 Uhr mussten sie gehen. Er
versprach mir, dass wir uns morgen nach der Schule
wiedersehen würden.
Beide schliefen draußen, in Schlafsäcken auf dem
Sportplatz, der in der Nähe vom unserem Haus war. Dort
gab es ein windgeschütztes Holzhäuschen, welches als
überdachte Umkleidekabine diente.

Am nächsten Morgen stand ich sehr früh auf, um ihn noch
vor der Schule zu treffen.
Nach der Schule fuhr ich sofort mit dem Bus nach Bonn.
Frank teilte mir gute Nachrichten mit; er bekam die Stelle.
Bis September mussten wir noch abwarten, dann würde er
dort seine Zivildienststelle antreten. Aber bis dahin war
noch eine lange Zeit in der unsere Beziehung wegen meines
Kopfkinos sehr zu leiden hätte.
Jedoch seine positive Nachricht und dass ich ihn sah,
machte mich überglücklich. Frank würde in meine Nähe
ziehen. Erfreut darüber, erzählte ich das meiner Mutter. Ich
wollte, dass sie sieht, wie sehr Frank mich doch liebt und
deswegen sogar nach Bonn zieht. »Das macht er doch gar

nicht wegen dir. Bonn ist eine schöne Stadt und deswegen kommt er hier her!« war die Antwort meiner Mutter.

An einem Wochenende im Februar durfte ich bei einer Freundin und ehemaligen Mitschülerin übernachten. Am Freitag, direkt nach der Schule fuhr ich los, um ab Samstag früh jede Minute mit Frank zu verbringen.
Während der ganzen Zugfahrt war ich so aufgeregt, ich würde meinen Schatz endlich wiedersehen. Es wurde schon dämmrig, als ich in Weinheim ankam.
Mein Orientierungssinn spielte mir schon wieder einen Streich. Obwohl ich die Adresse von meiner Freundin in meiner Tasche trug, fühlte ich mich verloren in diesem abgelegenen Teil der Stadt, der mir völlig fremd war. Es war eine dieser Gegenden, in denen jede Straße, jeder Winkel so aussah wie der nächste, was für jemanden mit einem Orientierungssinn wie meinem eine echte Herausforderung darstellte. Und Navis gab es 1988 noch nicht.
Ohne fremde Hilfe schaffte ich es einfach nicht. Nachdem ich eine Weile in Weinheim umhergeirrt war, begann ich nach Leuten Ausschau zu halten, die ich nach dem Weg fragen könnte. Aber seltsamerweise wirkte Weinheim wie ausgestorben, menschenleer. Wohin waren bloß alle verschwunden?
Schließlich erreichte ich meine alte Turnhalle, den Ort, wo früher der Sportunterricht stattfand. Zu meiner Überraschung schien dort eine Party im Gange zu sein. Musik drang nach außen, und ich konnte das Stimmengewirr und Lachen der Gäste hören. Das schien der perfekte Ort zu sein, um jemanden nach dem Weg zu

fragen. Also ging ich hinein, in der Hoffnung, endlich die richtige Richtung zu meiner Freundin zu finden.

Auf der Party freute ich mich, meine ehemalige spanische Clique anzutreffen. Sie freuten sich ebenfalls, mich zu sehen und wollten, dass ich mit ihnen feiere. Doch leider ging das nicht, die Mutter von meiner ehemaligen Schulfreundin war sehr streng und ich verspätete mich eh schon. Ich fragte, ob sie den Weg kennen würden. Sie wussten es und begleiteten mich, um noch etwas Zeit mit mir zu verbringen.

Als ich klingelte, bekam ich auch schon mächtig Ärger, wo ich gewesen wäre und die Mutter glaubte mir nicht, dass ich mich verlaufen hatte. Sofort unterstellte sie mir, dass ich bei Frank gewesen war. Egal, wie sehr ich ihr beteuerte, dass dies nicht stimmte, hielt sie an ihrer Meinung fest.

Meine Freundin tröstete mich, dass ihre Mutter ihr auch nicht vertraute und sie deswegen immer mächtig Ärger bekam.

Am Abend saßen wir im Bett und erzählten uns viel. Die meiste Zeit ging es um unsere Boyfriends und wie verliebt wir waren. Wir kicherten, sodass ihre Mutter uns mehr als nur einmal verwarnte, endlich zu schlafen.

Am nächsten Morgen durfte ich nicht sofort zu Frank, ich musste erst einmal mit der Familie frühstücken. Das dauerte, denn sie machten sich nach dem Aufstehen langsam fertig, kochten Kaffee und deckten den Tisch mit allerlei Auswahl, wie in einem Hotel. Doch vor lauter Aufregung verspürte ich keinen Hunger. Aber trotzdem durfte ich nicht eher gehen, bis alle mit dem Frühstück fertig waren. Nun war ich mal wieder in Weinheim, nach so langer Zeit und durfte trotzdem nicht zu Frank.

Ich weigerte mich zu essen, auch als ich ein Hungergefühl bekam. Der Tisch war zwar liebevoll gedeckt, doch aus Prinzip unterdrückte ich mein Hungergefühl. Ich wollte weder essen, noch am Tisch sitzen; ich fühlte mich dazu genötigt und verweigerte mich aus Trotz.

Das Hungergefühl verlor sich jedoch schlagartig, als ich voller Vorfreude in Richtung Franks Haus aufbrach. Es galt die verlorene Zeit aufzuholen, weshalb ein gemütliches Schlendern keine Option für mich war.

Bei Frank angekommen, pochte mein Herz bis zum Hals – ein Mix aus Aufregung und Anstrengung, weil ich die ganze Strecke gerannt war. Doch ungeachtet dessen, es war ein wunderbares Gefühl, endlich vor seiner Tür zu stehen.

Seine Mutter öffnete und bat mich herein, ich sollte mich doch erst einmal an den Esstisch setzen.

Sie bot mir einen Kaffee an. Ich streichelte den Hund, mit dem ich mich inzwischen gut verstand und lehnte den Kaffee dankend ab.

Ich verstand nicht, warum ich nicht hoch in sein Zimmer durfte. Seine Mutter setzte sich zu mir und fragte mich, wie es mir ging. Verwirrt machte ich smalltalk mit ihr.

Meine Ungeduld, Frank endlich zu sehen, konnte ich wohl kaum verbergen und seine Mutter schien dies zu bemerken. Es fiel ihr sichtlich schwer, mir zu gestehen, dass Frank gar nicht zu Hause war. Er hat sich am Vorabend mit Freunden getroffen und war die ganze Nacht nicht nach Hause gekommen; sein Aufenthaltsort war unbekannt.

Verwirrung machte sich breit. Frank wusste doch von meinem Kommen; warum war er dann nicht da? Der Tag verging, während ich Zeit mit Franks Schwester und dem Rest seiner Familie verbrachte. Sie alle umgaben mich mit so viel Liebe und Fürsorge, dass ich mich trotz der Umstände willkommen fühlte. Dennoch klammerte ich mich an die Hoffnung, Frank könnte jeden Moment durch die Tür kommen, er blieb aber verschwunden.

Seine Mutter war sauer auf ihn, weil er mich die weite Fahrt machen ließ und dann nicht auftauchte. Er hätte wenigstens absagen können.

Sosehr ich mich bemühte meine Enttäuschung und Traurigkeit zu verbergen, gelang es mir nicht. Immer wieder kullerten mir Tränen über die Wangen.

Mein Tagebuch, das auf Franks Nachttisch lag, nahm ich wieder an mich. Ohne dass Frank davon wusste. Wie auch, wenn er mich in seinem Elternhaus sitzen gelassen hat.

Am Abend ging ich enttäuscht zu meiner Freundin zurück. Dort erzählte ich weinend, was passiert war. Ihre Mutter bekam das mit und sie entschuldigte sich aufrichtig, dass sie mir gestern nicht glaubt hatte.

Zu meiner Enttäuschung und Traurigkeit kam nun die Angst, dass Frank mir damit sagen wollte, dass es aus war.

Am nächsten Tag machte ich mich noch einmal auf den Weg zu Franks Haus, getrieben von der Hoffnung, dass er mittlerweile aufgetaucht sein könnte. Doch ich wurde wieder enttäuscht; Frank war auch in dieser Nacht nicht nach Hause gekommen.

Die Rückfahrt nach Bonn trat ich schweren Herzens an. Im Zug ließ ich meinen Blick aus dem Fenster schweifen, während draußen die Landschaft vorbeizog. Meine Gedanken wirbelten durcheinander, eine Flut aus gemischten Gefühlen und Gedankenspielen. Die Sorge, Frank könnte etwas zugestoßen sein, nagte unaufhörlich an mir. Die Ungewissheit und das Fehlen jeglicher Nachricht von ihm ließen meine Angst nur noch größer werden. Ich versuchte, mich mit der vorbeiziehenden Landschaft abzulenken. Den Kopf an die kühle Scheibe gelehnt, während der Zug sanft über die Schienen rollte. Die Stille des Abteils und das monotone Rattern des Zuges schufen einen Kontrast zu dem Sturm in meinem Inneren. Die Angst, gepaart mit Enttäuschung und Traurigkeit über das verpasste Wiedersehen, fühlte sich fast erdrückend an.

Als ich in Oedekoven ankam, heulte ich mir in meinem Zimmer die Augen aus, bis mich meine Mutter ans Telefon rief.

Frank war dran. Mittlerweile war es bereits Abend geworden. Erleichtert, aber auch wütend schnappte ich mir das Telefon und ging damit in mein Zimmer.

»Hallo!«, sagte ich knapp und schwieg dann.

»Bitte Maja, lass mich erklären, was passiert ist!«, bat mich Frank.

Ich schwieg, als Zeichen, er könne reden und weil ich ihn nicht anbrüllen wollte.

»Ich hatte mich so sehr darauf gefreut, dich wiederzusehen und war am Freitag eigentlich nur mit ein paar Freunden unterwegs, als plötzlich ein Bekannter von denen auftauchte und uns fragte, ob wir spontan Lust hätten, mit ihm nach Paris zu fahren. Sie standen kurz vor der Abfahrt. Paris, Maja! Das war eine Chance, die ich einfach nicht ausschlagen wollte, also habe ich ohne zu zögern zugesagt.

Es ging alles so schnell, dass ich es nicht einmal mehr geschafft habe, meinen Eltern Bescheid zu sagen. Bitte sei mir nicht allzu böse deswegen. Und wenn es dich ein wenig tröstet: Der Trip war letztendlich eine herbe Enttäuschung. Ich kannte den Kerl, mit dem ich mitgefahren bin nicht wirklich gut und herausgestellt hat er sich als totaler Idiot. Ich habe von Paris kaum etwas gesehen, weil ich die ganze Zeit bei ihm bleiben musste – er hätte mich sonst einfach dort gelassen und wäre allein zurückgefahren. Hätte ich das alles vorher gewusst, hätte ich definitiv abgelehnt. Aber weißt du was? Wir beide sollten zusammen nach Paris fahren. Das wenige, was ich vom Auto aus gesehen habe, war bereits atemberaubend. Ich wollte dich wirklich nicht verletzen und es tut mir unglaublich leid!«
Erleichtert darüber, dass Frank nicht mit mir Schluss machen wollte, sondern lediglich einem spontanen Abenteuer gefolgt war, fand ich in mir die Kraft, nachzugeben und seine Entscheidung für die Reise zu verstehen. Diese Erleichterung, zu wissen, dass zwischen uns alles in Ordnung war, wog schwerer als die Enttäuschung über die verpasste Zeit. Mit dieser neuen Perspektive im Hinterkopf konnte ich gut leben. Es beruhigte mich zutiefst, zu erkennen, dass es nichts Schlimmes war, was uns trennte, sondern lediglich ein unerwartetes Ereignis, das sich leicht überwinden ließ. Mit einem Lächeln auf meinem Gesicht stellte ich das Telefon zurück auf seinen Platz.
»Ach, hat er dich schon wieder um den Finger gewickelt«.

Das nächste Telefonat endete wieder im Streit. Eine
Entwicklung, die mir erneut das Gefühl gab, alles sei
hoffnungslos. Zweifel nagten an mir, ob ich mir all die
Sorgen und Schmerzen vielleicht nur einbildete – doch es
fühlte sich so real und schmerzhaft an.
Franks Umzugspläne im September zu mir nach Bonn zu
kommen, feuerten meine ungefilterten Gedanken und
Zweifel an. In diesem Wirrwarr aus Emotionen fiel es mir
schwer, daran zu glauben, dass er nur wegen mir nach Bonn
wollte. Tat er das wirklich für mich oder weil er Bonn so
toll fand? Von diesen Gedanken getrieben, entschied ich
mich, ihn anzurufen und ihn direkt darauf anzusprechen.
Wieder ging ich in die Telefonzelle, um ungestört
telefonieren zu können. Wieder eskalierte das Gespräch
schnell. Frank warf mir vor, ich würde ihm ständig
Vorwürfe machen und jeder meiner Anrufe würde mit einer
Anschuldigung beginnen. Getroffen von seinen Worten
konnte ich die Tränen nicht zurückhalten und gestand
zwischen Schluchzern, dass ich einfach nur Angst hätte, ihn
zu verlieren.
»Es ist aber wirklich anstrengend, wenn du immer wieder
an meiner Liebe zweifelst.« Seine Worte ließen mich
innehalten. Der Schmerz und die Verzweiflung mischten
sich mit meiner Unsicherheit, die uns beide so sehr
belastete.

Die nächsten Gespräche in den kommenden Tagen wurden
nicht besser. Heulend rief ich Frank an. Sein Vater nahm ab
und rief unverzüglich Frank, weil er dachte, es wäre etwas
Schlimmes passiert. Wieder stritten wir uns.
»Weißt du, mein Vater denkt schon, du seist schwanger,

weil du immer weinst, wenn du mich anrufst.«

»Weil du mich nicht liebst!«, knallte ich ihm an den Kopf.

»Maja, nur weil du dir das ausdenkst, muss das nicht stimmen. Wenn du so etwas denkst, dann ist das für dich auch die Wahrheit. Aber so ist dem nicht! Ich liebe dich und in den zwei Tagen, nach dem letzten Telefonat, hat sich auch nichts geändert bei mir. Warum kommst du immer wieder darauf? Ich möchte auch nicht Schluss machen.«

***

Den Schmerz, den ich damals empfand, fühlte ich nun wieder. Ich wusste aber, was es damit auf sich hatte: Als Kind schien ich selbstbewusst zu sein, doch dieses Selbstbewusstsein war mir in den Jahren verloren gegangen. Was ich jedoch mit Gewissheit wusste, war, dass ich jahrelang unter einem mangelnden Selbstwertgefühl litt. Tief in mir war ich überzeugt, wertlos zu sein. Dann begegnete ich Frank, dessen Begehren und Aufmerksamkeit mir ein Gefühl gab das ich lange vermisste: das Gefühl, gesehen und anerkannt zu werden. Durch seine Bestätigung begann mein Selbstwert zu steigen. Doch diese neu gewonnene Wertschätzung war flüchtig; sobald Frank mir diese Bestätigung nicht mehr gab, verschwand sie, weil ich es nicht schaffte, mich selbst zu lieben. Meine Abhängigkeit von Franks Anerkennung führte zu einem ständigen Verlangen nach neuer Bestätigung, ein Kreislauf, der schwer zu durchbrechen war. Erst jetzt begann ich zu verstehen, wie sehr mich diese Dynamik prägte.

Als ich noch in Weinheim lebte, fing es ja schon an. Aber nach dem Umzug kam meine gefühlte Wertlosigkeit

uneingeschränkt zurück. Die gemeinsame Zeit mit ihm
fehlte mir, weil ich dann keine Bestätigung von ihm bekam.
Eigentlich zweifelte ich nicht wirklich an Franks Liebe,
sondern daran, dass ich mich nicht liebte und das projizierte
ich auf Frank.
Also brach ich immer wieder zusammen wie ein
Kartenhaus, weil ich mir selbst das Gefühl nicht geben
konnte.

***

Zum Glück dauerte es nicht lange, bis Gottfried beruflich
wieder nach Weinheim musste. Ich konnte diesmal bei
Isabel schlafen. Bei ihr war ich schon öfter gewesen, als ich
noch in Oberflockenbach wohnte, deswegen würde ich mich
nicht verlaufen. Gottfried setzte mich vor der Tür ab. Er
würde mich am nächsten Tag an einem Treffpunkt, den wir
ausmachten, gegen Nachmittag wieder abholen. Ich lud
meine Sachen bei ihr ab. Zum Glück verstand Isabel, dass
ich sofort zu Frank wollte.
Als ich an seiner Tür klingelte und er selbst öffnete,
durchflutete mich eine Welle der Erleichterung. Obwohl ich
mich zuvor auf Franks Wort verlassen konnte, spürte ich
eine Veränderung in mir, nach seiner Paris-Aktion. Seitdem
nistete sich ein leises Misstrauen in mir ein. Genährt von
meinem eigenen schwankenden Selbstvertrauen und der
Tatsache, dass meine Launen allzu oft von Franks
Zuneigung abhingen. Frank umarmte mich direkt und war
wie immer einfühlsam und liebevoll.
Er wollte den Tag mit mir alleine verbringen, schließlich
vermisste er mich auch. Wir beschlossen, etwas spazieren
zu gehen.

Frank tänzelte vor mir her und nahm mich immer wieder in den Arm, um mich dann durch die Luft zu wirbeln. Er lächelte dabei und sagte jedes Mal: »I'm sooo happy!«
In seiner Gegenwart empfand ich diesen seltenen Frieden, der die Angst, ihn zu verlieren, für einen flüchtigen Moment vertrieb.
Der Tag war wunderschön und am Abend begleitete Frank mich zu meiner Freundin.
Wir saßen noch zusammen und redeten bis kurz vor Mitternacht, dann musste Frank gehen.
Isabel und ich, nun allein, nutzten die Stille der Nacht, um uns auszutauschen. Es dauerte nicht lange, bis sie meine extreme Fixierung auf Frank ansprach.
»Warum machst du dich so abhängig von Frank?«, fragte sie, ihre Sorge in jeder Silbe spürbar.
»Das empfinde ich nicht so«, erwiderte ich.
Doch in ihrer Frage schwang eine Wahrheit mit, die ich mir selbst noch nicht eingestehen konnte. »Ich möchte mein Leben mit ihm verbringen, jede freie Minute.«
Isabel schaute mich nachdenklich an, bevor sie antwortete: »Ich möchte erst einmal mein Leben leben, Erfahrungen in meiner Ausbildung und auf Reisen sammeln. Danach kann ich über eine feste Beziehung nachdenken.«
Ihre Worte ließen mich innehalten, doch meine Entschlossenheit wankte nicht.
»Ich habe den Richtigen gefunden mit dem ich alt werden möchte. Frank ist mein absoluter Traummann.«
»Das freut mich für dich«, sagte sie schließlich.
Die Nacht dehnte sich aus, während wir weiter plauderten,

doch mein Gedanken kreisten unablässig um Frank und die Zukunft, die ich mir so sehnlichst mit ihm wünschte.

Am nächsten Morgen war ich dankbar, nicht mit Isabels Familie frühstücken zu müssen, was mir erlaubte, sofort zu Frank zu eilen. Seine Mutter empfing mich mit einem verständnisvollen Lächeln und ließ mich ausnahmsweise zu ihm nach oben.

Frank saß auf dem Bett, die Morgensonne tauchte den Raum in ein sanftes Licht. »Weißt du, auch wenn es mich damals genervt hat, dass du mich morgens immer geweckt hast, fehlt es mir jetzt«, gestand er und zog mich zu einem Kuss zu sich. Bald lag ich neben ihm, geborgen in der Stille des Morgens. Wir kuschelten bis Frank aufstand und sich im Bad fertig machte.

Als er zurückkam, redete er mit mir Schwyzerdütsch mit mir. Er machte das echt hervorragend und ich musste darüber lachen. Als ich es versuchte, hörte sich das nach allem anderen an, nur nicht nach Schweizerdeutsch. Deswegen überließ ich das Schwyzerdütsch reden Frank. Er hielt sich den ganzen Vormittag dran und konnte gar nicht mehr aufhören, so zu reden.

Am Nachmittag begleitete er mich noch zum Treffpunkt, wo Gottfried mich abholte.

Er wartete schon auf uns und lud uns zum Essen ein, damit ich mit Frank noch gemeinsam Zeit verbringen konnte. Auf der Rückfahrt schaute ich unablässig aus dem Autofenster. Die Trennung von Frank fiel mir so schwer und mir liefen wieder Tränen über das Gesicht.

»Maja, warum nimmst du es so schwer?«, hörte ich Gottfried mitfühlend sagen.

»Ich liebe ihn und möchte mit ihm zusammen sein. Die Trennung tut so weh.«

»Aber ihr seht euch doch wieder und wenn ihr eine Weile getrennt ward, ist es umso schöner.«

»Ich weiß auch nicht, warum ich immer wieder solche unerträgliche Sehnsucht habe. Ich will ja nicht dauernd weinen, aber der Gedanke, dass wir getrennt sind quält mich so.«

»Dass Frank dich liebt, sieht man. Deswegen mach es dir doch bitte nicht so schwer.«

Diese Worte von Gottfried bedeuteten mir so viel. Für den Rest der Fahrt war ich nicht mehr so traurig.

Doch die tröstenden Worte hielten nicht lange, denn in Oedekoven angekommen, verkroch ich mich wieder in meinem Zimmer, um zu weinen.

Auch wenn ich wusste, dass Frank bald in meine Nähe nach Bonn ziehen würde, war der Schmerz unserer räumlichen Trennung nach wie vor unerträglich. Die überwältigende Angst, ihn zu verlieren, umklammerte mein Herz, genährt von der Unsicherheit, ob er wirklich wegen mir nach Bonn kam. In meinem Kopf drehte sich alles um die Möglichkeit, dass die Anziehungskraft Bonns – die Stadt, die für mich eher eine Quelle der Trennung als der Vereinigung war – ihn lockte und nicht die Sehnsucht nach unserer gemeinsamen Zukunft.

Es war lange her, dass Frank und ich uns am Telefon ungezwungen gegenseitig Liebesbeteuerungen ins Ohr säuselten. Mittlerweile verwandelten sich unsere Telefongespräche zunehmend in Auseinandersetzungen.

Frank schien nicht zu verstehen, wie tief mich diese Situation belastete. Es fiel mir schwerer zu glauben, dass seine Liebe die Distanz überwinden könnte, obwohl er mir seine Gefühle immer wieder versicherte. Die Angst, ihn zu verlieren, war erdrückend; ich konnte und wollte mir ein Leben ohne ihn nicht vorstellen.

Die Stimme, die mir einredete, Frank liebe mich nicht, verstärkte mein fest verankertes Gefühl der Wertlosigkeit. Der Mensch neigt dazu, in seinen festgefahrenen Gewohnheiten zu verharren und die Art von Liebe und Selbstakzeptanz, die ich in Franks Nähe zu spüren bekam, waren mir fremd. Selbstliebe konnte ich nur aufbauen, wenn ich von Frank das Gefühl bekam, tatsächlich wertvoll zu sein. Bevor Frank in mein Leben getreten war, war es mir gleichgültig, ob ich lebte oder nicht.

Vorfreude durchströmte mich, kaum zu bändigen, da Gottfried mich gleich nach der zweiwöchigen Trennung wieder zu Frank bringen würde. Die Aussicht, ihn endlich wieder in meine Arme schließen zu können, ließ mein Herz höherschlagen. Überwältigt von einem Gefühl des Glücks, das so intensiv war, dass ich am liebsten die ganze Welt umarmen könnte, hüpfte ich durch das Haus, unfähig, meine gute Laune zu verbergen.

Dieses Mal sollte ich bei Francesca übernachten. Sie brachte mir gegenüber ihre Enttäuschung zum Ausdruck, dass ich beim letzten Mal nicht darum gebeten hatte.

Bei unserer herzlichen Umarmung erklärte ich ihr, dass meine Entscheidung keineswegs auf mangelnder Zuneigung beruhte – im Gegenteil. Ihre Enttäuschung darüber, nicht meine erste Wahl gewesen zu sein, machte mir bewusst, wie sehr sie meine Anwesenheit schätzte.

Francesca zeigte Verständnis dafür, dass ich jede mögliche Sekunde mit Frank verbringen wollte. Wir könnten ja später am Abend noch Zeit für Gespräche finden. Kaum öffnete Frank mir die Tür, zog er mich in eine umfassende Umarmung, gefolgt von einem leidenschaftlichen Kuss, der all die Sehnsucht der vergangenen Tage in sich trug.

Frau Waage begrüßte mich ebenfalls warmherzig, was mir sehr viel bedeutete. Obwohl ich aller meine Freunde in Weinheim vermisse, steht Frank unangefochten an erster Stelle in meinen Gedanken. Frank nahm meine Hand und führte mich nach oben, doch kaum betraten wir sein Zimmer, wandte er sich ab, um eine Platte aufzulegen. Dieser kurze Moment des Rückzugs schmerzte mich unerwartet tief.

Wir hatten uns nun so lange nicht mehr gesehen und er wendet sich von mir ab. Reflexartig knallte ich ihm an den Kopf, dass Francesca und seine Mutter sich mehr darüber freuten, mich zu sehen.

»Das stimmt nicht, wie kommst du jetzt darauf?«, verteidigte sich Frank.

»Du wendest dich von mir ab, obwohl ich gerade erst angekommen bin.«

»Ich wollte uns Musik auflegen. Das wären noch nicht mal drei Minuten gewesen.«

Meine Augen füllten sich mit Tränen. Verstand er es nicht, dass auch drei Minuten von ihm getrennt zu sein, für mich ein großer Verlust war.

»Okay, entschuldige, ich werde keine Platte auflegen«,

meinte er aufrichtig geknickt, als er sah, dass mir wieder die Tränen liefen.

»Dass du es schon vorhattest, zeigt mir doch, wie wenig du mich liebst!«, konterte ich weiter mit Vorwürfen.

»Was soll ich denn noch machen? Ich möchte dich doch sehen, aber wenn ich dir vorjammere, wie sehr ich dich vermisse, bekommst du nur ein schlechtes Gefühl, dass es mir so schlecht geht und ich packe noch mein Leid auf deines.«

»Aber vielleicht würde es mir helfen, wenn ich wüsste, dass es dir schlecht geht? Dann wüsste ich, dass du wirklich tiefe Gefühle für mich hast.«

»Ich habe Gefühle für dich und meine Gefühle für dich machen mich glücklich. Es tut mir leid, dass du es nicht genauso sehen kannst. Ich würde dir gerne das Gefühl schenken, zufrieden zu sein.«

Meine Ohren hörten wieder nur, dass er glücklich war, wenn wir uns nicht sahen. Diese Wahrnehmung ließ mich sofort in Tränen ausbrechen.

»Ich bin zufrieden, wenn wir uns sehen. Wie kannst du zufrieden sein, wenn wir getrennt sind?«, jammerte ich.

»Das habe ich so nicht gesagt«, Frank wirkte ratlos und dachte einen Moment nach. »Meine Liebe zu dir macht mich glücklich.« Frank wirkte immer verzweifelter, blieb aber ruhig und besonnen. Auch das interpretierte ich so, dass es ihm nichts ausmachte. Darum legte ich noch einen nach: »Aber wir sind getrennt, wir sehen uns nur selten, falls dir das aufgefallen ist!«

Frank versuchte mich in den Arm zu nehmen, ich stieß ihn jedoch weg.

»Nein, lass mich. Ist das wieder ein Versuch, sich vor der

Unterhaltung zu drücken?«

»Maja, wir reden jedes Mal ununterbrochen darüber. Wir drehen uns im Kreis, merkst du das denn nicht?«

Seine stoische Art ließ mich noch mehr verzweifeln. Wie konnte er so ruhig sein? Anscheinend machte ihm das Ganze nichts aus.

»Hast du dich mal gefragt, warum wir immer wieder darüber reden?«, jammerte ich weiter.

»Ja, weil du unglücklich bist. Ich weiß aber nicht, wie ich dir da heraushelfen kann. Ich möchte es gerne, nur wenn wir die Situation geklärt haben, dann ist es am nächsten Tag, manchmal sogar in zwei Stunden wieder das gleiche: Du leidest. Ich weiß nicht mehr weiter und es tut mir weh, dich so leiden zu sehen.«

»Ja, das glaube ich, so weh, dass du dich von mir abwendest!«

»Aber das tue ich doch gar nicht!«

»Ach nein, willst du sagen, dass du dich gerade nicht weggedreht hast?«

»Um eine Platte aufzulegen … !«, in seiner Stimme schwang Verzweiflung mit. Was mich komischerweise etwas beruhigte. So nahm ich wenigstens eine Gefühlsregung von ihm wahr.

Am Abend bei Francesca weinte ich weiter und erzählte ihr, was Frank mir zuvor sagte. Dass er sich freut, wenn wir uns nicht sehen.

Sie versuchte mich noch zu trösten und meinte, dass er es sicherlich aus einem Streit heraus sagte. Das alles belastete mich so sehr, dass ich sterben wollte.

***

Die Erkenntnis, wie sehr mich die Schatten meiner Vergangenheit noch immer fest im Griff hielten, traf mich mit voller Wucht, geprägt durch meine mangelnde Selbstliebe. Frank versuchte, mir diese Liebe zu zeigen, seine Worte waren voller Verständnis und Zuneigung. Doch alles, was ich sehen konnte, war Kälte und Distanz, ein Echo der Gefühle, die mir eher vertraut waren.

Meine Mutter versuchte uns Kinder vor Enttäuschungen zu beschützen. Deshalb griff sie manchmal zu vorschnell ein, indem sie Bemerkungen losließ, anstatt wirklich zu wissen, was sich abspielte. Sie sah mich nur immer wieder weinen und schrieb dies Frank zu.

Als ich die Zeilen wieder las, die ich in einem Moment tiefster Verzweiflung aufschrieb, empfand ich Bestürzung darüber, wie hart ich zu ihm gewesen war. Wie konnte ich nur seine Geduld und sein liebevolles Werben als Gleichgültigkeit missdeuten? Die Antwort lag tief in mir verborgen, in immer noch offenen Wunden.

Warum hörte ich nicht einfach auf die Worte, die er sprach? Warum ließ ich zu, dass mein Schmerz, geformt durch Worte der Einmischung, so viel Macht über mich bekam? Wie ein Pitbull biss ich mich in diese Negativität, unfähig loszulassen, gefangen in einem Kreislauf aus Selbstzweifeln und Selbstsabotage.

Tränen strömten über meine Wangen, nicht nur wegen des Schmerzes, den ich Frank zugefügt hatte, sondern auch wegen der bitteren Erkenntnis meiner eigenen Blindheit. Das Wissen wie tief die Wurzeln meiner Probleme reichten schmerzte.

***

Auf dem Weg zurück Richtung Bonn hielt Gottfried noch einmal kurz bei Frank, der mir zum Abschied sagte, dass es ihm leid tat und er entschuldigte sich auch für das, was er gestern sagte. Er umarmte mich fest und flüsterte mir ins Ohr, er wäre überhaupt nicht froh, wenn wir uns nicht sehen.

Seine Worte waren eine Erleichterung für mich. Doch umso näher mein Stiefvater und ich das mir verhasste Ziel erreichten, quälten mich meine alten destruktiven Gedanken. Die Stimme in meinem Kopf redete mir ein, dass Frank bestimmt wieder glücklich war, weil 250 Kilometer Entfernung zwischen uns lagen.

Ich heulte mir wieder mal die Augen aus und steigerte mich in die Gedankenspirale rein, dass es ihm nichts ausmachen würde. Und eine Frage blieb stehen: Liebte er mich überhaupt noch?

Nach ein paar Tagen telefonierten wir. Ich stand in der Telefonzelle und traute meinen Ohren nicht.

Er warf mir vor, ich würde ihn überall schlecht machen. Francesca sprach ihn in der Stadt an, um ihn zur Rede zu stellen. Sie fand es doof, dass er sich freuen würde, wenn ich nicht da bin und dass man so seine Freundin nicht behandelt. Ihr freundschaftlicher Einsatz rührte mich. Weniger begeistert war ich von Franks Reaktion.

»Warum musst du mich vor Allen so schlecht machen?«, waren seine Worte.

Ich verstand nicht, warum ihn das so mitnahm. Wenn ich die Wahrheit sagte, machte ich ihn überall schlecht? Ich fühlte mich verraten. Dass Frank seine Fehler nicht einsah,

verstand ich absolut nicht. Natürlich weinte ich am Telefon.
Er erklärte mir nochmal, dass er nie gesagt hätte, er würde
sich freuen, wenn wir uns nicht sehen.
Das brachte Frank so überzeugend rüber, dass ich nicht
mehr wusste, was ich glauben sollte.
Ich liebte ihn doch so sehr und die Sehnsucht nach ihm
wurde mir einfach zu viel.

Freitag, 25. März 1988

*Meine Gedanken sausen durcheinander. Ich denke viel zu
oft über Frank nach. Dann kommt die Vergangenheit hoch
und die Zukunft. Beides vermischt sich und ich kann keinen
klaren Gedanken mehr fassen. Ich denke, oder bilde es mir
zumindest ein, dass er mich liebt, aber tut er das?*
*Und diese Gedanken tun weh. Ich versuche mich von ihm
loszureißen, doch es gelingt mir nicht. Diese Verzweiflung
und diese Qual, wann enden sie?*
*Es ist so, als ob ich atmen möchte, doch mir die Luft
abgeschnürt wird. Als ob ich sehen möchte und kein Licht
brennt. Ich sehe nicht einmal schwarz, ich sehe nichts. Als
ob ich hören möchte und ich höre nur ... Kälte.*
Ich möchte nur Frieden, auch von meinem Leid.

In den Osterferien fuhr ich wieder nach Weinheim und
übernachtete bei meinem Bruder Achim. Ich nahm mir fest
vor, mit Frank zu reden. Ich durfte auch nur zu ihm, um zu
klären, ob er es mit mir ernst meinte.
Frank wollte die Beziehung und mich nicht verlieren, er
verstand auch nicht, warum ich das immer wieder infrage
stellte, denn schließlich würde er so etwas nicht andeuten.
Ich konfrontierte ihn mit meinen Ängsten und wir redeten

lange darüber. Er beteuerte mir immer wieder mit einer
Engelsgeduld, dass das, was sich in meinem Kopf abspielte,
nicht wahr sei und nicht seine Gefühle zu mir widerspiegeln
würde. Mir fiel es schwer, Frank zu glauben. Denn mein
Gefühl, ihm nicht genug zu sein, war zu groß.

»Okay Maja, was hätte ich davon, dir etwas vorzumachen?
Ich hätte doch keine Vorteile! Schon alleine, dass ich dir die
ganze Zeit beteuere, dass ich dich liebe und ich es ernst mit
dir meine, würde ich nicht tun, wenn es nicht so wäre! Es
wäre dann doch für mich einfacher, diesen Diskussionen
aus dem Weg zu gehen. Aber ich möchte unsere
Beziehung.«

Wieder fühlte ich mich für diesen Augenblick besser und
wir beschlossen den schönen Abend zu nutzen, um noch
etwas rauszugehen. Wir liefen im Mondlicht durch die
Straßen. Hielten uns ganz fest im Arm. Immer wieder
flüsterte er mir ins Ohr, wie sehr er mich liebte und jedes
Mal lief ein wohliger Schauer durch meinen Körper. Es
fühlte sich so echt an und ich verliebte mich in diesen
Stunden nochmal neu in ihn. Meine Sorgen kamen mir nun
wieder so albern und unbegründet vor.

Nun war es Frank, der das Thema von vorhin erneut
ansprach. Das Frank es tat, zeigte mir, dass er wirklich
Interesse daran hatte, eine Beziehung mit mir zu führen.
Seine Aufrichtigkeit und auch Ratlosigkeit bedeuteten mir
die Welt. Denn nun war ich mir sicher, dass er mich ernst
nahm und verstanden wie sehr ich darunter litt.

Plötzlich sprang er auf eine Wiese und hüpfte im Mondlicht
über fahle Krokusse hinweg, die ihre prachtvollen Farben in

der Nacht verbargen. Dann, nach einer Weile, pflückte er
einen und kam damit zu mir zurück.
»Der ist für dich, ich habe extra die Schönsten ausgesucht!«

***

Der getrocknete Krokus lag in einem extra Blatt gefaltet im
Tagebuch. Ich faltete das Blatt auseinander, um ihn mir
nochmal anzusehen. Nach all den Jahren hatte er seine
Farbe verloren und somit auch bei Licht eine fahle Blässe
bekommen. Aber die Liebe, die hinter dem Akt des Suchens
und des Pflückens stand, strahlte er immer noch aus. Diese
Blume war für mich die schönste Krokusblüte, die es je auf
Erden geben wird.

***

Die Osterferien begannen wie Szenen aus einem Liebesfilm.
Ich, frisch verliebt und Frank nutzten jede Sekunde unserer
gemeinsamen Zeit. Hand in Hand, mit unbeschwertem
Lachen, durchstreiften wir Weinheim und den erblühenden
Schlosspark, tauschten verliebte Blicke und Küsse aus. Der
Zauber jenes Abends, den Frank unter dem glänzenden
Mondlicht erschaffen hatte, umgab uns weiterhin und ich
schwelgte in jeder gemeinsamen Sekunde. Es fühlte sich
wunderbar an, vertraut und durch und durch romantisch.
In der Nacht saß ich auf Achims Sofa. Achim lag schon im
Bett, es war auch spät. Er erlaubte mir, dass ich mit Frank
bis Mitternacht zusammen bleiben durfte. Habe seinen
Schlüssel bekommen. Achim musste morgens früh zur
Arbeit und schlief bereits. Ich konnte nicht schlafen, war
vollgepumpt mit Glücksgefühlen. Es war so, wie am
Anfang zwischen uns. Frank liebt mich und ich bin der
glücklichste Mensch auf Erden.

Am nächsten Morgen, noch euphorisch vom letzten Abend, schlug ich Frank vor, er könne mich doch auf meiner Rückreise im Zug ein Stück begleiten. Wir könnten uns dann, ganz wie in einem alten Liebesfilm, dramatisch und mit schwerem Herzen am Hauptbahnhof in Mannheim voneinander verabschieden. Ich spielte die Szene bereits detailreich in meinem Kopf durch. Doch Franks Antwort auf meinen Vorschlag war ernüchternd. Er wollte kein Geld für die Zugfahrt ausgeben und meinte, wir könnten uns genauso gut in Weinheim verabschieden.

Diese Worte trafen mich wie ein Schlag. Der Schmerz, der darauf folgte und das plötzliche verloren gegangene Gefühl unserer Verliebtheit verursachten tiefen Kummer in mir. Die restliche Stunde verbrachten wir mit einem Streit darüber, warum er mich nicht nach Mannheim zum Bahnhof begleiten wollte.

Plötzlich war das schöne Gespräch von gestern vergessen und ein altes Gefühl kehrte zurück – die nagende Sorge, dass Frank mich nicht wirklich liebte, denn sonst würde er mich doch begleiten. Der Streit eskalierte derart, dass ich in meiner Verzweiflung an Frank zerrte. Er entwand sich meinem Griff und sagte mit einer Mischung aus Frustration und Entschlossenheit:

»Ich möchte das nicht mehr, Maja. Ich will nicht, dass du mich so behandelst. Ich denke, wir sollten noch einmal von vorne beginnen, uns wirklich neu kennenlernen. Lass uns mit einer Freundschaft anfangen.«

Diese Worte trafen mich wie ein Blitz und schockierten mich zutiefst. Auf keinen Fall konnte ich das zulassen! Die

Vorstellung allein löste in mir panische Angst aus, genau
das war es, wovor ich mich die ganze Zeit fürchtete.
Verzweifelt flehte ich ihn an, mir das nicht anzutun.
»Aber so, wie es jetzt zwischen uns ist, können wir nicht
weitermachen! Immer wieder dieses Zerren von dir und
dann reden wir darüber, aber nach ein paar Stunden oder
einem Tag beginnt das gleiche Spiel von vorn! Wir müssen
etwas ändern, lass uns einen Schritt zurückgehen.«
»Das kann ich nicht«, gestand ich mit zitternder Stimme.
»Ich habe zu große Angst, dich zu verlieren!«
Auf dem Weg zum Zug herrschte zwischen uns ein
bedrückendes Schweigen. Ich schwieg aus Angst, jedes
weitere Wort könnte die Situation nur verschlimmern,
könnte das Wenige, was noch zwischen uns bestand,
endgültig zum Einsturz bringen. Und Frank, er schien
einfach nur noch erschöpft zu sein, erschöpft von unseren
endlosen Kreisläufen der Auseinandersetzungen.
Schweren Herzens und mit dem nagenden Gefühl, vielleicht
gerade alles verloren zu haben, was mir wichtig war, trat ich
die Rückreise nach Bonn an.

elftes Kapitel

Nun, wo ich wirklich im Begriff war Frank zu verlieren, weckte sich etwas in meinem Unterbewusstsein. Mir wurde klar, dass ich eine Strategie brauchte, um mich abzulenken und nicht ständig in Sorgen um Frank zu versinken. Ich wollte die Spirale negativer Gedanken durchbrechen, die mich immer wieder einholte. Der Entschluss festigte sich in mir, dass ich das permanente Grübeln überwinden und das nagende negative Gefühl ignorieren musste.

Ich nahm mir vor, nach der Schule aktiver zu sein und häufiger aus dem Haus zu gehen. Es schien mir wichtig, neue Freundschaften zu knüpfen und Zeit mit Menschen zu verbringen, die mich positiv stimmten und mir neue Perspektiven eröffnen könnten. Das Ziel war, nicht mehr so viel Zeit allein und grübelnd zu Hause zu verbringen. Durch diese Überlegungen und den festen Vorsatz, mein soziales Kontakte zu beleben, hoffte ich, eine gesündere Balance zu meinem emotionalen Leben mit Frank zu finden.

Es wurde immer wärmer draußen, und sogar der April verschonte mich mit seinen Launen. Ich versuchte, mich in den Griff zu bekommen. Seit meiner Rückkehr aus den Osterferien war ich nicht mehr wie gewohnt in mein Zimmer gegangen, um zu weinen, sondern blieb bei meiner Familie. Ich musste mich anstrengen, um nicht mehr in Trauer zu verfallen, aber ich wollte mein Leben. Ich beschloss auch, Frank nicht mehr so oft anzurufen. Das gelang mir ein paar Tage ganz gut. Ich merkte, dass ich nicht mehr so verzweifelt war und bessere Laune bekam. Mit Melanie, die ich aus der Schule kannte, wollte ich eine Radtour unternehmen. Doch vorher rief ich Frank noch einmal an, um mit ihm meine gute Laune zu teilen.

Bevor ich am Telefonat glücklich loslegen konnte, offenbarte mir Frank jedoch unerwartet, dass seine Gefühle für mich erloschen waren und er die Beziehung beenden möchte. Ich lachte, weil ich es für einen verspäteten Aprilscherz hielt. Frank jedoch blieb ernst, was mir bewusst machte, dass das kein Spaß war. Er wollte unsere Beziehung tatsächlich beenden.

Gefangen in der engen Telefonzelle, den Hörer fest ans Ohr gepresst, wollte mein Verstand nicht akzeptieren, was meine Ohren hörten. Ein Schockzustand lähmte mich – so surreal wirkte dieser Moment, die Tränen diesmal ausblieben.

»Könnten wir vielleicht irgendwann eine zweite Chance bekommen?«, fragte ich, klammernd an einen letzten Funken Hoffnung.

»Das könnte ich mir vorstellen«, antwortete Frank.

Doch in meiner Angst, missverstanden zu werden, fügte ich hastig hinzu:

»Ich meine aber in diesem Leben!«

Seine Antwort, »Ja, Maja, in diesem Leben«, gab mir eine gewisse Sicherheit und damit hatte ich ihn auf sein Versprechen am Telefon festgenagelt.

Trotz meines Wunsches, das Gespräch fortzusetzen, fand ich keine Worte mehr, die ihn hätten bewegen können, nicht aufzulegen. So blieb ich mit dem monotonen Ton des Besetztzeichens in meinem Ohr zurück.

Ich blickte durch das beschlagene Glas der Telefonzelle
nach draußen auf Melanie, die auf mich wartete. Sie schien
mir unwirklich, so wie alles um mich herum. Nichts mehr
war real, am wenigsten das gerade geführte Gespräch.
Melanies besorgten Blick nahm ich beiläufig wahr, als ich
aus der Telefonzelle trat.
»Was ist los?«, fragte sie, ihr Tonfall voller Sorge.
Mein Gesicht musste leichenblass gewesen sein, ein
Spiegelbild der inneren Leere, die sich in mir ausbreitete.
In meinem Kopf war nur der einzige Gedanke: Ich will
sterben!

Die darauffolgenden Tage verschwanden im Nebel. Ich
durchlebte ein wahres Wechselbad der Gefühle. Phasen, in
denen ich untröstlich weinte wechselten sich ab mit
Momenten, in denen ich eine seltsame Ruhe verspürte und
alles irgendwie in Ordnung schien. Ich fasste den
Entschluss, diese Zeit der Trennung von Frank zu nutzen,
um an mir zu arbeiten, mich zu ändern.
Voller Absicht, Isabel ins Vertrauen zu ziehen, wählte ich
ihre Nummer, um ihr von der Trennung zu berichten.
»Das weiß ich schon, Maja!«, entgegnete sie jedoch
überraschend, was mich stutzen ließ.
Auf meine Frage, ob sie Frank gesprochen und er ihr davon
erzählt hätte, kam die niederschmetternde Antwort.
Sie sah Frank, nicht allein, sondern Arm in Arm mit einer
anderen. Diese Nachricht traf mich wie ein Schlag ins
Gesicht. Sprachlos vor Schock und Schmerz erstickten
meine Tränen jedes Wort. Isabels Versuche, mich zu
trösten, erreichten mich nicht mehr. »Vielleicht habe ich
222

mich verguckt. Bitte, Maja, weine nicht so. Die bleiben eh nicht zusammen. Sie kann dir nicht das Wasser reichen!«
Ich fühlte mich vollkommen wertlos. Ohne ein weiteres Wort, nur von Schluchzen begleitet, beendete ich das Gespräch.
Eine bleierne Schwere legte sich auf meine Seele, die Welt um mich herum erschien nur noch in den düstersten Farben. Meine guten Vorsätze, nicht mehr so viel zu grübeln, schienen in weite Ferne gerückt. Ich verkroch mich in mein Zimmer, in mein Bett, umgeben von Stille, unterbrochen nur durch mein Weinen – ein Rückzug, der mir allzu vertraut war. Doch diesmal war es anders; diesmal hatte der Schmerz einen Namen: Unsere Trennung! Sie war nicht länger nur ein quälendes Hirngespinst, sondern bittere Realität.
In diesen schwarzen Tagen fiel es mir schwer, einzuschlafen. Immer wieder weckte mich der Schmerz. Als ich dann doch endlich tief und fest schlief weckte mich mein Radiowecker.
Ich starrte an die Decke, wollte nicht aufstehen, mir war alles egal. Ich wollte nicht mehr raus ins Leben, in die Schule, ich wollte nicht einmal einen Platz in dieser Welt. Ich wollte einfach nur hier liegen und an die Decke starren. Das Leben drehte sich für mich nicht mehr weiter. Man nahm mir die Sonne.
Ich tröstete mich damit, dass Frank und ich ja wieder zusammenkommen, trotzdem kullerten mir die Tränen übers Gesicht und mein Herz riss bei jedem Gedanken einen Millimeter mehr.
Plötzlich vernahm ich die Anfangsmusik von: »Is this Love«. Als der Sänger von Whitesnake die ersten Zeilen

sang, schluchzte ich in meine Kissen hinein.

Der Monat April verstrich und ich verspürte immer noch keine Besserung. Um mich auf andere Gedanken zu bringen, nahmen mich meine Eltern mit zum Einkaufen. Eigentlich verspürte ich keine Lust dazu, bummeln zu gehen.

Gedankenverloren stöberte ich durch die Sonderaktionskiste, die mit Singles, Maxi-Singles und LPs gefüllt war. Mein Blick fiel auf eine Single von Sister Sledge – ein Name, der mir bis zu diesem Augenblick unbekannt war. Der Name des Songs ließ mich jedoch innehalten. Ein Schauer durchfuhr mich und ich kämpfte erneut mit den Tränen.

So viel dazu, mich abzulenken, dachte ich bitter.

Mir war, als hätte sich das Universum einen bittersüßen Scherz erlaubt, indem es mir diesen Song an einem so instabilen Punkt meines Lebens wie auf dem Silbertablett präsentierte.

In großen, fettgedruckten Buchstaben prangte der Titel »Frankie« auf dem Cover. Ohne zu zögern griff ich nach der Single, getrieben von einer Mischung aus Neugier und einem Hauch von Schicksal, um sie später zu Hause anzuhören.

Und das tat ich. Kaum war ich zu Hause, legte ich die Single auf. Der Song erwies sich sofort als Ohrwurm. Ich war hin- und hergerissen zwischen Lachen und Weinen, besonders als der Refrain einsetzte: »Frankie, do you remember me …«

II. Teil

Mit einem lauten Knall flog die Tür auf und ich erschrak zutiefst, als er plötzlich hereinstürmte. In seinen Augen sah ich den blanken Wahnsinn, als er mich packte und durchs Zimmer schleuderte. Ich landete zwischen Tisch und Sofa, rappelte mich aber schnell wieder auf, um den nächsten Angriff abwehren zu können. Mein Körper schmerzte. Vollgepumpt mit Adrenalin, wusste ich nicht, wie mir geschah. Es war wie in einem Albtraum, aus dem ich nicht erwachen konnte.

»Ich wusste doch, dass du mich betrügst!«

Er packte mich erneut am Hals und würgte mich. Dabei drückte er mich auf das Sofa. Ich bekam keine Luft, spürte den schmerzhaften Druck an meinem Hals. Ich wehrte mich nicht, sondern ließ zu, dass er mir die Luft abdrückte. War es mir egal zu sterben? Am Leben hing ich eh noch nie wirklich. Nun spürte ich, wie der Druck in meinem Kopf sich erhöhte. Die Luft wurde immer knapper. In mir musste es doch noch etwas geben, was leben wollte. Instinktiv ballte ich die Faust und schlug ihm ins Gesicht. Das half, denn er ließ von mir ab, ich kam wieder zu Atem. Ich holte tief Luft, währenddessen fokussierte ich ihn in der Hoffnung, zu erkennen, was er als Nächstes plante.

Ein unerwartetes Husten quälte meine Kehle und hinterließ einen stechenden Schmerz. Er wandte sich ab, ging zur Tür und bückte sich nach etwas auf dem Boden.

Er hob einen Brief auf und warf mir einen Blick zu, der von Wut und Eifersucht gezeichnet war.

»Du triffst dich noch mit ihm!«, schleuderte er mir

entgegen.

Sein Vorwurf ließ die Luft zwischen uns vibrieren.

Nun erkannte ich den Brief, den er in den Händen hielt, es war der Liebesbrief von Frank.

***

Ein plötzlicher Kälteschauer ließ mich zittern, ein unmissverständliches Zeichen, dass ich etwas Wärmeres benötigte. Ich machte mich auf den Weg zu meinem Schlafzimmer, um eine Strickjacke zu holen. Doch mit jedem Schritt schien die Temperatur weiter zu sinken – eine Kälte, die weniger mit der Raumtemperatur als vielmehr mit den aufkommenden Erinnerungen an Hajo zu tun hatte. Dieser Mann markierte ein düsteres Kapitel in meinem Leben, eine Begegnung, von der ich mir wünschte, sie hätte niemals stattgefunden.

Ich streifte die Strickjacke über, schenkte mir einen weiteren heißen Tee ein und kuschelte mich erneut unter meine Decke. Mein Tagebuch lag unberührt neben mir. Obwohl ich es nicht aufschlug, führten mich meine Gedanken unweigerlich zurück zu der belastenden Zeit mit ihm. Es war, als ob die Wärme meiner Strickjacke und des Tees nicht ausreichte, um die Kälte zu vertreiben, die diese Erinnerungen in mir weckten.

Es fing einige Monate nach Franks Trennung von mir. Meine Mutter und ich stritten uns immer häufiger und deshalb war ich froh, jemanden kennengelernt zu haben, der in einer eigenen Wohnung lebte. Hajo war damals Anfang zwanzig und sah gut aus. Er bemühte sich um mich, schenkte mir seine Aufmerksamkeit und lenkte mich von

228

Frank ab. Ich wollte mir mit ihm die Wartezeit verkürzen, bis meine große Liebe und ich wieder zusammenkommen würden. Ich blieb immer länger bei Hajo, was meine Mutter noch mehr erzürnte.

Ich wollte abwarten, bis ich nicht mehr so sauer auf sie war. Tage verstrichen und ich konnte mich einfach nicht aufraffen, wieder nach Hause zu gehen. Daraufhin eskalierte der Streit so sehr, dass ich auszog. Natürlich nahm ich all meine Sachen mit. Als ich dann bei Hajo wohnte, wurde er anders. Er schnüffelte mir nach bekam Eifersuchtsanfälle wegen Kleinigkeiten.

Er wurde immer gewalttätiger. Ich hörte mal, wenn die Hemmschwelle einmal durchbrochen ist, schlägt man immer wieder. Nur bei Hajo war ich mir nicht so sicher, ob er je eine Hemmschwelle besaß.

Mein Tagebuch versteckte ich im Keller vor ihm, dort war es sicher. Wenn er nicht zu Hause war, schrieb ich hinein. Schon damals fragte ich mich, warum ich bei ihm geblieben bin. Ich wusste einfach nicht wohin. Meinen Eltern kehrte ich den Rücken und seit ich mit Hajo zusammen war, hatte ich auch keine Freundinnen mehr. Er hielt mich kurz und schlug mich sogar, wenn mich Jungs oder Männer anschauten. Das Leben mit ihm war eine Qual. Einmal kam er mit einem Hund nach Hause. Ich wollte zwar schon immer einen Hund haben, doch dieser war ein nerviger, kläffender Spitz. Trotzdem wollte ich nicht, dass ihm etwas passierte.

Wenn Hajo in Rage war, weil er wieder einen Eifersuchtsanfall bekam, schloss ich mich meistens im Bad ein. Seitdem wir aber den Spitz hatten, ging das nicht mehr. Er drohte mir durch die Tür den Hund zu verletzten, wenn ich nicht rauskommen würde.

Leider war ich als Jugendliche sehr naiv, ich konnte mir nicht vorstellen, warum Menschen andere Menschen belügen sollten, erst recht nicht den Partner. Darum glaubte ich am Anfang auch, wenn Hajo mir sagte, dass wir nach Kanada auswandern. Er behauptete, dass sein Onkel dort wohnte und eine Pferderanch besaß.

Er telefonierte sogar mit ihm, zumindest tat er so. Ich wollte mit ihm nicht auswandern, aber ich stellte es mir schön vor, seinen Onkel mal zu besuchen. Doch die Lüge über seinen Onkel war nicht die einzige, die er mir auftischte.

Bald merkte ich, dass alles, was er erzählte, nur heiße Luft war. Es kam eine Ausrede nach der anderen. Wir verschoben immer wieder schöne Pläne, auf die ich mich freute. Es dauerte lange, bis ich dahinterkam, dass er das alles nur erfand, um sich interessant zu machen.

In dieser dunklen Zeit hoffte ich so sehr darauf, dass Frank bald kommen würde, um mich aus Hajos Fängen zu befreien.

Ich konnte ihn nicht verlassen. Nicht nur, dass ich nicht wüsste wohin, sondern auch weil er mir drohte, dass er mich umbringt, wenn ich jemals von ihm gehe.

***

Immer noch in der Ecke kauernd und auf den nächsten Angriff wartend, empfand ich die Situation wie in einem schlechten Theaterstück.

»Nein, der Brief ist alt!«, gab ich möglichst ruhig zurück, in der Hoffnung, ich könnte ihn so beruhigen.

Fehlanzeige.

Wieder packte er mich und schleuderte mich durch das Wohnzimmer. Nun flog ich in eine Ecke, wo ein Regal stand. Mein Oberkörper traf die Kante und ich schrie vor Schmerz auf. Es musste Hajo erschreckt haben, dass ich so hart gefallen war, denn er blieb stehen.

Ich stand mühselig auf, hielt mir die schmerzende Stelle und schaute ihn wütend an. Nicht bewusst, was ich gleich anrichten würde. Gerade war die Wut in mir stärker als die Angst. Bevor mir klar wurde, welche Worte ich ihn an den Kopf knallte, war es auch schon zu spät.

»Wenn dieser Brief von Frank aktuell wäre, wäre ich schon lange nicht mehr bei dir!«

Erschrocken und voller Panik, was ich gerade laut ausgesprochen hatte, rannte ich aus dem Zimmer. Wenn er mich jetzt in die Finger bekam, würde er mich bestimmt totschlagen. Ich rannte zur Haustür die leider verschlossen war. Der Schlüssel steckte zwar im Schloss, doch weil ich so zitterte, bekam ich ihn nicht gepackt.

Hajo kam wutentbrannt immer näher. Als er bei mir war, schlug er so heftig auf mich ein, dass ich meine Arme hochhielt, um meinen Kopf zu schützen. Ich sank zu Boden. Flehend entschuldigte ich mich, sagte ihm, dass ich nur ihn lieben würde. Das ich den Brief wegschmeiße, weil er mir nichts bedeutet.

Hajo ließ schließlich von mir ab, doch er blieb eine bedrohliche Präsenz, die über mir thronte, während ich es wagte, zu ihm aufzublicken.

»Gut, dann nehmen wir jetzt den Brief und werfen ihn gemeinsam weg!«, forderte er mit einer Unnachgiebigkeit, die keinen Widerspruch duldete.

Der Gedanke daran, den Brief zu entsorgen, ohne ihn noch einmal lesen zu dürfen, war unerträglich. Es kostete mich jede erdenkliche Kraft, auch nur in die Nähe dieses Schriftstücks zu kommen. Jede Faser meines Seins sträubte sich dagegen, dieses Werk, das einst Frank schrieb, um seine Liebe zu mir auszudrücken, wegzuschmeißen. Der körperliche Schmerz, den Hajo mir zufüge, verblasste im Vergleich zu dem emotionalen Schmerz, der durch diese Handlung verursacht wurde. Das Zerreißen des Briefes fühlte sich an, als würde ein Stück meines Herzens mit in die Mülltonne geworfen.

Hajo, der mich keinen Moment aus den Augen ließ, sorgte dafür, dass ich den Akt zu Ende brachte. Während ich den Liebesbrief in den Müll gleiten ließ, klammerte ich mich an einen Gedanken, der mir Trost spendete: Frank würde mir einen neuen schreiben. Dieser Funke Hoffnung, so klein und verletzlich er auch sein mochte, war in diesem Moment alles, was ich hatte.

Gefangen in einer scheinbar ausweglosen Situation mit Hajo, sah ich keinen klaren Weg, ihm zu entkommen. Mit siebzehn Jahren stand ich vor einer Mauer: Eine Rückkehr nach Hause kam für mich nicht infrage, und allein eine Wohnung zu mieten war zu diesem Zeitpunkt unmöglich. Die Nacht brachte keine Erleichterung. Mein Körper schmerzte unaufhörlich, ein ständiger, brutaler Flash-Back der Ereignisse. Doch es war nicht allein der physische Schmerz, der mich wach hielt; der Verlust des Briefes und die damit verbundenen Erinnerungen quälten meinen Geist. Dunkle Gedanken, geboren aus Verzweiflung und Wut,

durchzuckten mich – ich stellte mir vor, wie ich in die
Küche schlich, um Hajo mit einem Messer zu konfrontieren.
Doch der Gedanke an die Konsequenzen, ins Gefängnis zu
kommen, ließ mich zurückschrecken. Ich wollte nicht, dass
er der Grund war, warum mein Leben eine solch dunkle
Wendung nahm.

Nachdem ich sicherstellte, dass Hajo schlief, erhob ich mich
leise, getrieben von der Hoffnung, den Brief aus dem Müll
zu retten – ein letztes Stück von dem, was einmal war. Doch
als ich nachsah, waren alle zerrissenen Schnipsel
verschwunden. Hajo musste alles gründlich beseitigt haben,
womöglich ahnend, dass ich versuchen würde, ihn
zurückzuholen.

Auch die folgenden Monate mit ihm wurden nicht
verbesserten. Seine krankhafte Eifersucht eskalierte weiter.
Ich kleidete mich so unattraktiv wie möglich, trotzdem
bekam ich Ärger von Hajo, wenn mich ein Mann auf der
Straße nur ansah.
Immer mehr sehnte ich mir Frank herbei, der mich - auf
einem weißen Ross, in einer Ritterrüstung - retten kommt.
Er durfte auch ohne Pferd und Rüstung kommen, aber er
sollte mich einfach nur retten.
Um Hajo aus dem Weg gehen zu können, fasste ich mir ein
Herz und rief meine Mutter an, um die Verbindung
wiederherzustellen. Sie freute sich, meine Stimme zu hören,
und das Gespräch mit ihr tat gut.

Anfang Juli bummelten Hajo und ich durch Bonn. Wir
verbrachten den ganzen Tag dort und besuchten ein
Geschäft nach dem anderen. Wir genossen die schöne Zeit –
ein seltener Moment des Friedens. Als wir nach Hause

gingen, sah ich auf der gegenüberliegenden Straßenseite
Frank stehen. Mein Herz überschlug sich und eine Welle
der Freude überkam mich. Er schien zu trampen, aber ich
konnte es nicht genau erkennen. Ich wagte es nicht, offen
hinzuschauen aus Angst, Hajo könnte gewalttätig werden,
wenn er bemerkte, dass ich einen anderen Mann ansah.
Meine Fantasie begann zu schweifen. Endlich war Frank
gekommen, um mich zurückzugewinnen. Er war auf dem
Weg nach Oedekoven, wo meine Eltern lebten – er konnte
ja nicht wissen, dass ich dort nicht mehr wohnte. Meine
Mutter würde es ihm sicher erzählen und dann würde er
sofort zu mir eilen, um mich zu retten. Endlich war der
Moment gekommen. Bald würde Frank vor mir stehen und
wir könnten uns wieder in die Arme schließen. Ich träumte
davon, dass mein Liebesfilm mit ihm Realität werden würde
und ich mein persönliches Happy End bekam.

Die nächsten Wochen wartete ich geduldig und malte mir
aus, was geschehen würde, wenn Frank vor mir stünde, um
mich zurückzugewinnen. Ich wartete und wartete, doch
Frank kam nicht. Wochen vergingen und schließlich
beschloss ich, selbst aktiv zu werden.

Es war ein herrlicher Sommertag im September, als ich mit
meiner Mutter und meinen beiden Brüdern spazieren ging.
Seit wir Anfang 1988 nach Oedekoven gezogen waren,
während Achim in Weinheim geblieben war, hoffte ich
inständig, dass er mir vielleicht etwas über Frank erzählen
könnte. War Frank noch mit seiner Freundin zusammen?
Oder suchte er vielleicht meine Mutter auf, weil er mit mir

sprechen wollte?

Ich musste es geschickt anstellen, um mehr zu erfahren. Ganz beiläufig fragte ich meine Mutter: »Hast du eigentlich mal wieder etwas von Frank gehört?«

»Warum fragst du? Bist du immer noch in ihn verliebt?«

Ihre Frage versetzte mich in Panik. Ich erinnerte mich an die Szene, als Hajo Franks Brief fand! Schnell winkte ich ab, um keinen Verdacht aufkommen zu lassen, sagte ich noch mit Nachdruck: »Ich hasse ihn.«

Ich möchte Frank selbst kontaktieren, benötigte dafür jedoch Informationen oder wollte zumindest wissen, ob er nach mir fragte.

Die Antwort meiner Mutter irritierte mich jedoch zutiefst: »Hasse ihn nicht, schick ihm Licht!«

»Warum sollte ich Frank Licht schicken?«, dachte ich verwirrt. »Warum?«, fragte ich sie.

»Weil Frank Suizid begangen hat.«

Plötzlich drehte sich alles. Mein Herz wurde schwer. Mein Verstand ließ nicht zu, dass ihm das geglückt war. Dachte, dass er im Krankenhaus liegen würde! Doch die erschütterten Worte meiner Mutter ließen keinen weiteren Zweifel: »Es tut mir leid.«

Fassungslos lief ich wie betäubt durch den Wald. Unfähig, die Bäume, den Wind oder den Waldboden wahrzunehmen. Ich fühlte nichts, nicht einmal eine Leere in mir. Ich und alles um mich war leblos. Es war, als hätte die Erde aufgehört, sich zu drehen.

Alles schien unwirklich, so fern, als wäre es nie geschehen. Bis der Schmerz mit einem lautlosen Knall in meinen Körper einschlug. Hinein, in jede Ecke meiner Seele. Ich hätte schreien können, so gewaltig und so schmerzhaft war

dieses Gefühl, doch ich blieb stumm und ohne Tränen.
Der Gedanke, dass Frank … Ich konnte die Worte meiner
Mutter nicht einmal in Gedanken wiederholen. Das alles
geschah in Sekunden, doch für mich war es eine Ewigkeit.
Ich konnte es nicht verstehen, warum? Warum verließ er die
Welt, so endgültig?
Warum hatte er diese Welt so plötzlich verlassen? Ich
begriff nicht, warum ich meinen Traummann mit 16 treffen
musste, nur um ihn dann für immer zu verlieren.
Warum konnte ich ihm nicht später im Leben begegnen,
wenn ich reifer und erfahrener gewesen wäre? Vielleicht
hätten wir zusammenbleiben können. Der Schmerz, der
mich nun jahrzehntelang begleiten würde, würde
unerträglich für mich sein.
Die Nacht verbrachte ich bei meiner Mutter. Ich wollte
niemanden sehen, am allerwenigsten Hajo.
Im Gästezimmer spielte ich immer wieder durch, warum ich
mich nicht schon viel früher bei Frank meldete? Ich machte
mir Vorwürfe, warum ich mir so lange Zeit gelassen hatte.
Immer wieder kam der stechende Schmerz hoch, dass ich
Frank nie wieder sehen werde. Dieser Gedanke, der von
dem grausamen Schmerz begleitet war, quälte mich die
ganze Nacht. Schuldgefühle kamen hoch, dass ich an
seinem Entschluss schuld war, wenn ich ihm nicht so
zugesetzt hätte, dann wäre er nicht depressiv geworden. Ich
konnte den Gedanken nicht ertragen, dass sich Frank
tatsächlich das Leben nahm. Diese Nacht fand ich keinen
Schlaf, doch meine Tränen fanden mich und ich weinte bis
zum Morgengrauen.

Am nächsten Tag setzte sich mein persönlicher Albtraum fort. Meine Gefühle beruhigten sich keineswegs und mit dieser emotionalen Last fuhr ich zu Hajo. Bei ihm musste ich mich stark zusammenreißen; ich weinte nicht und vermied es, dass er unnötige Fragen stellte. Ich verspürte schon lange den Wunsch, ihn wegen seiner Gewalttätigkeit zu verlassen, aber seit Franks Tod schien mir das belanglos. Ob ich bei ihm blieb oder ihn verließ, es war mir einerlei.

Einige Tage später, als ich ihm weiterhin vorspielte, dass alles in Ordnung sei, gingen wir abends zum Sperrmüll stöbern. Dort entdeckte ich eine Kassette, die ich mit nach Hause nahm. Sofort legte ich sie ein und das erste Lied, war »Here I go again« von Whitesnake. Die anderen Lieder auf der Kassette kannte ich nicht. Es war ein merkwürdiger Zufall, dass ausgerechnet das Lied, auf der Kassette als Erstes spielte, was ich beim Frank so oft hörte. Deshalb spulte ich immer wieder zu diesem Lied zurück. Eine Weile lang lag ich einfach auf meinem Bett und hörte »Here I go again«, bis plötzlich, wie aus dem Nichts, der Duft von Frank den Raum erfüllte.
Euphorisch sprang ich sofort aus dem Bett und sprach in den Raum hinein. Bat Frank, sich zu zeigen und sagte, wie sehr ich ihn vermisse. Doch es geschah nichts.
Bald darauf ersetzte die Couch mein Bett und ich begann, einen sinnlosen Film nach dem anderen zu schauen. Ich konnte mich zu nichts aufraffen, wollte einfach nur meine Ruhe und am liebsten sterben. Das Leben fühlte sich mühsam an, jeder Atemzug erinnerte mich daran, dass ich weiterlebte. Ohne jegliche Hoffnung, Frank jemals wiederzusehen. Die Welt da draußen drehte sich weiter, als

wäre nichts Schlimmes passiert. Innerlich jedoch wollte ich nichts mehr fühlen. Ich sprach nur das Nötigste und war bereits froh, wenn ich allein auf meinem Sofa liegen und den Fernseher laufen lassen konnte. Ich schaute nicht einmal wirklich hin, ich ließ mich einfach berieseln, um nicht denken zu müssen und den Schmerz nicht zu spüren.

***

Als ich das Datum des nächsten Eintrags in meinem Tagebuch las, war ich schockiert – über ein Jahr war vergangen. Dass ich mich so lange hatte treiben lassen, war mir nicht bewusst. Doch das Ende war noch nicht in Sicht, das Leiden hörte einfach nicht auf.

Ich erinnere mich deutlich an den Tag, als ich die Nachricht erhielt. Es fühlte sich an, als wäre ein Stück von mir gestorben. In dem Moment, als ich seinen Tod realisierte, brach ein unsichtbarer Damm in mir. Die Welt um mich herum verschwamm zu einem undeutlichen Schattenbild und ich stürzte in eine dunkle, kalte Leere, die sich wie ein bodenloser Abgrund anfühlte.

Die Tage, Wochen und Monate danach waren wie ein unaufhörlicher Fall in diesen Abgrund. Die Zeit verlor ihre Bedeutung. Die Stunden zogen sich wie zäher Nebel, der sich durch jede Ritze meines gebrochenen Herzens schlich. Jedes Aufwachen war ein Erinnern daran, dass ein weiterer Tag ohne ihn zu überstehen war. Ich fühlte mich wie ein Schatten meiner selbst, verloren in einem endlosen Grau, in dem selbst die intensivsten Farben des Lebens nur noch als fahle Töne erschienen.

In der Tiefe dieses Lochs, in das ich gefallen war, war

Stille. Nicht die friedvolle Stille eines ruhigen Morgens, sondern eine erdrückende, schwere Stille, die jeden Gedanken erstickte und jeden Funken Hoffnung erlöschen ließ. Die Einsamkeit dort war nicht einfach ein Fehlen von Gesellschaft, sondern eine tiefe, alles durchdringende Abwesenheit von Licht und Wärme.

Es war, als hätte sich das Universum unendlich weit ausgebreitet und dabei jeden Faden, der mich an das Leben band, durchtrennt. Ich driftete in einem Meer der Leere, verlor jede Orientierung. Wer bin ich einmal gewesen und was hat mein Leben einst bedeutet? Jeder Versuch, aus diesem Dunkel aufzutauchen, fühlte sich wie das Durchbrechen einer dicken Eisschicht an die sich über die Oberfläche meiner Seele gelegt hatte.

In dieser Zeit wurde mir klar, dass Trauer nicht nur ein Gefühl ist, sondern eine Welt, in der man lebt, nachdem man einen geliebten Menschen verloren hat. Es ist ein Ort, aus dem man nur langsam und vielleicht nie ganz herausfindet. Das Loch, in das ich gefallen war, wurde zu meiner neuen, unwillkommenen Heimat, aus der ich nur mühsam wieder herauskletterte, immer noch taumelnd und unsicher, gezeichnet von einem Verlust, der die Landschaft meines Lebens unwiderruflich verändert hatte.

***

Dienstag, 13. November 1990

Wenn ich schlafe träume ich viel von Frank. Schlafen ist zu meiner Lieblingsbeschäftigung geworden, dann bekomme ich nichts mehr mit. In meinen Träumen durfte ich aber nicht mit Frank sprechen, denn wenn ich es tat, verschwand

*er. Zum Beispiel, wenn ich ihn frage: Wie geht es dir?, wird
entweder der Traum sofort beendet oder ich suche ihn, weil
er plötzlich nicht mehr bei mir ist.*

Letzte Nacht träumte ich, dass Frank gestorben war:
*Im Traum war ich nach Weinheim gefahren, um sein Grab
zu sehen. Auf dem Friedhof angekommen, suchte ich sein
Grab. Ich suchte überall und fand ihn nicht, also bin ich zu
einer Abteilung, wo Urnen standen. Diese war in
Schließfächer eingeteilt, in denen die Urnen standen. Dort
traf ich einen alten Mann. Ihn fragte ich, wo Frank läge?
Er gab mir einen vierstelligen Zahlencode und ich öffnete
das dazugehörige Schließfach. Darin stand eine Urne,
davor lagen verwelkte Blumen und ein Buch. Auf dem Buch
sollte eigentlich sein Name stehen, aber es standen nur
Ziffern darauf, deren Bedeutung ich nicht kannte.*

*Diesen Traum musste ich sofort aufschreiben, da Hajo nicht
da ist. Er verbringt viel Zeit außer Haus, da er eine
Geliebte hat, was mir ganz recht ist, da ich dann meine
Ruhe habe. Also habe ich mich getraut, die flüchtigen
Bilder schriftlich festzuhalten, solange die Erinnerungen
noch frisch sind.*

Anscheinend hatte es zwischen Hajo und seiner Geliebten
Probleme gegeben, denn er war neuerdings häufiger zu
Hause. Seine Anwesenheit wurde zunehmend zur
Belastung, also beschloss ich, meine Mutter anzurufen und
einen Termin zu vereinbaren, um sie wiederzusehen. Um
ungestört sprechen zu können, suchte ich eine nahegelegene
Telefonzelle auf.

Während der Unterhaltung starrte ich hinaus.
Ich nahm einen Mann wahr, der ein weißes Hemd trug und eine schwarze Hose, schenkte ihm aber nicht viel Beachtung, registrierte nur, dass er da war.
Ich sah ihn nicht wirklich an, als er jedoch aus meinem Blickfeld verschwand, weil der Rahmen von der Telefonzelle ihn verdeckte, wunderte ich mich, warum er nicht wieder auftauchte. Der Rahmen war nun wirklich nicht so breit, dass man sich dahinter verstecken könnte. Er müsste nach einer Sekunde wieder auftauchen. Ich war neugierig, wo der Mann geblieben sein könnte und öffnete die Telefonzelle, um einen größeren Blickwinkel zu bekommen. Der Mann war spurlos verschwunden, was eigentlich nicht sein konnte. Der Platz, auf dem die Telefonzelle stand war so weitläufig, dass er nicht abbiegen konnte, ohne dass ich es bemerkte.
Ich konnte es nicht glauben, zweifelte an meinem Verstand. Ich sah diesen Menschen doch eindeutig. War es ein Mensch? Habe ich mir das alles nur eingebildet?
Den Tag über beschäftigte mich, was an der Telefonzelle geschehen war.
»Was, wenn das Frank war? Aber wie ist das möglich? Ich glaube eigentlich nicht an Seelen. Ich möchte daran glauben, doch der Beweise für ihre Existenz sind eher spärlich«, sinnierte ich. »Es muss eine logische Erklärung geben für das, was ich gesehen habe.«
Diese Fragen und der unerklärliche Anblick des mysteriösen Mannes gaben mir Rätsel auf und ließen mich an meiner eigenen Wahrnehmung zweifeln.

***

Als ich die Zeilen las, fiel mir alles wieder ein und dass ich sogar nur ein paar Wochen später ein ähnliches Erlebnis hatte.

Da ich mich wieder öfter mit meiner Mutter traf, kam ich aus dem Schwermut raus, nur auf dem Sofa zu liegen. Ich nahm wieder am Leben zumindest teilweise teil.

Mit Margarethe nahm ich wieder Briefkontakt auf, sie schickte die Post zu meiner Mutter.

Ich dachte angestrengt nach:

Wie war das denn noch einmal, die zweite Begegnung? In meinem Tagebuch müsste es nur ein paar Seiten weiter stehen, denn es spielte sich kurz danach der ersten Begegnung ab.

Ich fand den Eintrag, als ich einige Seiten weiter blätterte.

***

Donnerstag, 27. Dezember 1990

Zum Glück ist Hajo wieder öfter weg, ich denke, er hat sich mit seiner Geliebten versöhnt oder er hat eine neue. Ist mir auch egal, dann lässt er mich in Ruhe.
Aber weshalb ich dir schreibe, es gab wieder ein Ereignis und diesmal habe ich es mir definitiv nicht eingebildet:

Ich hörte laut Musik über Kopfhörer, um meine Nachbarn nicht zu stören. Es kam ein Lied, wozu ich auch tanzte, um meine Gefühle rauszulassen. Mit geschlossenen Augen tanzte ich im Wohnzimmer. Als ich meine Augen kurz

242

öffnete, fiel mein Blick auf die Wohnzimmertür. Ich fuhr zusammen, so sehr erschrak ich. Da stand jemand.

Nachdem ich zusammengezuckt war und den Blick wieder auf die Tür richtete, sah ich, wie jemand in Richtung Bad ging.

Ich dachte, es wäre Hajo, deswegen nahm ich die Kopfhörer ab und ging ihm nach. Während ich zum Badezimmer lief, sagte ich: »Mensch, du hast mich erschreckt!«

Doch im Bad war niemand. Im Flur, wo ich herkam, konnte man sich nicht verstecken, das hätte ich bemerkt. Deswegen suchte ich ihn hinter der Tür, weil ich dachte, er wollte mich noch einmal erschrecken.

Nichts. Ich war allein in der Wohnung.

Jetzt war es mir ganz klar, das konnte ich mir nicht eingebildet haben, das war wirklich passiert. Eigentlich müsste ich es ja besser wissen. Die Gestalt trug ein weißes Hemd und eine schwarze Hose.

»Frank? Wenn du hier bist, dann zeig dich, mach dich bemerkbar. Bitte.«

Nichts passierte, die Wohnung blieb leer und ruhig. Wer könnte es sonst gewesen sein, außer Frank?

***

Ich erinnerte mich zurück, wie dieses Erlebnis mein Leben veränderte. Ich bekam neue Energie und wollte dem, was geschehen war, auf den Grund gehen.

Ich dachte mir damals, wenn Frank sich schon die Mühe machte mich zu kontaktieren, dann sollte ich auch nach Weinheim fahren. Ich rief Dieter an als ich wieder einmal bei meiner Mutter war. Ich hatte solche Angst gehabt, ihn anzurufen. Ich wusste ja nicht, wie er reagiert, nach so langer Zeit.

Er freute sich aber. Wir redeten viel und kurzerhand
beschloss ich, nach Weinheim zu fahren.

Ich schlug die Seite um und las weiter.

***

Samstag, 12. Januar 1991

*Ich liege wieder bei meiner Mutter im Gästebett. Hier kann
ich ungestört in mein Tagebuch schreiben. Hajo ist wieder
öfter zu Hause, deswegen habe ich mein Tagebuch mit zu
meiner Mutter genommen, ich habe Angst, dass Hajo mein
Versteck findet und es dann auch wegschmeißt.*

Aber warum ich schreibe:

*Ich fahre ja am Dienstag nach Weinheim, darauf freue ich
mich auch schon. Doch eben bekam ich Angst, dass mir dort
erst so richtig bewusst wird, dass Frank wirklich tot ist. Mir
ist klar, dass sich daran nichts ändern wird, nur weil ich
nach langer Zeit wieder runter fahre. Aber ich habe
trotzdem irgendwie die Hoffnung, dass das alles nicht
stimmt.*

*Dass es ein Gerücht war. Nur wenn ich runter fahre und
bestätigt wird, dass es wahr ist, wie soll ich dann
weiterleben?*

*Ich liebe ihn doch so sehr und ich kann mir nicht vorstellen,
ein Leben ohne ihn zu leben.*

Ich übernachtete bei Margarete in der Zeit, während ich in
Weinheim bin. Es tut so gut, sie wiederzusehen. Zwar

hielten wir Briefkontakt, aber gesehen haben wir uns nicht, seitdem ich von Oberflockenbach weggezogen bin.

»Wie war die Fahrt?«, fragte mich Margarethe, als wir es uns mit einer Tasse Tee in ihrem Zimmer gemütlich machten. Draußen war es bitterkalt und es lag hier oben auch ein bisschen Schnee.

»Ehrlich, es war irgendwie so, als ob ich zu Frank fahren würde«, gestand ich ihr.

»Das glaube ich dir, du warst danach ja auch nicht mehr hier.«

»Irgendwie war dieses Gefühl auch voll schön. Aber genug davon, was machst du so?«

Ich wollte dieses Gefühl nicht wegreden oder auf seinen Tod zu sprechen kommen. Ich war froh hier zu sein und das wollte ich so lange, wie ich konnte genießen.

Wir redeten bis in die halbe Nacht hinein.

Am nächsten Morgen, als ich in Oberflockenbach an der Bushaltestelle stand, weckte das alte Gefühle in mir. Plötzlich spürte ich eine wachsende Euphorie. Die Fahrt kam mir so sehr vertraut vor und Erinnerungen kamen hoch. Wie ich früher im Bus saß, um Frank zu treffen. Ein Kribbeln durchfuhr meinen Körper. Ich musste grinsen und ich fühlte mich wieder verliebt. Ich wurde ganz aufgeregt, ein Gefühl, das ich lange nicht mehr hatte. Immer größer wurde meine Vorfreude, je näher ich nach Weinheim kamen. Meine Emotionen wollten nicht begreifen, dass Frank gestorben war.

Bevor ich aber zum Friedhof ging, traf ich mich um 10 Uhr mit Dieter im Café. Er war schon da und stand auf, als er mich sah. Ihn zu sehen, versetzte mich in eine Zeitreise. Es schien mir so, als ob jedem Moment auch Frank auftauchen

würde. Wir umarmten uns herzlich. Als wir uns setzten,
sagte Dieter:
»Ich war vollkommen überrascht, von dir zu hören. Es freut
mich, dass du dich gemeldet hast. Wie geht es dir?«
Ich erzählte ihm im Schnelldurchlauf, dass ich von zu
Hause ausgezogen war und erwähnte beiläufig Hajo.
Wenn er mich schon fragte, wie es mir ging, dann wusste
ich, dass er es auch ehrlich wissen wollte, dass es für ihn
keine Floskel war, mit der man ein Gespräch beginnt. Ich
erzählte ihm, dass ich nach der Nachricht von Frank in ein
tiefes Loch gestürzt war.
»Das verstehe ich, das ging jedem so!«
Als ich seine Worte hörte, wurde ich traurig und die
Euphorie, die ich zuvor verspürte, wich augenblicklich.
Stattdessen kam der Schwermut. Dieter erzählte mir, dass er
erst gar nicht verstand, dass das Frank war, er dachte erst
einmal es wäre ein anderer Frank gewesen, den er kannte.
Seine Bestätigung, dass Frank tot sei, riss mir das Herz
heraus. Ich hoffte doch irgendwie, wenn ich hier vor Ort
bin, dass keiner weiß, von was ich rede und Frank würde
noch leben. Nun liefen mir wieder Tränen über die Wangen.
»Hast du zufällig Fotos von ihm?«, fragte ich, in der
Hoffnung, er könnte mir ein paar Abzüge machen.
»Leider nicht, aber ich kann Franks Ex-Freundin fragen,
vielleicht hat sie welche.«
Das tröstete mich ein bisschen.
Auch wenn wir uns über andere Dinge unterhielten und
Neuigkeiten austauschten, blieb Franks Tod zwischen all
dem Gesagten hängen und es legte sich ein Tuch der Trauer

über diese Begegnung. Nach zwei Stunden verabschiedete ich mich, ich wollte noch bei Tageslicht zum Friedhof.

Auf dem Weg dorthin war meine Stimmung nicht mehr ausgelassen.

Auf dem Friedhof schaute ich mich erst einmal um und hielt Ausschau, ob ich Franks Grabstein entdeckte. Doch der Friedhof war ziemlich groß. Kurzerhand beschloss ich, den Friedhofswärter zu fragen.

Gesagt, getan, hinter einem Schreibtisch saß ein älterer Mann. Mit seinem grauen Haar und der Brille auf seiner Nase, wirkte er wie ein Märchenerzähler, aber nicht wie jemand der hier auf dem Friedhof arbeitet. Er schaute mich unter seiner Brille hervor an, als ich ihn fragte, wo Frank Waage begraben lag.

Er wusste es natürlich nicht auswendig, also schlug er in einem dicken Buch nach. Irgendwie breitete sich in mir Hoffnung aus, weil er nachschaute und mir nicht direkt sagen konnte, dass er hier liegt. Gleich würde er sage: »Der liegt hier nicht, bestimmt ist er nicht tot.«

»Ah, da ist er ja«, sagte er stattdessen.

Abermals wurde mein Herz zerrissen, bestimmt bestand es nur noch aus klitzekleinen Fetzen.

Wieder liefen mir Tränen über die Wangen. Die Freude, die ich am Morgen verspürte, war komplett ausgelöscht. Immer mehr bröckelte die Hoffnung, dass das alles ein riesiges Missverständnis war und Frank doch noch lebte. Leider konnte ich nicht mehr aufhören zu weinen, die Tränen machten, was sie wollten und der Schmerz war so groß, dass ich sie auch nicht zurückhalten konnte.

Der alte über Kopfhörer Mann schaute mich mitfühlend an und in mir brachen alle Dämme.

»Ist schon okay«, schluchzte ich, »wo finde ich ihn?«

»Er liegt beim Abschnitt P. Zwei, 1. Reihe, 25 zigstes Grab.
Er ist nicht begraben worden, sondern eingeäschert und
seine Urne ist dann beigesetzt worden.«

Er sah in mein trauriges Gesicht, was vielleicht auch eine
Verwirrung ausstrahlte, denn er fügte noch hinzu: »Ich
schreib ihnen das mal auf.«

Als ich auf dem Zettel schaute, standen da nur die Ziffern:
»P II – 1 – 25«

***

Ich schaute vom Tagebuch auf. Das hatte ich doch zuvor
geträumt? Hastig blätterte ich zurück, zu meinem Traum.
Ja, da stand ganz deutlich, dass im Schließfach ein Buch
lag, mit Ziffern drauf, die ich nicht deuten konnte. Und dass
Frank eingeäschert wurde, das konnte ich auch nicht wissen.
Frank und ich sprachen nie darüber.

Gespannt erinnerte ich mich weiter an das Ereignis, das mir
mit Hilfe meines Tagebuchs wieder gegenwärtig wurde.

***

Zum Glück sagte er mir, in welche Richtung ich gehen
musste, was aber nicht verhinderte, dass ich mich verlief.
Per Zufall fand ich sein Grab. Sein Grab war verwildert.
Das Plastikschild, das von einem dicken Draht gehalten
wurde, war mit einem Etikettendrucker beklebt worden.
Dort las ich sein Todesdatum.

Das war doch der Tag, an dem ich den Tramper sah. An
diesen Tag konnte ich mich noch sehr gut erinnern, weil ich
ab da dachte, dass Frank mich nun retten kommt. Nun

wusste ich, dass das unmöglich Frank gewesen sein konnte. Ich stand vor seinem Grab, was ich mir ganz anders vorstellte.

Zärtlich streichelte ich das Schild, auf dem sein Name stand. Spürte die Buchstaben auf meinen Fingerkuppen. Ich wollte ihm so nah wie möglich sein.

Legte eine Rose, die ich auf dem Weg zum Friedhof in einem kleinen Blumenladen aussuchte, auf sein Grab nieder. Setzte mich zu ihm, um mit ihm zu reden.

Ich weinte immer wieder, es war für mich unbegreiflich, dass Frank hier liegen sollte. Anderseits, wenn er hier lag, wollte ich seinem Körper ganz nah sein. Auch wenn er eingeäschert und weit entfernt unter der Erde lag. Aber er war präsent!

Insgeheim hoffte ich, dass von Franks Familie jemand kam, mit dem ich mich unterhalten konnte. Aber ich blieb an seinem Grab allein. Ich weiß nicht mehr, wie lang ich dort saß und wir stille Zwiesprache hielten. Ich fror und diese Kälte kam nicht nur vom harten Boden, auf dem ich kniete. Irgendwas in mir zweifelte immer noch, also fuhr ich entschlossen zur Bibliothek, um mehr zu erfahren und auch um mich wieder aufzuwärmen.

Ich wollte irgendwas in Händen halten. Sei es ein Zeitungsartikel, indem sein Tod erwähnt wurde, oder die Todesanzeige.

Doch die Bibliothekarin sagte mir, dass sie keine Zeitungen führten und so alte schon gar nicht. Schließlich waren schon fast zwei Jahre vergangen.

Ich sollte es bei der Presse versuchen.

Das tat ich auch. Die Frau, die mir weiterhalf, war sehr nett. Sie gab mir auf meinen Wunsch hin alle Ausgaben, die ich ihr zuvor nannte.

In den Zeitungen fand ich keinen Artikel über Frank, vielleicht war es noch später? Aber auch da fand ich keinen Artikel. Frau Walter, die mir auf meinen Wunsch hin immer wieder geduldig eine Zeitung nach der anderen heraussuche, fragte mich dann, wonach ich denn genau suchte.

Ich erklärte der netten Frau mein Dilemma und prompt musste ich wieder weinen. Sie war sehr mitfühlend und meinte, dass ich zur Polizei gehen sollte, um mir das Datum geben zu lassen, wann dieser Vorfall in die Zeitung kam. Wenn ich es wüsste, sollte ich wiederkommen und sie würde mir von dem Artikel eine Kopie machen.

Schon wieder konnte ich nicht aufhören zu weinen, solche Nettigkeiten war ich nicht gewohnt.

Ich machte mich auf den Weg zur Polizei. Aber die Polizei bearbeitete diesen Fall nicht, damals war die Kripo eingeschaltet worden. Sie schickten mich also zur Kriminalpolizei und erklärten mir den Weg.

Nachdem ich die Station endlich gefunden hatte, war der Kollege, der Franks Fall bearbeitete, in der Pause. Ich sollte doch in einer halben Stunde wiederkommen.

Von ihm wollte ich wissen, wann Franks Fall in die Zeitung kam.

»Dieser Fall kam nicht in die Zeitung, aber wenn sie wissen möchten, was passiert ist, kann ich ihnen alles darüber erzählen«, erklärte mir dann der zuständige Beamte.

Natürlich wollte ich es wissen.

Er erfüllte mir meinen Wunsch und erzählte mir, was passiert war.

Frank legte seine Jacke und seinen Ausweis ordentlich auf den Boden, zog einen Schuh aus und sprang die Klippen hinunter.

Wieder musste ich weinen, dass alles nahm mich sehr mit. Ich schüttelte heftig mit dem Kopf!

»Das glaube ich nicht, dass er sich selbst getötet hat«, erwähnte ich laut. »Den Schuh, könnte er doch in einem Kampf verloren haben? Bestimmt wurde er gestoßen!«

Auch wenn das Resultat das gleiche war, verspürte ich eine Erleichterung, dass es eine winzige Möglichkeit gab, dass Frank nicht selbst gesprungen war.

Der Beamte war sehr nett, nachdem er sah, wie sehr mich das alles mitnahm, wollte er nicht mehr weiter erzählen. Aber ich wollte alles wissen und konnte ihn überzeugen, dass er dann doch weiter sprach. Ein Fremdverschulden schließen sie aus, denn auch das untersuchten sie.

Außerdem hinterließ Frank einen Abschiedsbrief:

»Jetzt seid ihr frei und ich bin es auch!«

»Wie kommt er bloß darauf?«, fragte ich leise, eher mich als ihn.

Dieser Satz vom Abschiedsbrief verletze mich sehr. Nach seinem Selbstmord war ich keineswegs frei. Eher im Gegenteil!

Das konnte ich alles nicht wirklich glauben.

»Und vor seinem Selbstmord schaute Frank mit einem Freund noch einen Film an!« Der Beamte nannte mir auch den Namen von dem Film, aber ich behielt ihn nicht. Wusste nur, dass es irgendetwas mit einem Vogel im Titel war.

Nachdem der Beamte mir alles erzählt hatte, sagte er, ich sollte doch Franks Eltern besuchen, dort werde ich bestimmt mehr Informationen bekommen.

Ich traute mich nicht, wusste ja nicht mal, ob ich willkommen wäre.

Allein mit meinen Gedanken lief ich ziellos durch Weinheim. Immer wieder spielte ich die Szenen in meinem Kopf durch, die der Beamte mir erzählte. Mir ging auch durch den Kopf, dass ich Franks Eltern kontaktieren sollte und dachte mir, warum eigentlich nicht? Was würde schlimmes passieren?

Kurz entschlossen rief ich aus einer Telefonzelle seine Eltern an. Seine Nummer kannte ich immer noch auswendig. Mein Herz raste vor Aufregung und als sich Franks Vater nach ein paar mal Klingeln meldete, war ich kurz davor schnell wieder aufzulegen. Doch das tat ich nicht, stattdessen nannte ich meinen Namen und fragte nach Emilia, Franks Schwester.

Sie war nicht da. Jetzt fasste ich schon einmal den Mut, mich bei Familie Waage zu melden, darum wollte ich auch nicht einfach auflegen. Deshalb fragte ich, wann sie denn wieder da wäre. Herr Waage fragte seine Frau, ob sie wissen würde, wo Emilia wäre. Er sagte seiner Frau, dass eine Frau Maier am Telefon sei.

Er verstand meinen Namen nicht richtig. Ich ließ das auch erst einmal so stehen, denn ich war irgendwie erleichtert, dass er meinen Namen falsch verstand. Erst, als er nachhakte, weil er und seine Frau keine Frau Maier kannten, outete ich mich und wiederholte meinen Namen.

»Ich bin die Maja, ohne Frau.«

Nach der Aufklärung war ich nun auf alles gefasst, nur nicht auf seine darauffolgende Reaktion.

Seine Stimme wurde schlagartig freundlich und lieb.

»Maja? Die alte Maja, die ich auch kenne?«

Ich war sehr überrascht, dass ich doch nicht so
unwillkommen war.

Ich sollte vorbeikommen, wenn ich möchte, seine Tochter
müsste auch jeden Moment eintrudeln.

Das ließ ich mir nicht zweimal sagen und durch einen Zufall
traf ich auch noch Emilia unterwegs.

Bei seinen Eltern angekommen, wurde ich herzlich
aufgenommen. Wir erzählten erst einmal über uns. Was wir
so machten und wie es uns ergangen war, nach der langen
Zeit.

Dann kamen wir auf Frank zu sprechen. Seine Mutter
wusste, dass ich in einer Beziehung war, das erzählte Frank
ihr, denn er wollte sich noch einmal mit mir aussprechen.
Erfuhr aber, dass ich nicht mehr zu Hause wohnte und mit
einem anderen Mann zusammen wäre. Sie konnte mir auch
erzählen, dass mein Lückenbüßer überall herumerzählte,
dass er mit mir nach Kanada auswandern wollte. Franks
Mutter konnte nicht wissen, dass das alles nur Angeberei
war, sie wusste nur von seinem Geschwätz, was ich am
Anfang ja auch glaubte.

Ich war verblüfft, dass sie überhaupt wusste, dass ich eine
neue Beziehung hatte und so viele Details. Also hatte sich
Frank doch nach mir erkundigt. Nur weil ich ausgezogen
war, dachte er, es wäre etwas Ernstes mit dem Lückenbüßer.
Ich habe es also viel schlimmer gemacht, indem ich so
lange mit dem Lückenbüßer ausgehalten habe. Ich glaubte
aber, dass ich nicht mehr nach Hause zurückkonnte, weil
ich ja ausgezogen war. Also gab es keinen Liebesfilm und

keine Eroberung und schon gar nicht mein persönliches
Happy End. Eher im Gegenteil, das war nur noch ein
Drama.
Ich erklärte seiner Mutter, dass die Beziehung nichts
Ernstes war. Damit sie wenigstens weiß, dass ich nur auf
Frank gewartet hatte.
Sie meinte auch, dass sie mich vermisste und sich bei Frank
oft nach mir erkundigte.
Die Zeit mit seiner Familie zu verbringen, war wunderschön
und ich genoss jede Sekunde.
Wir gingen später in Franks Zimmer, dort war alles noch so,
wie er es hinterließ.
Dieser Raum gab mir ein geborgenes Gefühl. Es war so, als
ob ich einen Zeitsprung machte, sein Zimmer sah noch so
lebendig aus, so, als würde er jeden Moment nach Hause
kommen. Alle seine Sachen waren an ihrem Platz, seine
Platten, seine selbstgeschriebenen Lieder, seine Klamotten
hingen im Schrank und es duftete nach ihm.
Am liebsten wäre ich in sein Zimmer eingezogen, alles war
so wie früher und ich würde mich in sein Bett legen und
warten, bis er wieder heim kommt.
Hier war es so, als ob Frank noch leben würde und dieses
Gefühl saugte ich auf wie Äther, um ihn für immer in mir
zu konservieren. Später unternahmen seine Schwester und
ich noch etwas und wir unterhielten uns über Männer. Bis
ich den letzten Bus nach Oberflockenbach nahm.
Es war ungewohnt, allein zur Bushaltestelle zu laufen, auch
wenn nun drei Jahre zwischen unserer letzten Begegnung
lagen. Seit 1988 war ich nicht mehr hier gewesen.

254

Deswegen war es ungewohnt, Frank nicht an meiner Seite zu wissen. Noch ungewöhnlicher war es, nicht auf seinem Schoß zu sitzen.

***

dreizehntes Kapitel

Meine Augen schmerzten, deshalb legte ich das Tagebuch zur Seite und blickte aus dem Fenster. Meine Gedanken kreisten noch um das eben gelesene Kapitel. Erst etwas später registrierte ich, dass es draußen schon wieder heller wurde. Ich hatte die ganze Nacht durchgelesen.

Es war, als würde ich keine Müdigkeit spüren, meine Gedanken hielten mich wach und es schien, als wäre ich außerhalb eines Raum-Zeit-Kontinuums. Wieder trieb ich ins Jahr 1991, als ich im Zug saß, zurück nach Bonn, wie drei Jahre zuvor. Damals hatte ich mir überlegt, dass ich nicht mehr so hysterisch sein möchte und mich ablenken wollte, um nicht mehr so oft die Sehnsucht nach Frank zu spüren.

***

Nun beschloss ich während der Zugfahrt mein Leben wieder selbst in die Hand zu nehmen und meinen Schulabschluss nachzuholen und ich wollte Hajo verlassen.

Um den Spitz musste ich mir zum Glück keine Sorgen machen. Er lebte mittlerweile bei unseren Nachbarn. In der Zeit, als ich nur auf dem Sofa lag und mich vom Fernsehen berieseln ließ, brachte Hajo ihn runter. Sie fanden den Hund immer schon toll.

Ich konnte gehen, ohne dass er mich damit bedrohen würde, den Hund zu quälen. Falls er mir drohen würde mich umzubringen, war mir das auch egal.

***

Ich schaute wieder aus dem Fenster, es schneite nicht mehr, die weiße Pracht schmerzte in meinen Augen. Zu sehr hatte ich sie überanstrengt weil ich mich nicht von meinen Tagebüchern losreißen konnte. Der Tee, der vor mir auf dem kleinen Tisch stand, wo die Leselampe immer noch brannte, war schon längst kalt. Die Tasse war noch sehr voll, viel getrunken hatte ich nicht. Um meine Augen zu schonen, schloss ich sie. Sofort kamen mir die Bilder in den Sinn, wie sich mein Leben nach dem Besuch von Franks Grab und bei seiner Familie veränderte.

***

Ich meldete mich in der VHS Bonn an. Machte meinen Abschluss, um bessere Noten zu bekommen.
Ich lächelte, bei dem Gedanken an Christina. Sie kam ein Jahr später in die Klasse. Sie war wunderschön, als sie mit ihren blonden langen Haaren, vorne neben dem Lehrer stand, der die neue Schülerin vorstellte.
Sie durfte sich einen Platz aussuchen und sie setzte sich neben mich. Wie stolz ich in diesem Moment war, dass sie von allen Mitschülern mich auswählte.
Damals färbte ich mir meine Haare, die mir lang ins Gesicht fielen, schwarz. Ich kleidete mich auch nur noch schwarz. Christina war das krasse Gegenteil von mir. Mit ihren engelsblonden Haaren und ihrer bunten Kleidung waren wir wie Yin und Yang. Aber nur im Äußeren. Innerlich ähnelten wir uns wie eineiige Zwillinge. Sie wurde meine beste Freundin, mit ihr konnte ich mich über alles austauschen. Sie teilte meine Meinungen zur Gesellschaft und meine

257

Tierliebe.

Die Freundschaft mit Christina machte mich stark und ich brachte den Mut auf, Hajo zu verlassen, was ich immer wieder vor mir her geschoben hatte. Ich zog vorübergehend ins Gästezimmer bei meinen Eltern, bis ich nach einem halben Jahr ein Ein-Zimmer-Apartment in Bonn-Tannenbusch bekam.

Mein erstes eigenes Apartment wo ich tun und lassen konnte, was ich wollte. Ich musste viel an Frank denken, deswegen fiel es mir schwer, allein zu sein. Um nicht dauernd an meinen Verlust von Frank zu denken, wechselte ich die Männer ziemlich häufig. Nichts Ernstes. Alle waren austauschbar und ich trennte mich schnell wieder von ihnen. Noch einmal in einer lieblosen Beziehung, wie mit Hajo, so lange auszuharren, das würde mir hoffentlich nicht mehr passieren.

Wenn ich solo war, erdrückte mich der Schmerz von Franks Tod. Ich war immer wieder auf der Suche nach einer neuen Ablenkung, um bloß nicht den Schmerz ertragen zu müssen.

***

Ich öffnete meine Augen. Zu glauben, dass ein anderer Mensch einen glücklich machen kann, kam mir heute so absurd vor. Das Glück kann man nicht in einem anderen Menschen finden, sei es der Partner oder Freunde. Wenn man sich nicht selbst helfen kann, glücklich zu werden, findet man es auf keinen Fall bei jemand anderem. Und wenn, hält es nur für kurze Zeit, so wie ich es mit Frank erfahren musste.

258

***

Zu der damaligen Zeit schaute ich im TV eine Dokumentationsreihe ganz besonders gern. Die Dokumentation handelte von Menschen, denen das Leben auf unerklärliche weise von Verstorbenen Seelen gerettet worden. Natürlich träumte ich davon, dass Frank mich auch retten würde, wenn ich in Gefahr wäre.

Abends, als ich wieder einmal den Fernseher einschaltete, um meine Dokureihe zu sehen, war ich viel zu früh dran. Ich wollte nichts vom Anfang verpassen. Zuvor kam eine Soap-Serie, die ich nicht verfolgte. Beim Einschalten dauerte es immer ein paar Sekunden, bis das Bild kam. Und während diesen Sekunden hörte ich die Worte: »Frank ist nicht tot!«

Im Nu sprang mein Herz Purzelbäume, als ich das hörte. Natürlich wusste ich, dass die Person nicht über meinen Frank sprach, aber diese Worte zu hören, taten so gut!

Ein, zwei Wochen später, als ich wieder die Dokureihe anmachte, kam das Bild gar nicht mehr. Ich ärgerte mich, dass ich nichts sah, weil ich doch unbedingt die Dokumentation sehen wollte. Ich versuchte einiges, doch das Bild blieb schwarz. Ich fand mich damit ab und tröstete mich, dass ich sie wenigstens hören konnte. Ich setzte mich auf mein Sofa und lauschte. Die Titelmusik kam.

Auf einmal gab es im Fernseher einen Knall und das Bild war da. Ich war so überrascht, dass ich an etwas Übernatürliches glaubte und verspürte den Drang an Franks Grab zu müssen. Ich glaubte, dass da etwas passieren würde. Ich selbst besaß keinen Führerschein, aber Christina. Ich rief sie gleich an, um zu fragen, ob sie mit mir nach Weinheim fahren könnte, an Franks Grab. Es war

mittlerweile recht spät, darum fragte Christina, ob das nicht
Zeit bis morgen hätte. Ich erzählte ihr von dem
unheimlichen Vorfall und wir fuhren in der Nacht noch los.
Während der ganzen Fahrt war ich so aufgeregt und wir
alberten im Wagen.

Natürlich war es nach Mitternacht, als wir am Friedhof
ankamen. Das Tor war verschlossen. Davon ließen wir uns
jedoch nicht abhalten und klettern über die Mauer. Als ich
auf der Mauer saß, hörte ich Hundegebell. Nun bekam ich
es mit der Angst zu tun, dass ein Hund das
Friedhofsgelände überwacht und uns beißt, wenn wir das
Grundstück betraten. Christina beruhigte mich und wir
sprangen von der Mauer hinunter. Wir waren auf dem
Friedhofsgelände und es war stockdunkel. Schattenhaft
konnte wir den Weg sehen, aber das Gelände war nicht
beleuchtet. Es war auch keinen Vollmond, er uns den Weg
leuchten konnte. Also irrten wir herum, auf der Suche nach
Franks Grab. Ich war ja nur einmal zuvor da gewesen,
wusste deswegen, wo er ungefähr lag. Aber wieder mal ließ
mich mein Orientierungssinn im Stich. Taschenlampen
hatten wir auch nicht dabei. Kichernd und voller Adrenalin,
weil wir gerade etwas Verbotenes machten, suchten wir
Franks Grab. Nun ja, Christina ging eher hinter mir her,
weil sie zum ersten Mal hier war und nicht wusste, wo er
lag. Ich weiß nicht, wie lange wir immer wieder im Kreis
liefen, als ich es aufgab, nach seinem Grab zu suchen. Doch
genau in diesem Moment stand ich plötzlich davor. Mein
Herz stolperte und meine Finger zitterten, als ich über das
kühle Schild strich. Erfreut und voller Erwartung trat ich

einen Schritt zurück und starrte in die Dunkelheit. Ich wartete darauf, dass sich die kühle Luft mit einem Flüstern füllte, auf ein Zeichen, irgendein Zeichen – ein Rascheln im Gras, ein Flackern im Wind. Doch die Nacht blieb still und nichts passierte. Das enttäuschte mich und wir suchten eine Mauer, über die wir wieder aus dem Friedhof herauskämen. Wir fanden recht schnell eine Stelle die nur hüfthoch war, sodass wir ohne Probleme hinüberzuklettern konnten. Wir standen an der Straße, als ein Auto vorbeifuhr, mitten in der Nacht. Es musste mittlerweile bestimmt schon 2 oder 3 Uhr morgens sein. Das Auto hupte und junge Männer grölten vergnügt etwas aus dem Wagen. Sie mussten gedacht haben, dass wir Untote waren und aus dem Friedhof flüchteten. Ich lachte und mein Trübsinn war verflogen. Während der Rückfahrt unterhielten wir uns über das gerade Erlebte. Wir waren ganz ausgelassen und begeistert, wie mutig wir gewesen waren, nachts über eine Friedhofsmauer zu klettern.

Ab diesem Zeitpunkt sah ich überall Zeichen, die darauf hindeuteten, dass Frank lebte. Sei es ein Plakat, auf dem stand: »Deine Liebe lebt!«
Oder ein Lied, das ich wegen meiner schlechten Englischkenntnisse so interpretierte.
Ich lieh mir den Film aus: »Ein Vogel auf dem Drahtseil«, weil ich dachte, dass es dieser Film war, den Frank vor seinem Tod noch sah.
Auch diesen Film deutete ich als Zeichen, dass Frank lebte. In diesem Film dachte eine Frau, dass ihr Freund tot sei, bis sie fünf Jahre später per Zufall wieder vor ihm stand.
Der Film war zwar nicht der, den Frank als letztes sah, aber ich interpretierte, dass es mein Schicksal war, ihn

anzusehen. Und dass Frank auch lebt und nach fünf Jahren
zu mir zurückkommt.

***

Was ich als Kind und Jugendliche so sehr hasste, machte
ich nun selbst, ich zog öfter um. Nirgends fühlte ich mich
zu Hause und suchte in neuen Wohnungen mein
Heimatgefühl, damit ich endlich ankommen würde.
Doch das blieb aus und ich fand mich später damit ab, dass
ich nie länger als fünf Jahre in einer Wohnung blieb.
Auch hier, in der jetzigen Wohnung fühlte ich mich nicht
wohl, ich suche schon wieder nach einer neuen. Und wenn
ich doch wieder in die Nähe von Weinheim ziehe?
Vielleicht komme ich dann zur Ruhe?
In der Gegend von Bonn bin ich all die Jahre geblieben, vor
allem wegen Christina, damit ich in ihrer Nähe bin.

***

Im August 2001 rief sie mich unter Tränen an. Ihr Vater war
unerwartet gestorben und sie brauchte mich dringend. Ich
ließ alles stehen und liegen und fuhr sofort zu ihr. Als sie
mir die Tür öffnete, war sie völlig aufgelöst. Um dem Haus,
das noch vom frischen und schmerzlichen Verlust erfüllt
war, zu entfliehen, schlug ich vor, spazieren zu gehen. Sie
weinte bitterlich, während sie mir die Ereignisse schilderte.
Ihr Schmerz war so groß, dass sie kaum ruhig sprechen
konnte; immer wieder brach sie in Tränen aus. Ich fühlte
mich hilflos, konnte nichts tun, außer ihr zuzuhören und

262

einfach für sie da zu sein.

Es war ein sonniger Tag und während wir über eine Wiese liefen, bemerkte ich eine Fledermaus, die ungewöhnlich nah über unsere Köpfe flatterte. Meine Freundin, mit gesenktem Kopf und in ihre Trauer versunken, bemerkte sie nicht. Ich überlegte, ob ich ihr davon erzählen sollte, doch befürchtete ich, dass die Fledermaus längst verschwunden sein würde, bis ich es aussprach. Also schwieg ich zunächst.

Aber die Fledermaus blieb uns hartnäckig auf der Spur, umkreiste immer wieder unsere Köpfe. Während meine Freundin weiter von ihrem Verlust erzählte, kämpfte ich mit dem Zwiespalt, ob ich das Thema wechseln sollte. Letztlich entschied ich mich dazu, es ihr zu sagen.

»Hey, schau mal«, begann ich behutsam, »über unseren Köpfen fliegt seit einer Weile eine Fledermaus. Ich denke, das solltest du wissen. Es ist ungewöhnlich, sie tagsüber so aktiv zu sehen.«

Nach meinen Worten blickte Christina auf, sah die Fledermaus und es huschte sogar ein kleines Lächeln über ihr Gesicht. Fast im selben Moment flog die Fledermaus davon und ließ sich nicht mehr blicken. Dieser Augenblick, fast schon surreal, ließ mich grübeln ob das ein Zufall sein konnte.

Wir setzten unseren Spaziergang fort und ich konnte mich wieder besser auf sie konzentrieren. Ich kannte ihren Vater und mochte ihn sehr. Seit diesem Tag erinnert uns jede Fledermaus an ihren Vater.

***

Egal, wie lange die Zeit vergeht, der Schmerz bleibt. Der Schmerz fügt sich ins Leben ein, mal ist er erträglich, ein anderes Mal zerreißt er einem wieder das Herz.

Ich klappte das Tagebuch wieder zu und fragte mich, ob alles nur Zufall war. Vielleicht hatte ich auch die Zeitdauer, wie lange die Fledermaus um unsere Köpfe flog, nicht mehr richtig im Gedächtnis.

Nun überflog ich die Seiten erneut, blätterte die unwichtigen Stellen schnell weiter. In Gedanken versunken, suchte ich nach Hinweisen oder Mustern, die mir entgangen sein könnten. Voller Erinnerungen starrte ich an die Wand und dachte daran, was danach noch alles kam.

Nach dem Fledermaus-Erlebnis erinnerte ich mich an ein weiteres Ereignis. Ich befand mich im zweiten Ausbildungsjahr als Altenpflegerin, 2004.

***

Meine Ausbildung war nicht schön, nicht wegen der Bewohner im Altenheim, nein, die waren toll, sondern wegen der meisten Mitarbeiter. Viele machten es sich einfach, machten nur stoische ihre Arbeit, setzten sich aber mit den Bewohnern nicht hin und redeten mit ihnen, wenn sie mal Zeit zur Verfügung hatten. Sie blieben unter sich und tratschten ihre Lebensgeschichten untereinander.

Ich war da anders und freundete mich sogar mit einer Bewohnerin an. Die Mitarbeiter, die eingefahren in ihrer Arbeit waren und dementsprechend auch mit den Menschen im Heim umgingen, warnten mich vor zu engen Beziehungen zu den Heimbewohnern. Ich würde in dem Beruf dann nicht lange durchhalten, weil ich daran zerbrechen würde, wenn die Bewohner sterben.

Ich kümmerte mich nicht um diese angeblichen Weisheiten und ließ sie reden.

Die nette Dame hieß Katharina und in meiner Pause war ich immer in ihrem Zimmer, um mich mit ihr zu unterhalten, auch über den Tod. Ich fragte sie, ob sie sich davor fürchtete?

»Nein, Angst habe ich nicht, es ist so, als ob ich nach Hause gehe«, gab sie mir als Antwort.

Wir konnten ganz offen darüber reden. Ich bat sie, wenn sie „nach Hause" gegangen ist, mir bitte eine kurze Nachricht zukommen zu lassen, dass es ihr gut ginge.

Halb scherzhaft sagte sie: Sie wollte sehen, was sich machen lässt.

Sie war bettlägerig und seit Jahren nicht mehr aus dem Zimmer gekommen, geschweige draußen an die frischen Luft.

Das konnte ich so nicht akzeptieren. Leider durfte sie auch nicht in einem Rollstuhl sitzen, sie durfte nur liegend transportiert werden und das Bett war zu breit, um es durch die Tür zu schieben. Also besorgte ich eine Liege. Ich bekam Hilfe, damit die liebe Frau mal wieder an die frische Luft konnte. Ihre strahlenden Augen und ihr fröhliches Gesicht werde ich in meinem Leben nicht vergessen.

Jedes Mal, wenn mein Dienst zu Ende war, ging ich zu ihr ins Zimmer, um mich von ihr zu verabschieden und um ihr zu sagen, wann wir uns wiedersehen.

Nach meinem Spätdienst wünschte ich meiner liebgewonnenen alten Dame eine gute Nacht, bis morgen zum Frühdienst. Diesmal antwortete sie mir nicht wie gewohnt mit einem »Bis morgen!«, sondern mit einem: »Leb wohl!«

Ich spürte, dass sie die Nacht nicht überlebt und mir somit zu verstehen gab, dass sie nun nach Hause ging.

Ich sagte dem Nachtdienst Bescheid, was ich befürchtete. Der Kollege winkte aber nur ab.

In der Nacht schlief ich nicht gut. Als ich zum Frühdienst kam und die Übergabe gemacht wurde, bestätigte der Nachtdienst meine Vermutung, meine liebgewonnene alte Dame war gestorben.

Alle schauten auf mich, mit der Erwartung, dass ich jetzt

losweinen würde. Doch die Genugtuung gab ich ihnen nicht, ich blieb stark. Auch wenn ich innerlich trauerte. Die Station, auf der ich arbeitete, hatte die Form eines Hufeisens. Das Zimmer von Katharina befand sich direkt am Eingang. Der Flur führte weiter bis zur Biegung, wo sich das Dienstzimmer befand. Parallel zum Flur, gegenüber dem Zimmer der alten Dame gab es einen weiteren Flur mit Hygieneräumen wie Bädern und weiteren Bewohnerzimmern. Der Weg zwischen ihrem Zimmer und dem Hygienebereich war ziemlich lang und sie war ja bettlägerig. Katharina konnte ihr Zimmer nicht aus eigener Kraft verlassen.

Nach der morgendlichen Übergabe begannen wir mit der Arbeit. Alle Mitarbeiter bewegten sich zum Flur zu dem Hygiene-Raum, um die notwendigen Utensilien wie Waschlappen, Handschuhe und einen Wagen voller Bettwäsche und anderer Dinge zu holen. Wir verteilten uns dann zu den uns zugewiesenen Zimmern, um die Bewohner zu pflegen. Ich war an diesem Morgen etwas unkonzentriert und musste deshalb noch einmal zum Flur zurückkehren, um etwas zu holen.

Auf dem Flur bemerkte ich ein Taschentuch am Boden, das dort vorher nicht lag. Ich dachte, einer der Mitarbeiter müsse es verloren haben während wir unsere Sachen zusammensuchten. Da alle anderen bereits in ihren Zimmern waren und arbeiteten, war ich allein auf dem Flur. Obwohl ich zuerst dachte, ich sollte das Taschentuch einfach liegen lassen – die Mitarbeiter waren heute nicht die freundlichsten – entschied ich mich doch, es aufzuheben. Schließlich leben hier demenzkranke Bewohner und es wäre nicht gut, wenn einer von ihnen das Taschentuch aufheben würde.

 Als ich das Taschentuch mit den Fingerspitzen aufhob,
stellte ich fest, dass es kein Papier-Taschentuch, sondern ein
Stofftaschentuch war. Auf dem Tuch war sogar ein Name
eingestickt: Katharina B. Als ich den Namen las, konnte ich
meinen Augen kaum trauen. Es war, als wollte Katharina
mir ein Zeichen geben, dass es ihr gut gehe. Ich hoffte es
zumindest.

***

Nachdem ich die Szene in meinen Gedanken wieder
durchspielte, wurde mein Herz schwer. Leider war es nicht
selten, dass Bewohner im Heim versuchten, sich das Leben
zu nehmen. Es war schockierend und die Zustände, die dort
herrschen, wären ein eigenes Buch wert.
Deswegen wechselte ich die Altenheime, weil ich immer
hoffte, in eines zu kommen, wo ich mit ruhigem Gewissen
nach Hause gehen konnte, weil ich wusste, den Menschen
dort geht es gut. Es machte mich nicht kaputt, dass die
Menschen starben, weil ihre Zeit gekommen war, es machte
mich fertig zu wissen, dass sie unmenschlich behandelt
wurden.
Aber es war überall ähnlich bis gleich, oder schlimmer.

***

2004 starb meine Schwester. Ich war in der Nacht zufällig
bei meiner Mutter, weil wir meinen Geburtstag gefeiert
hatten. Mitten in der Nacht, um 3 Uhr, klingelte das
Telefon. Angelas Heilerin rief an, sie wollte meine Mutter
sprechen.

***

Selbst jetzt, wenn ich daran dachte, kam unbändige Wut hoch. Noch immer nahm mich dieses Erlebnis mit. Angela war schwer krank und die Heilerin versprach ihr, dass sie sie wieder hinbekommt. Angela vertraute ihr und sprach auch sehr zuversichtlich von ihr. Als ihre Krankheit fortschritt, nahm die Heilerin sie zu sich. Wütend war ich, weil eine Selbst-Überschätzung ein Menschenleben kostete. Aber zu dem Zeitpunkt, als sie um 3 Uhr bei meiner Mutter anrief, ahnte ich noch nichts.

***

Der nächtliche Anruf der Heilerin weckte mich und als ich ans Telefon ging, sagte sie nur, dass sie die Telefonnummer von Angelas Mann bräuchte. Ich motzte sie an, ob sie nicht wisse, wie spät es wäre und wenn sie die Nummer bräuchte, könnte sie ja meine Schwester fragen.
Wortwörtlich sagte sie mir motzend zurück: »Angela ist tot! Kann ich jetzt deine Mutter sprechen?«
Als ich diesen Satz hörte, wich das Blut aus meinem Körper und gefror augenblicklich. Einerseits war mir, als ob ich einen bösen Traum träumte und andererseits nahm ich meine Umgebung glasklar und wach wahr. Ich musste mich setzen und in meinem Kopf kam nur der Gedanke: Das darf meine Mutter nie erfahren.
Ich überlegte, wie ich all den Kummer von ihr fernhalten könnte. In der Leitung beschwerte sich immer noch die Heilpraktikerin. Aber egal, welche Szenarien ich in der kurzen Zeit durchspielte, fiel mir nichts ein, wie ich meine Mutter vor dieser Nachricht hätte beschützen können.
Schließlich überreichte ich meiner Mutter den Hörer. Sie

lag wach im Bett und las ein Buch. Ich setzte mich vor ihrer Tür auf die Treppenstufen und alles verkrampfte sich in mir!

Ohne es zu wollen, kam mir das Lied von Annie Lennox in den Sinn: »Into the west«. Das Lied ging mir tagelang nicht mehr aus dem Sinn, bis ich meinen Bruder Daniel bat, es mir zu übersetzen.

Am nächsten Tag gingen meine Mutter und ich in stiller Trauer in der Rheinaue spazieren. Wir weinten und sprachen über Angela. Als das Wetter sich unserer Stimmung anpasste und es zu regnen begann, suchten wir Schutz in einem Eingang eines Restaurants. Eine breite Treppe führte zum Eingang hinauf. Ich setzte mich ganz rechts an den Rand der Stufen, um die Gäste nicht zu stören, die rein und raus gingen.

Wir trösteten uns gegenseitig und weinten, während wir weiter über Angela sprachen. Aus dem Augenwinkel nahm ich eine Person wahr, die die Treppe hinunterging und uns immer näher kam. Die Treppe war so breit, dass die Person genügend Platz hatte, um mit Abstand an uns vorbeizugehen.

Mit einem wütenden Blick drehte ich mich um, um zu sehen, wer so rücksichtslos war.

Ich erblickte das Ende eines weißen Kleides und nackte Füße, doch im nächsten Moment waren sie verschwunden. Plötzlich stand niemand mehr da. Ich war schockiert! Es war, als hätte ich deutlich jemanden auf uns zukommen sehen, nur um dann diese geisterhafte Erscheinung wahrzunehmen.

***

Nach all den Jahren der Suche nach irgendetwas von Frank hatte ich heute immer noch kaum etwas von ihm. Der Schmerz überkam mich immer wieder, weil ich seinen Liebesbrief wegwarf und mich an keine Zeile mehr erinnern konnte. Deshalb besuchte ich einen Hypnotiseur, in der Hoffnung, mich wieder an den Brief erinnern zu können. Schließlich musste er ja irgendwo in meinem Unterbewusstsein schlummern.

***

Ich erklärte dem Hypnotiseur, was ich mir erhoffte. Doch die Hypnose war nicht so, wie ich es mir vorstellte; man verfällt nicht einfach in eine Trance.
Das erklärte mir der Hypnotiseur auch. Ich nahm die Sitzung auf Tonband auf, um den Brief später, falls er mir wieder ins Gedächtnis käme, aufschreiben zu können. Doch bei mir funktionierte die Hypnose nicht. Vielleicht glaubte ich nicht genug daran oder war zu verkrampft. Ich weiß es nicht.
Später erinnerte ich mich daran, dass Frank mich in dem Brief »meine Fee« nannte und er ihn auf ein kariertes Blatt mit lila Tinte schrieb. Doch an den Inhalt der Zeilen konnte ich mich beim besten Willen nicht mehr erinnern.

Um Frank näher zu sein, vergrößerte ich die paar Fotos von ihm, die ich besaß und hängte sie in meine Wohnung. Immer seltener bekam ich Zeichen von Frank, deswegen wollte ich zu einem Medium. Als ich dies bei einem Spaziergang mit Christina ansprach, kam eine Diskussion auf.

Wir verabredeten uns mittwochs für einen ausgedehnten spazieren mit ihrem Hund, eine gute Gelegenheit uns länger zu unterhalten.

Ich erzählte ihr, dass ich in ein paar Tagen zu einem Medium gehen möchte, das kontakt zu den Toten aufnehmen kann.

Meine Freundin war skeptisch.

»Ich weiß nicht Maja, ob das so eine gute Idee ist. Ich glaube, dass die Seele nach dem Tod weiter existiert bezweifle aber, dass ein Sterblicher damit ihr reden kann. Vor allem sind es Seelen, die keinen Bezug zu dem Medium haben und die sollen ausgerechnet mit einer fremden Person reden? Wie viel Geld will sie denn dafür haben? Für mich ist das einfach nur eine Bereicherung am Leid anderer Menschen!«

»Ich sehe das anders und glaube das es Menschen gibt, die einem helfen, den Schmerz etwas zu lindern, da bezahle ich dann auch gerne dafür. Ich möchte doch einfach nur mit Frank reden. Es gibt noch so viele offene Fragen.«

»Aber kannst du ihr vertrauen? Du kennst sie nicht und sie kann dir – weiß Gott, was – erzählen, auch Dinge, die du vielleicht nicht hören möchtest. Und was ist, wenn sie dich nur herunterzieht? Du bist ihr doch vollkommen egal, sie möchte dein Geld! Wer sagt denn, dass es dann wirklich Frank ist, kann ja auch ein anderer Geist sein, der sich nur als Frank ausgibt, falls sie etwas sehen sollte!«

»Warum sollte ein anderer Geist sich als Frank ausgeben wollen?«

»Das weiß ich doch nicht, ob es nicht böse Geister gibt, die

Spaß daran haben, Lebenden Schmerz zuzufügen. Ich bin allgemein misstrauisch, wenn man für solche Dienste Geld verlangt. Wenn ich schon Menschen etwas Gutes zukommen lassen möchte, verlange ich kein Geld dafür. Nehmen wir nur einmal Heiler, die behaupten, dass sie durch Handauflegen körperlich heilen können. Einige machen den Kranken damit abhängig, weil sie sagen, du musst wieder kommen, sonst hilft es nicht, das müssen wir in mehreren Sitzungen therapieren.«

»Wenn es den Kranken hilft? Wenn sie sich dadurch besser fühlen!? Dann kann man auch Geld dafür verlangen, denn die Menschen müssen ja auch irgendwie leben!«

»Nein, das ist Ausbeutung. Zu wissen, sie können den Menschen nicht helfen und dafür Geld nehmen und während die Krankheit weiter schlummert, wie eine tickende Zeitbombe, ist das sehr grauenhaft. Das sind Menschen die Leute in Not ausnehmen. Es sind nicht viele reich, die sich solch einen Humbug leisten können. Die Menschen, die Geld für Heilung an kranken Menschen nehmen oder sagen, sie können mit Verstorbenen reden, wollen sich an der Not der anderer bereichern, in meinen Augen ist das skrupellos.«

»Was ist mit der eigenen Verantwortung? Sie lassen sich ja freiwillig darauf ein, keiner zwingt sie dazu?«

»Das sehe ich anders, einige wissen sich in ihrer großen Seelischen Not nicht mehr zu helfen und ich möchte einfach die Menschen davor beschützen, dass sie nicht nur ihre Gesundheit, sondern auch ihr Geld verlieren. Ich sage nicht, dass es keine Menschen gibt, die nicht heilen können, aber das sind dann herzensgute Menschen, die ihre Gabe teilen möchten; mit Kranken, um sie gesundzumachen und nicht, um daran zu verdienen.

Und dann die selbsternannten Medien, die den Hinterbliebenen das Geld aus der Tasche ziehen. Als ob sie nicht schon genug Verlust erlitten hätten!«

Wir merkten, dass wir auf keinen Punkt kamen. Meiner Freundin war es wichtig, dass mir nicht noch mehr Leid zugefügt wird. Ich kämpfte jahrelang mit dem Verlust, dass Frank sich selbst tötete, da wollte sie nicht, dass eine Frau, die behauptet, mit Toten reden zu können, mich noch mehr herunterziehe. Das sagte sie mir. Wir umarmten uns und ich versprach ihr, auf mich aufzupassen. Ich würde ja nicht alleine fahren, meine Mutter begleitete mich.

An dem Tag, als meine Mutter und ich zum Medium fuhren, spürten wir beide eine abenteuerliche Vorfreude. Ich wollte unbedingt mit Frank reden und war aufgeregt. Dass es sich hierbei um eine Betrügerin handeln könnte, kam mir nicht in den Sinn. Schließlich verkaufte sie sich gut im Fernsehen und im Internet, dass sie so vielen Leuten schon geholfen hätte. Sie bekam auch nur gute Bewertungen.

Meine Mutter und ich, wir wollten jeweils getrennt zu ihr. Ich wollte nicht, dass sie dabei war, wenn ich mit Frank sprach.

Als das Medium sich mit mir erstmal 10 Minuten über gemeinsame Interessen unterhielt, was von der Zeit, die ich bezahlte, abging, dachte ich mir schon, dass sie vielleicht nichts kann. Dann musste ich ihr sagen, mit wem ich sprechen möchte, wie alt er war und wie er hieß. So würde es dann schneller gehen.

Ich sollte mit Ja, Nein oder ich weiß es nicht antworten.

Sie erklärte mich dann, dass sie einen netten Menschen empfängt, ob es sich um Frank handeln könnte.

Ich war verwirrt, im Unterbewusstsein wollte ich so stark mit Frank reden, dass mir zuerst nicht auffiel, dass sie sich allgemein hielt. Ich wusste nicht, was ich darauf sagen sollte, als ja, denn ich denke, Menschen kommen zu ihr, weil sie einen netten, lieben Menschen verloren haben und nicht, weil sie unbedingt mit einem schlechten Menschen sprechen möchten.

Sie blieb so allgemein, was ich im Unterbewusstsein spürte, doch mit meinem Verstand nicht wahrhaben wollte. Ich wollte Antworten, auch wenn sie gelogen waren und von einer Hochstaplerin kamen.

Da ihre allgemeinen Fragen eine gewisse Zeit in Anspruch nahmen, wurde ich ungeduldig, denn ich wollte ihr doch Fragen über Frank stellen. Die Uhr tickte und ich befürchtete, dass ich nicht alle Fragen an Frank loswerden konnte.

Um ihre Fragerei abzukürzen, fragte ich sie nach Franks Hobbys. Schließlich wusste ich ja, dass seine Musik sein ernstes Hobby war.

Sie meinte darauf, dass sie noch nicht so weit wäre und ihren rituellen Ablauf bräuchte.

Sie kam dann aber beim nächsten Satz auf Franks Hobbys zu sprechen. Sie sagte, dass er keine hätte. Wenn ihn Dinge interessierten, dann würde er Zeit darauf verwenden.

Meiner Meinung nach nennt man das Hobby. Nur sie hielt sich auch da wieder zu allgemein. Sagte sogar, dass Frank mit Leuten, die er mag, reden würde und mit Leuten, die er nicht mag, mit denen redete er nicht.

Alles war so unbefriedigend, sie gab sich nicht einmal

Mühe, dass ich nicht merken sollte, dass sie nichts kann. Ich sagte ihr, dass das alles sehr enttäuschend war, worauf sie ihre Stimme erhob und mich ermahnte, dass ich ja zu ihren Punkten immer Ja sagte.

Nun musste ich meiner besten Freundin recht geben. Menschen, die andere Menschen ausnehmen, weil sie behaupten, etwas zu können, was sie nicht können, sind gewissenlos.

Mir ging es nicht ums Geld, mir ging es darum, dass die Frau nicht mal gut lügen konnte, um mir Trost zu spenden. Ich bezweifelte, dass sie bei anderen besser war.

Wie können Menschen nur so skrupellos sein, sehen sie nicht den Schmerz der anderen? Ist Ihnen Geld wirklich wichtiger als das Mitgefühl ihrer eigenen Spezies?

Es war ja nicht nur das Medium, das so tat, als ob es etwas kann. Es gibt ja sogar empathielose Ärzte, die nur ihren Beruf ausüben, um Geld zu verdienen: Neurologen, Therapeuten und so weiter, die bewusst oder unbewusst anderen Menschen durch ihre Aussagen oder Handlungen psychisch zusetzten. Ihnen die Lebensenergie raubten, dass man sich nach dem Gespräch mit der Person schwach fühlt, schlechter als vor dem Besuch.

Und wegen was? Wegen Geld, einem Stück Papier? Papier war ihnen wertvoller als das Wohl ihres Mitmenschen, eines Lebewesen?

Die Gedanken an Frank kamen wieder hoch und die Trauer, dass er sich nicht mehr meldete. Die enttäuschende Erfahrung mit der Hochstaplerin machte es mir zusätzlich schwer, an das zu glauben, was ich tatsächlich erlebte und sah.

Ich vermisste ihn so sehr. Ich wollte doch nur eine kleine Hoffnung, egal ob sie stimmte. Vielleicht war es auch meine Schuld, weil ich diese verlogenen wischi-waschi Antworten durchschaute.

Am verzweifelsten war ich, weil das Medium mir jegliche weitere Hoffnung nahm, dass eine Kontaktaufnahme mit verstorbenen Seelen generell möglich wäre.

Ich wollte ja nicht nur meinetwegen wissen, ob es nach dem Tod weiterging. Ich würde nur nicht mehr leben wollen, wenn ich keinen Glauben an das hätte, was in meiner Vorstellung nach dem Tod geschied. Wenn ich sterbe und da ist nichts, dann wäre mir alles nach meinem Tod ziemlich egal. Doch hier auf der Erde zu weilen und diesen Verlustschmerz ohne Hoffnung immer wieder zu spüren, das wäre ein Albtraum.

Der Glaube, dass Frank noch bei mir ist, ist mein Lebenselixier. Schon in jungen Jahren einen so tiefen Verlust zu erleiden, war hart, doch die Vorstellung, dass seine Seele immer noch bei mir ist, brachte mir Trost. Auch wenn sein wunderschöner, perfekter Körper nicht mehr unter uns weilt, konnte ich es kaum ertragen, zu glauben, dass er vollständig aus meinem Leben verschwunden wäre. Der Betrug des Mediums ließ meinen Glauben an das Übersinnliche erschüttern und hinterließ eine weitere tiefe Narbe.

Vor drei Jahren, um dieselbe Zeit, war ich bei meiner Mutter zu Besuch. Es war nach Weihnachten, meine Mutter und ich saßen am Esstisch, wo wir zuvor noch alle gemeinsam aßen.

Meine Brüder spielten in ihrem Zimmer mit ihren neuen
Geschenken. Und Gottfried verzog sich in sein Zimmer, um
ungestört fern zu sehen.

Doch wir beide saßen weiterhin am Tisch und
philosophierten über das Leben und den Tod. Ich erzählte
meiner Mutter von den Erfahrungen, die ich mit der
Bewohnerin im Heim erlebte. Wir sprachen auch über
andere, schriftlich dokumentierte Ereignisse, die Menschen
widerfahren waren. Dann gestand ich meiner Mutter, dass
ich immer noch zweifele. Selbst als ich jemanden sah, der
ein weißes Hemd und eine schwarze Hose trug, glaubte ich
nicht, dass es Frank war, der mich aufsuchte.

»Ich möchte ein eindeutiges Zeichen, dass er bei mir ist!«,
erklärte ich meiner Mutter.

Kaum waren die Worte ausgesprochen, klingelte ein
Glöckchen am festlich geschmückten Weihnachtsbaum.
Im ersten Moment herrschte Stille. Dann trafen sich unsere
Blicke, groß vor Erstaunen. Meine Mutter lächelte leicht:
»Da hast du deinen Beweis!«

Ich weiß noch wie ich auf den Baum starrte, mein Herz
schlug schneller. Die Verwunderung und das plötzliche
klingeln Glöckchens ließen mich innehalten. Doch die
Skepsis wog schwerer; ich wollte damals unbedingt
glauben, doch es fiel mir so schwer. Selbst dieses
scheinbare Zeichen konnte die tiefen Zweifel in meinem
Herzen nicht gänzlich vertreiben.

***

fünfzehntes Kapitel

Wieder wurden meine Augen schwer. Mittlerweile war ich über 36 Stunden wach. Ich fror und zog meine Decke höher. Kuschelte mich in die Kissen vom Sofa und schloss die Augen.

Frieden stellte sich in mir ein und ich glitt in den Schlaf hinüber und träumte:

Ich war im Wohnzimmer, als ich einen Mann in meiner Wohnung bemerkte, er stand mit dem Rücken zu mir. Komischerweise bekam ich keine Angst.

Ich sagte nur zu ihm: »Bitte verlassen Sie augenblicklich meine Wohnung!«

Der Mann drehte sich um und es war Frank, mit kurzen Haaren, so wie er aussah, als ich ihn kennenlernte. Überglücklich, ihn zu sehen, bewegte ich mich auf ihn zu. Ich stand nur neben ihm und befürchtete, wenn ich nur falsch atmete, könnte er verschwinden. Ich traute mich auch nicht, ihn zu berühren. Doch Frank ergriff mich und drückte mich in seine Arme. Ich konnte ihn ganz deutlich spüren.

Nachdem wir unsere Umarmung lösten, kamen 1000 Fragen in meinen Kopf und so sprudelte ich eine nach der anderen heraus, vor allem die wichtigste Frage:

»Warum hast du dir das Leben genommen?«

»Ich weiß es auch nicht mehr«, war seine Antwort, die ich aber nicht als Stimme vernahm, sondern eher wie eine Energiewelle in meinem Kopf.

Weiter wollte ich wissen, wie es ihm jetzt erging, ob er in

den Himmel darf oder ins Jenseits oder wie es auch heißen mag! Ich machte mir Sorgen, dass er durch seinen Suizid keine Berechtigung besaß dort zu sein.

Seine Antworten auf meine Fragen waren immer sehr kurz und knapp, so wie dieses:

»Es steht eine Tür offen!«

»Dann musst du da durchgehen!«, meinte ich zu ihm, aus der Befürchtung, dass sich die Tür wieder schließen könnte. Natürlich wollte ich, dass er bei mir war, doch mehr noch wollte ich, dass er Frieden findet.

»Ich warte noch«, gab er mir zu verstehen.

Dann nahm er meine Hand und zog mir einen Ring aus, den ich vor Jahren einmal von einem meiner Ex-Freunde bekam. Diesen Ring trug ich lange nicht mehr und ich gab ihn auch meinem Ex-Freund zurück, als es mit uns zu Ende ging. Aber im Traum wunderte ich mich nicht, dass ich ihn trug. Frank steckte mir einen anderen Ring an. Erst als ich auf meine Hand herunterschaute, merkte ich, dass der Ring mir etwas zu groß war und auf meinem Mittelfinger steckte. Es war ein Herrenring. Ich war gerührt von der Geste und als ich aufschaute, war Frank verschwunden.

Ich schreckte auf und wunderte mich, dass das ein Traum war. Alles schien so echt und ich konnte Frank ganz deutlich spüren. Sogar dass ich ihm Fragen stellen konnte, ohne dass ich vorher aufwachte. Darum fühlte sich das Ganze auch nicht wie ein Traum an. Schnell sah ich auf meine Hand, in der Hoffnung, dass da nun ein Herrenring an meinem Mittelfinger steckte. Doch die Hand war genauso nackt wie in den letzten Jahren, in denen ich mich – hauptsächlich vor Männern – zurückzog.

»Bist du hier?«, fragte ich schließlich in die Stille hinein. Ich konnte es einfach nicht glauben, dass das wirklich nur ein Traum gewesen war.

Die Stille blieb und sie war nun noch bedrückender als sonst, wenn ich in Gedanken oder laut mit Frank redete.

»Werde ich den Ring noch bekommen?«, versuchte ich es noch einmal, in der Hoffnung, nun würde ich wenigstens ein Zeichen bekommen, doch es blieb weiterhin still.

Während ich versuchte mir den Traum im Geiste wieder vor Augen zu holen, bekam ich wieder heftige Kopfschmerzen.

Da diese Schmerzen seit Monaten mein ständiger unliebsamer Begleiter waren, suchte ich vor knapp einer Woche einen Neurologen auf.

Er führte eine gründliche Untersuchung durch, konnte jedoch keine körperlichen Ursachen feststellen. Er äußerte die Vermutung, dass die Kopfschmerzen psychischer Natur sein könnten und wollte mir, ein starkes Medikament zu verschreiben. Ich kannte Diazepam bereits, was ich ihm durch ein Nicken zu verstehen gab. Daraufhin verschrieb er mir Diazepam und erläuterte die Dosierung: Ich sollte zunächst eine Tablette nehmen und nur, falls diese nicht wirkte, dürfte ich nach einer halben Stunde eine zweite nehmen, jedoch nicht mehr als vier Tabletten am Tag.

Ich überlegte, ob ich heute eine Tablette nehmen sollte. Schließlich bekam ich sie, um endlich von den Kopfschmerzattacken befreit zu werden. Ich zögerte aber noch, weil ich eigentlich nicht gerne Tabletten nehme.

Um mich vom Schmerz abzulenken, ging ich in die Küche, um mir noch einmal einen heißen Tee aufzugießen.

Während ich wartete, bis das Wasser kochte, trank ich kaltes Wasser. Davon wurden die Kopfschmerzen auch nicht besser.

Schließlich entschied ich mich, doch eine Tablette zu nehmen – was würde groß passieren mit nur einer Tablette? Etwa zwanzig Minuten nach der Einnahme spürte ich die Wirkung. Unruhe machte sich breit. Ich saß mittlerweile wieder im Wohnzimmer auf dem Sofa, das gedämpfte Licht wirkte seltsam verzerrt und ich grübelte über mein Leben nach.

Ich war jetzt 46 Jahre alt. Nach Franks Tod fürchtete ich meinen eigenen nicht mehr, denn mir würde es nichts ausmachen zu gehen, egal was kommt, es würde besser sein, als das, was ich all die Jahre fühlte.

In einer Serie, die ich mir einmal ansah, hörte ich den Spruch:

»Ich bin ein ewiger Gefangener der Leere, die er hinterließ!«

Ich wusste genau, wovon die Person sprach und der Autor musste diesen Schmerz kennen. Die Hoffnung zu haben, die Leere, den Schmerz, ausfüllen zu können, mit Liebe!

Doch bei mir waren es nur verschwendete Ablenkungen. All die Jahre habe ich leichtfertig vergeudet und mein alter Schmerz brach plötzlich durch die Oberfläche. Mein dunkles Echo aus der Vergangenheit, das ich längst ins Reich des Unterbewussten verbannt glaubte.

Ungläubig über meine eigene Unruhe griff ich nach einer zweiten Diazepam Tablette. Sie sollte entspannen, Krämpfe lösen, doch ihre Wirkung verfehlte mein inneres Chaos komplett.

Die Kopfschmerzen begannen zu verschwinden, als ob sie in den Nebel der Hysterie getaucht wurden. Doch die Entspannung, die ich erhoffte, blieb aus. Meine Muskeln spannten sich weiter an und die Verkrampfung schlich sich immer tiefer in meinen Körper.

Ein seltsamer Widerspruch, dachte ich, während die Anspannung meinen ganzen Körper durchzog. Ich konnte nicht mehr ruhig auf dem Sofa sitzen bleiben, wie die Stunden zuvor. Um der Unruhe entgegenzuwirken, sprang ich auf und hastete durch die Wohnung. Getrieben wie ein Tier, das eingesperrt war lief ich erst einmal durch die Räume. Bis ich vor Franks Bild an der Wand stehenblieb und ihn anschrie:

»Ich hasse dich! Ich hasse dich so sehr, weil du mich im Stich gelassen hast. Warum bist du gesprungen? Warum war ich dir so egal? Es tut so weh. Warum fühlst du nicht meinen Schmerz?« Krämpfe schüttelten mich durch. Mein Körper bebte, ich schluchzte. Kleinlaut gab ich dann zu: »Nein, ich hasse dich nicht – ich hasse mich! Ich hasse mich, dass ich mich nicht früher bei dir gemeldet habe.« Meine Verzweiflung stieg weiter an. Der unbändige Hass auf mich selbst ließ mich wieder anfangen zu schreien.

»Ich hasse mich so sehr, dass ich dir so zugesetzt habe. Ich hasse mich, dass ich nichts mehr tun kann. Ich möchte zu dir. Du bist weg und hast mir meine leere Hülle da gelassen. Warum existiere ich noch? Ich habe dich verloren!«

Wieder ging ich wie ein getriebenes Tier, einsam in seiner Gefangenschaft, durch die Wohnung. Am Flurspiegel entdeckte ich mein Spiegelbild. Ich blickte in die tiefe Leere meiner eigenen Augen. Der Schmerz, der Verlust von

Frank, war so überwältigend präsent, als ob die Nachricht von seinem Tod mich gerade eben erst erreicht hätte. Mein Blick bohrte sich in das Spiegelbild, das mir wie eine Fremde erschien. Die Wut kochte in mir erneut hoch, die Selbstverachtung wuchs in jeder Faser meines Körpers. Wie konnte es sein, dass ich noch lebte, dass ich atmete, während er nicht mehr da war? Mein Herz fühlte sich an, als würde es in meiner Brust zerrissen werden. »Ich habe es nicht verdient zu leben«, murmelte ich.

Meine Stimme war ein ersticktes Flüstern. »Was für ein Leben ist das überhaupt?«

Meine Hände verkrampften sich an den Kanten des Spiegels, meine Fingernägel bohrten sich in den Rahmen. Die Reflexion im Glas spiegelte nur das wider, was ich nicht ertragen konnte – ein Leben, das ich nicht mehr verdiente, einen Körper, den ich nicht mehr ertragen wollte. Der Hass auf mich selbst überschwemmte meine Gedanken, erdrückte jede Hoffnung und hinterließ nur das Gefühl von Schuld und Wertlosigkeit. Wie konnte ich diesen Schmerz noch einmal ertragen?

In meinem Gedankenwahn und dem seelischen Schmerz, griff ich nach der Diazepam Verpackung, die vom Couchtisch gerutscht war und drückte die restlichen Tabletten aus dem Blister. Ohne lange zu überlegen, schluckte ich sie. Alle.

Auch die restlichen Tabletten ließen mich nicht ruhiger werden. Immer aufgebrachter und hysterischer wurde ich, darum beschloss ich, meinem Leben unwiderruflich ein Ende zu setzen.

Wie in Trance schaute ich mich im Wohnzimmer um. Lief zum Esstisch, wo mein Autoschlüssel lag. Daneben ungeöffnete Briefe, Rechnungen, Einladungen – nichts davon interessierte mich mehr. Ich sah nur den Schlüssel und griff nach ihm, wie nach einem Rettungsring.

Ich fuhr, schneller und schneller, während meine Gefühle auf mich einprasselten wie ein unaufhörlicher Hagelsturm. Jeder Gedanke, jeder Atemzug wurde unerträglich. Mein Herz hämmerte gegen meine Brust, als würde es versuchen, aus seinem Käfig aus Fleisch und Knochen auszubrechen. Als ich das dunkle Waldstück erreichte, brach der Schmerz über mir zusammen wie ein Sturzregen. Hoffnungslosigkeit durchtränkte jede Faser meines Seins und die erdrückende Erkenntnis, dass ich Frank nie wieder sehen würde, schnürte mir die Kehle zu. Die Welt außerhalb des Autos verschwamm zu einem Wirbel aus Grün und Grau, während Tränen meine Sicht verschleierten. Ich schrie, ein brutaler, roher Laut, der durch das Auto widerhallte und in die Nacht hinaus drang. Meine Hände krallten sich wie von allein ins Lenkrad, während die Verzweiflung die Kontrolle übernahm. Dabei riss ich das Steuer nach rechts.

III. Teil

Ich habe keine Ahnung, wie lang ich bewusstlos war. Als ich wieder zu mir kam lag mein Kopf auf etwas Weichem und eine beruhigende Männerstimme sprach zu mir, während er sanft über meinen Kopf strich. Ich konnte nichts sehen, fühlte nur die Streichelbewegungen, doch Emotionen blieben aus. Der kalte, harte Boden, auf dem ich lag, drang deutlich in mein Bewusstsein. Im Hintergrund hörte ich eine Frauenstimme panisch rufen:

»Einen Krankenwagen, wir brauchen einen Krankenwagen!«

Kurz darauf verlor ich erneut das Bewusstsein.

Als ich das nächste Mal die Augen öffnete, befand ich mich im Krankenwagen. Überrascht darüber, wie schnell der Rettungsdienst eingetroffen war, murmelte ich schwach:

»Boa, seid ihr schnell!«

Der Notfallsanitäter lachte und antwortete:

»Ja, wir gehören zur schnellen Truppe.«

Doch schon verschwamm alles wieder und ich sank zurück in die Dunkelheit.

Das Bewusstsein kehrte zurück, als ich mich im Behandlungszimmer wiederfand. Noch immer konnte ich nichts sehen, hörte jedoch die Stimme eines Arztes.

»Maja, Sie müssen jetzt bitte still sein, damit wir Ihren Magen auspumpen können. Sie sagten, Sie haben eine ganze Packung Diazepam genommen.«

Meine eigene Stimme klang fern, als ich antwortete: »Ja, ja, machen Sie nur!« Dann verlor ich wieder das Bewusstsein.

Wie im Nebel vernahm ich die Geräusche der
Überwachungsmonitoren.

Piep

Piep

Pieeeeeeeeeeeeeeeeeeeeeeeeeeeeeeeeeeeeeeeeeeeeeep.

Wie im Nebel vernahm ich die Geräusche der
Überwachungsmonitoren.

290

Und dann wurde es still um mich herum. Wie lange ich in diesem Zustand lag, wusste ich nicht.

Mich überkam das Bedürfnis, aufzustehen. Federleicht sprang ich aus dem Bett und kaum berührten meine Füße den Boden, hörte ich einen unangenehmen, durchgehenden Piepton.

Doch der interessierte mich nicht. Ich fühlte mich leicht und unbeschwert. Vor allem fühlte ich mich frei.

Schwestern stürmen in das Zimmer. Eine Schwester gab hektische Anweisungen.

»Den Defibrillator fertig machen, Adrenalin aufziehen, die Patientin flach hinlegen und das Brett unter dem Rücken schieben. Bereit zur Wiederbelebung. Rufen sie den Arzt!«

Ich schaute ihren hektischen Bewegungen zu, bis ich einen jungen Mann wahr nahm, der auch im Zimmer stand. Er stand nur da und schaute mich an, die im Krankenbett lag.

»Dass die Schwestern uns nicht schon rausgeschmissen haben!«, gab ich von mir, um mit dem Mann ins Gespräch zu kommen.

Er antwortete mir nicht, er schaute mich besorgt an.

Nun beobachtete ich, wie die Schwester den Defibrillator auflud und dann rief: »Alle weg!«

Sogleich hoben die anderen ihre Hände und traten ein Schritt vom Bett zurück. Jetzt hatte ich freie Sicht auf das Bett und die Person, die dort lag. Als ich verstehen konnte, was ich dann sah, durchfuhr mich ein schmerzender Stromschlag, der so gewaltig war, dass ich aufschrie!

»Was passiert hier?«, schrie ich nun den jungen Mann an.

Ich drehte mich zu ihm, weil er der Einzige war, der mich
anschaute. Der Arzt kam hereingestürmt und plötzlich
waren alle wie erstarrt. Außer mir und dem junge Mann.
»Was passiert hier?«, fragte ich noch einmal, als ich
wahrnahm, dass alle wie versteinert waren.
Es waren keine Worte, die ich sprach. Es waren Energien,
die mit diesen Botschaften gesendet wurden.
»Bin ich gestorben?« Wo ist der Tunnel oder der rückwärts
laufende Film?
»Die Ärzte tun alles, um dein Leben zu retten!«, kam in der
gleichen Energie wie ich sie sendete von ihm zurück.
»Werden die Ärzte es schaffen, mir das Leben zu retten?«
»Ich kann dir diese Frage nicht beantworten. Ich bin nur
hier, um dich abzuholen. Vorausgesetzt, du willst es.«
Ich hatte erwartet, neutraler zu fühlen, wenn ich einmal
gestorben war. Doch ich spürte immer noch alle Emotionen
so stark.
»Das ist normal am Anfang«, erklärte er geduldig, »du bist
noch stark mit den Gefühlen der Erde verbunden. Aber mit
der Zeit wird das nachlassen.«
Wieder schaute ich mich an oder eher meinen menschlichen
Körper, der im Bett lag. Auch wenn ich noch fühlte wie zu
Lebzeiten, fühlte ich für meinen ehemaligen Körper nichts.
Er war für mich nur noch eine leere Hülle, die ich eine Zeit
lang trug.
»Warum stehen all die Leute hier?«, fragte ich ihn.
»Sie bewegen sich, nur sind es minimale Bewegungen. Es
gibt keine Zeit in der Zwischenwelt. Die Zeit, wie du sie auf
der Erde kennst, existiert hier nicht! Dieser Augenblick, der

auf der Erde eine Sekunde dauert, erscheint hier wie eine
Ewigkeit. Dies kann aber auch andersherum sein. Dass ein
Wimpernschlag ein ganzes Erdenleben ist!«, gab er mir mit
den Energiewellen zu verstehen. Der Energieaustausch war
so etwas, wie eine Seelensprache.

Ich schaute mich noch einmal um und entschloss, dass mich
hier auf der Erde, nichts mehr hielt.

Ich dachte, dass wir jetzt durch ein grelles Licht gehen
würden, so war es jedoch nicht. Als ich mit diesem
Seelenführer mitging, tauchte ich auf einmal in einen Gang,
nein, eher eine andere Atmosphäre. Diese Atmosphäre
umhüllte mich mit angenehmer Wärme und Geborgenheit,
so, als ob man aufgefangen, getragen, gehalten wird, alles
auf einmal.

Wir bewegten uns vom Zimmer weg. Das Zimmer, welches
zuvor mit Wänden abgegrenzt war, war nun offen. Wir
bewegten uns aber nicht nach oben oder in einen anderen
Raum, dass alles hier war sehr weiträumig. Es war nicht
draußen aber auch nicht drinnen, irgendwie umhüllend. So,
als ob man ins Wasser tauchte, obwohl kein Wasser da war,
nur das Gefühl der Schwerelosigkeit. Und statt des Wassers
umgab mich dieses wunderschöne Gefühl. Ohne meinen
Körper fühle ich mich viel freier. Ich atme zwar nicht mehr,
das war nicht mehr notwendig, denn ich musste kein
Kreislaufsystem versorgen, dafür fühlte ich mich aber zum
ersten Mal unbegrenzt. Fühlte mich frei, nicht so eingeengt.
Ich habe Platz, meine Seele hat Platz. Sie war nicht mehr
körperlich begrenzt.

Mir war es so, als könnte ich überall hin. Ich musste nur
hier abbiegen, was nicht wirklich eine Biegung war und ich
wäre in Paris.

»Was ist das?«, fragte ich, »warum kann ich überall hin
ohne weite Strecken hinzulegen?«
»In der Zwischenwelt spielt Zeit und Raum keine Rolle. Da
liegt alles nah beieinander und trotzdem ist es weiträumig.
So, wie jeder es für sich haben möchte.«
»Und warum gehen wir jetzt so lange?«, wunderte ich mich.
»Wegen dir!«, meinte mein Begleiter und lächelte mich an.
»Das verstehe ich nicht, du hast mich doch abgeholt, ich
laufe dir doch nur nach!«
Wenn es so etwas wie ein Lachen gab, hier in der
Zwischenwelt, dann denke ich, dass ich von meinem
Begleiter eins hörte.
»Ich bin hier, damit du nicht so allein bist und du dir nicht
so hilflos vorkommst, aber wir gehen gerade dahin, wo du
hin möchtest.«
Ich schüttelte mit dem Kopf oder damit, wo vorher mein
Kopf war. »Ich weiß doch gar nicht, wo lang?«
»Das weißt du, das weiß jeder, der hier landet, viele lassen
sich aber noch etwas Zeit, andere wollen es nicht
wahrhaben, dass ihr Erdendasein ein Ende gefunden hat und
wieder andere schlendern noch etwas herum, so wie du.«
»Das war doch jetzt wohl die Höhe, da wurde ich schon
abgeholt und wenn er sich verlief, schob er mir das noch in
die Schuhe! Wer ist der Typ eigentlich?«
Und schon wieder lachte mein Begleiter.
»Du wolltest, dass ich dich abhole!«
»Ich kenne dich doch gar nicht, warum sollte ich das
wollen?«
»Du wirst dich noch erinnern.«, meinte er nur.

294

Na toll, jetzt war ich tot und meine Seele durfte sich mit so
einem Witzbold herumschlagen.

Ich war aber neugierig, als mein Begleiter sagte, dass ich
überall hin kann. Dann möchte ich nach …

Kaum dachte ich daran, standen wir auch schon mitten in
Paris. Es war Abend. Eine Beleuchtung hing romantisch an
einem Restaurant an der Straßenecke. Ein runder Tisch
stand vor dem kleinen Lokal mit einer leuchtenden Kerze
darauf.

»Ich wäre gerne mit dir zu Lebzeiten hier gewesen. Du hast
dir echt ein schönes Plätzchen ausgesucht«, meinte mein
Seelenführer.

Ich schaute ihn an, mir kam aber immer noch nicht das
Gefühl, woher ich ihn kannte.

Auf einmal fand ich es albern hier zu stehen und die
Umgebung wurde wieder umhüllt mit der Geborgenheit und
den wohligen Gefühlen.

War das normal, dass Angst hochkam? Wo komme ich hin
und was geschieht jetzt mit mir? Wo immer ich mich auch
befand.

»Du bist in Sicherheit und dir geschieht nichts, was du nicht
möchtest.«

»Langsam kommt ein bisschen Klarheit in mein Gefühl«,
dachte ich.

Auch wenn mir nicht einfiel, woher ich meinen Begleiter
kannte, fühlte ich mich zu ihm hingezogen. Ja, schon fast
so, als ob ich ihn lieben würde.

Ich war verwirrt, wie kann ich einem Mann, den ich kurz
nach meinem Tod kennenlernte solch starke Gefühle
entgegenbringen? Oder fühlte man so zu Seelen?

Warum war Frank nicht da, um mich abzuholen? Das

machte mich etwas wütend und ich war verletzt, dass er
mich im Stich ließ.

Mein ganzes Leben dachte ich an ihn und er hält es nicht
einmal für nötig, mich abzuholen.

Nun, vielleicht war es ihm nicht erlaubt?

Schließlich tötete er sich selbst und er durfte keine
Bedingungen stellen. Und wenn ich es mir recht überlege
hatte ich vielleicht auch keine Ansprüche. Schließlich bin
ich wegen meines Suizidversuchs hier.

Mit dem Gedanken tröstete ich mich. Ich merkte, wie mein
Begleiter wieder lächelte.

Ich musste mich erst noch daran gewöhnen, dass er alles
mitbekam, was ich dachte … Energiesprache eben. Ich weiß
nicht, wie lang wir unterwegs waren. Woher sollte ich das
wissen können, war doch die Zeit hier bedeutungslos. Man
existiert im Hier und Jetzt, was passiert und was gleich
geschieht oder geschehen war, spielte keine Rolle.

siebzehntes Kapitel

Nun schlug ich eine Richtung ein, sofern man in einem weiten, leeren Raum von Richtungen sprechen konnte. Es waren auch eher Gefühle die mich bewegten, mir den Weg zeigten.

Obwohl ich diese Richtung auswählte, machte sie mir eine Heidenangst. Trotzdem ging ich weiter, denn mein Gefühl sagte mir, dass es richtig wäre, sich dieser Angst zu stellen. Wir kamen zu drei weiteren Gestalten, die eine liebe und freundliche Ausstrahlung besaßen. Sie gaben mir zu verstehen, dass sie meine »Helfer« waren. Sie würden mich auf dem Weg begleiten, den ich nun gehen würde.

Ich hielt Ausschau nach meinem Begleiter, der mich liebevoll anlächelte und mir das Gefühl gab, dass er auch bei mir war.

Dafür liebte ich ihn noch mehr. Seine Gegenwart und seine Gefühle, die er mir zufließen ließ, ließen mich ruhiger werden.

Meine drei Helfer sendeten mir auch Wärme und Geborgenheit. Sie bereiten mich darauf vor, was ich jetzt zu sehen bekam:

Sie zeigten mir noch einmal mein ganzes Leben. Hier, wo ich war, war die Zeit relativ, es gab sie nicht. Deswegen dauerte es auch keine 46 Jahre.

Unmittelbar nach dem Tod bot sich mir die Möglichkeit, mein Leben aus einer neuen Perspektive zu betrachten – aus der Sicht eines Außenstehenden. Meine starke Verbundenheit zur Erde erlaubte es mir, die Emotionen zu spüren, die einzigartig für das irdische Dasein sind. Aus

diesem Grund wird einem der »Film« des Lebens kurz nach
dem Ableben vorgeführt. Doch es war kein Kinoerlebnis
mit einer Leinwand; vielmehr fand ich mich mitten in den
Szenen meines Lebens wieder, beobachtete aus der Distanz.
Ich erlebte nicht nur meine eigenen Gefühle erneut, sondern
empfand auch die Emotionen der Menschen, denen ich im
Laufe meines Lebens begegnet war.
Ich spürte die durchdringende Angst meiner Mutter, als ich
als Kleinkind weglief und sie mich schließlich auf der
Polizeistation wiederfand. Jede denkbare Emotion
durchflutete mich erneut. Ich durchlebte den Unfall mit Rolf
und die darauffolgende Panik noch einmal. Es erstaunte
mich, wie nah ich in jenem Moment dem Jenseits gewesen
war, als wäre ich bereits aus meinem Körper geschlüpft. Ich
empfand den Schmerz der anderen Mitfahrer im Auto und
spürte Rolfs tiefe Sorge um uns alle. Zu seinem eigenen
Schmerz gesellten sich Schuldgefühle und die Last der
Verantwortung. Die Emotionen, die ich von jedem
Einzelnen noch einmal erlebte, waren so intensiv, dass ich
befürchtete, daran zu zerbrechen.
Doch meine drei Helfer standen mir bei, umhüllten mich
mit Stärke und Liebe, damit ich mein Leben gut überstehe.
Nun kam Frank. Als ich ihn sah, durchfuhr es mich, wie
beim ersten Mal, als wir uns sahen. Es tat so gut, ihn nach
so langer Zeit wiederzusehen. Diesen Zeitabschnitt sah ich
mir intensiver an, wie wir uns kennenlernten, uns ineinander
verliebten. Am liebsten hätte ich zurückgespult und würde
es mir immer und immer wieder anschauen. Das Gefühl,
das uns beide in der Zeit umgab, verlor seine

298

Anziehungskraft nie. Es war traumhaft und es machte süchtig, immer wieder dieses Gefühl zu spüren. Nach so vielen Jahren!

Wieder merkte ich, wie sehr ich ihn vermisste, wie traurig ich war, dass er nicht bei mir war. Hier, in diesem Moment. Als ich weiter schaute, bemerkte ich auch, dass Frank sich nicht aus meinem Leben zurückzog, sondern dass ich ihn durch meine Art von mir wegstieß. Ich zerrte an ihm und war gemein. Ich sah nur meine Interessen, dass er mich lieben musste, war zu sehr beschäftigt, mit mir, dass ich Frank gar nicht mehr sah. Nun fühlte ich, wie sich Frank dabei fühlte. Wie verzweifelt er war, mir nicht zeigen zu können, wie sehr er mich liebte!

Wie sehr er sich zurücknahm, weil ich so sehr litt. Er wollte mir den Schmerz nehmen, indem er mir gut zuredete, was ich immer wieder falsch verstand, durch den Wahn, an dem ich festhielt. Ich fühlte nun, dass Frank unsere Beziehung nicht aufgab, er wollte sie retten. Fühlte seine Hoffnungslosigkeit, die manchmal über ihn kam, sich immer wieder neu aufrappelte, um mich nicht aufzugeben. Vor allem als wir umzogen. Er sollte meine Unzufriedenheit mit mir selbst, auffangen und mich heilen, weil ich mich nicht selbst lieben und heilen konnte. Deswegen musste Frank mir seine Liebe immer und immer wieder zeigen und beweisen. Ich wurde wütend, wenn es nicht so lief, wie ich es wollte. Jetzt nahm ich meine Eifersucht wahr, die ich spürte wenn er auch mal seine Interessen wahrnahm. Ich fühlte Franks großes Leid und wie sehr ihn das belastete. Vor allem den Zwiespalt. Er wollte mich nicht verlieren, aber so konnte er auch nicht mehr weitermachen.

Weiter fiel mir auf, dass ich das Gespräch mit Frank nicht

suchte um zu schlichten, sondern den Streit extra
provozierte. Indem ich ihm Vorwürfe machte, stellte ich ihn
in ein schlechtes Licht bei meinen Freunden, ich schwappte
emotional komplett über. Meine Vorwürfe waren
beleidigend und gemein. So hatte ich das Ganze nicht in
Erinnerung, ich dachte, dass ich seine Nähe und die
Gespräche suchte und dass ich von ihm abgewiesen worden
war. Dass Frank mir etwas andichten wollte, dass ich mir
etwas im Kopf ausmalte und dann für wahr empfand.
Als er mir sagte, dass er mich nicht liebte wenn ich so
aufbrausend war, dachte ich dass er einen Schuldigen
brauchte. Dass ich wirklich so aufbrausend war, war ein
Schock für mich. Ich war nicht die, die unsere Beziehung
zusammenhielt, das war Frank, der immer wieder mit
Engelsgeduld versuchte, mich zu beschwichtigen. Wieso
habe ich das nur so verzerrt gesehen?
Das war mir damals als 16-Jährige nicht bewusst. Umso
schmerzlicher nahm ich wahr, dass ich Frank unrecht tat
und nicht erkannte, wie sehr er sich um mich bemühte. Wie
groß seine Liebe zu mir war. Ich fühlte all das, was Frank
fühlte, was andere fühlten, in dieser Zeit. Der Schmerz war
kaum zu ertragen.
Ich drehte mich zu meinem Begleiter, es war mir peinlich,
dass er all das sah.
Er musste meinen Schmerz fühlen, denn er deutete mir an,
dass alles gut sei. Auch meine drei Helfer fingen mich auf.
Sie trösteten mich und sprachen mir Mut zu. Ich spürte ihre
Wärme und dass sie mich hielten. Hielten meinen Schmerz
genauso aus, wie ich.

Ich sah, wie ich emotional keinen Mann mehr an mich heran ließ, dass ich sie von mir weg stieß, weil ich sie alle mit Frank verglich und keiner konnte ihm das Wasser reichen.

Ich sah, dass ich mein Leben nicht lebte, dass ich jede Freude vermied und stattdessen in der Vergangenheit versank.

All die Dinge erkannte ich und dann kam die Stelle, als ich die Überdosis nahm. Der Autounfall und die Zeit im Krankenhaus! Und der »Film« endete hier!

»Die Gefühle, die du in deiner Seele trägst, sind aus deinen vielen verschiedenen Leben und lassen dich emotional überlaufen. Du konntest nie kompensieren, was du in deinen vielen Leben bereits erlebt hattest. Deswegen bist du als Maja emotional »übergeschwappt«, erklärte mir einer meiner Helfer versöhnlich und mitfühlend.

»Warum kann man sich eigentlich nicht an die vorherigen Leben erinnern wenn man wiedergeboren wird?«, fragte ich.

»Als Neugeborenes trägst du die Gefühle deiner früheren Leben in deinem neuen Körper mit dir. Doch die Erfahrungen, die du gemacht hast, bleiben zurück, weil dein früherer Körper stirbt und verwest. Wenn deine Seele in einen neuen Körper übergeht, nimmst du zwar die Energie deiner Emotionen mit, aber nicht die Erinnerungen und Erfahrungen an dein früheres Leben. In deinem neuen Körper bist du wie ein unbeschriebenes Blatt, abgesehen von den Gefühlen, die du auch als Baby ausdrückst – dein Leben beginnt von Neuem. Dein Gehirn ist entscheidend, um Dinge zu verarbeiten und zu realisieren, doch es kennt nichts von deinen früheren Leben. Als Neugeborenes machst du in diesem Körper deine ersten Erfahrungen.

Es sind nur Urgefühle deiner Seele, die in deinem neuen Körper hochkommen. Deine Seele nimmst du immer mit in einen neuen Körper und sie hat all die Gefühle und moralische Eigenschaften in sich, die du dir Leben für Leben angeeignet hast. Darunter sind auch Ängste und seelischer Schmerz, die du durchlitten hast.

Darum wird nach dem Erdenleben auch der Film gezeigt, damit die Seele verarbeiten und daran wachsen kann.

Bei einer Wiedergeburt spiegeln sich die Gefühle in dem neuem Bewusstsein mehr oder weniger stark wieder. Deshalb können viele aber nicht mehr realisieren, woher das kommt. Das Gehirn ist nur auf das Leben eingestellt, welches du gerade lebst. Darum kann man sich nicht an frühere Leben erinnern.«

»Aber warum kann ich mich jetzt, nachdem ich meinen Körper verlassen habe, nicht an mein früheres Leben erinnern?«

»Weil du noch zu sehr mit deinem alten Körper und dessen Emotionen verbunden bist. Du kannst dir das so vorstellen wie eine Nabelschnur, sie wird aber mit der Zeit abfallen und du bekommst das Gefühl von deinem ganzen Leben zurück.«

Nun weiß ich, warum mir die Rückführung von meinem Leben am Anfang von meinem Tod gezeigt wurde, weil es für mich noch wichtig war, meine Erfahrungen zu spüren, damit ich mehr wachsen konnte.

Ich fühlte mich ganz schlecht, als ich mein Leben sah. Vor allem die Zeit mit Frank schockte mich. Ich glaubte jahrelang, er wollte mich nicht und als ich sah, wie viel Mühe er sich gab, um unsere Beziehung aufrecht zu erhalten, drehte sich mir der Magen um, auch wenn ich keinen mehr besaß. Dieses lebenslange Leid hatte ich mir selbst erschaffen.

Wo war Frank jetzt?

Seine Seele?

Warum war er nicht hier bei mir?

Jetzt bemerkte ich erst, dass mein Seelenbegleiter ganz nah bei mir stand und seine Liebe, die er mir nun noch stärker zukommen ließ, linderte meinen Schmerz.

»Diese Liebe hätte ich dir gerne zu Lebzeiten gesendet, doch in einem menschlichen Körper spürt man die Schwingungen nicht so stark wie jetzt. Es ist schwerer, zu einem Körper aus Fleisch und Blut durchzudringen.« Schließlich wurde mir klar, dass mein Begleiter Frank war, mein Frank! Kein Wunder, dass ich mich zu ihm hingezogen fühlte. Warum nahm er nur diese Gestalt an? So konnte ich ihn doch nicht erkennen.

Wieder dieses Gefühl eines Lachens. Alle vier um mich herum lachten.

»Genau das haben wir dir auch gesagt, als du beschlossen hattest, dich von Victor abholen zu lassen, wenn du in diesem Leben stirbst. Das war Frank im vorherigen Leben. Du ließest dich nicht davon abbringen und warst entschlossen genau ihn zu sehen – so, wie du ihn im vorherigen Leben gekannt hast. Wir warnten dich, dass du ihn nicht wiedererkennen würdest. Doch deine Liebe zu Victor war so stark. Du wolltest nichts davon hören, dass sein Aussehen im nächsten Leben anders sein könnte. Für dich gab es kein anderes Gesicht als das von Victor.«

Komisch, dieses Gefühl kannte ich. Nur als Maja, nicht als die Person, die ich im früheren Leben war.

Nun konnte ich mir denken, warum ich wollte, dass die Gestalt von Victor mich abholte. Meine Liebe zu Frank ließ auch jetzt nur zu, dass er mich mit diesem Aussehen abholte, wenn ich in meinem nächsten Leben sterbe. Aber ich verstand, dass dann wieder das gleiche Problem aufkam, ich würde ihn nicht erkennen. Wie sehr musste ich Victor geliebt haben und ich war gespannt, wie die Geschichte im letzten Leben mit uns war.

Dann fiel mir wieder ein, dass Frank und ich Suizid begangen hatten.

»Bekommt man irgendwelche Strafen, wenn man sich selbst das Leben genommen hat?«, fragte ich deswegen.

»Nein, hier wird nicht belohnt und auch nicht bestraft, es ist eine Zwischenstation, in der man verweilt, um neue Kraft zu tanken für die Wiedergeburt.

Auch die Seelen, die nach dem Suizid hier her kommen, sehen ihr Leben noch einmal. Sie fühlen noch einmal, wie die Hinterbliebenen leiden. Deswegen schmerzt es Selbstmörder mehr, ihr Leben noch mal zu sehen. Dieser Schmerz wird unerträglich, weil alle Schmerzen auf einmal auf die Seele einstürzen! Vor allem, dass es hier jedem klar wird, wie sinnlos und weggeschmissen die Erfahrungen sind, die man auf der Erde hätte machen können.«

»Ist denn alles vorbestimmt, was einem so auf der Erde widerfährt?«

»Nein, wieso auch? Es wird kein Drehbuch geschrieben, was du abarbeiten musst. Auch die Eltern sind reiner Zufall.

Was man aus seinem Leben macht, ist jedem selbst
überlassen. Die Aufgaben mit ihrer ganzen Vielfalt,
seelischen wie körperlichen Glücks und Leidens die das
Leben bietet, sind nicht vorher abgesprochen. Das könnte
man auch gar nicht. Wir werden immer wieder in die neuen
Körper geboren, weil der Seele die Synapsen und das
Nervensystem braucht, um um die Gefühle intensiv zu
spüren. So kann sie ihr Dasein formen. Was du aus
Situationen machst, ist dir überlassen. Ob du geizig bist
oder liebevoll, einem anderen nichts gönnst, dich schlecht
fühlst, alles das sind Gefühle, die du zulässt. Krankheiten,
die man bekommt, sind auch eine Form, wie man sein
Schicksal annimmt und erträgt. Nur die Gefühle von
früheren Leben werden mit ins neue Leben genommen.
Jeder wächst mit seinen Aufgaben, einer mehr, der andere
weniger.

Im Leben meldet sich die Seele oft bei deinem Verstand.
Das spürt der Mensch als Unterbewusstsein. Leider hört der
Mensch viel zu selten auf sein Gespür oder traut ihm nicht.
Deine Seele möchte sich bemerkbar machen, aber der
Körper vertraut dem ganzen nicht, weil die Gesellschaft so
erzogen wurde, wer an eine Seele oder Engel oder andere
Kräfte, die nicht zu erklären sind, glaubt, mit dem kann
etwas nicht Stimmen.

Die Seele möchte aber mit dem Körper und dem Verstand
zusammen verschmelzen. Menschen, die im Sterben liegen,
erzählen vom nach Hause gehen, oder davon eine längere
Reise antreten, einen Umzug zu machen, den Bus zu
bekommen oder den Zug oder ein Schiff, um einiges
aufzuzählen. Diese Menschen sagen das, weil ihre Seele,
das Unterbewusstsein, ihnen Trost und Hilfe anbietet, damit

der Körper kein Angstgefühl bekommt. Sich mit dem Verstand mit dem Tod auseinanderzusetzen, ist für die Menschen oft beängstigend, darum benutzt die Seele ein Synonym.

Wenn man bereit ist, wiedergeboren zu werden, bekommt man seine Eltern nicht zugewiesen, die Seele tritt in einen Fötus ein, welcher geboren werden will.

Deswegen gehen auch manche Föten ab, weil keine Seele zur Verfügung stand. Andere Seelen warten, wann ein Kind gezeugt wird, um endlich wiedergeboren zu werden.

Es ist die Aufgabe, zu meistern, was das Leben einem bietet. Das Einzige, was du in deinen neuen Körper mitnehmen kannst, sind die Gefühle, aus den früheren Leben.«

»Warum gibt es aber Krankheiten und so viele schlimme Dinge? Das ist doch nicht gerecht.«

»Das ist der Lauf des Geschehens, vieles ist von Menschenhand erschaffen, weil er sich in die Natur einmischen, vieles ist schon immer da gewesen, weil das Universum im stetigen Wandel ist. Eine Seele, die durch eine leidvolle Krankheit gegangen ist, nimmt die Erfahrung mit in die Zwischenwelt. Nehmen wir Frank, in seinem früheren Leben als Victor, litt er an einer schweren Krankheit. Die Schmerzen, die er zu Lebzeiten bekam und die Angst davor hat er mit in die Zwischenwelt genommen. Zu Lebzeiten, als Victor, wünschte er sich den Tod, er wollte unter den Schmerzen nicht mehr weiterleben. Als er im Körper von Frank wiedergeboren wurde, nahm er das Gefühl mit in seinen neuen Körper. Der Drang, sein Leben beenden zu müssen, war deswegen immer noch sehr stark in ihm. Da reichten kleinere Lebensumstände, die ihn mehr belasteten als Andere.«

Das alles machte Sinn. Ich verstand, warum man in seinen Gefühlen manchmal so gefangen war. Trotzdem kam noch eine Frage:

»Gibt es auch böse Seelen?«

»Es gibt Seelen, die voller Neid und Hass sind. Diese Seelen waren auch zu Menschenzeit egozentrisch, haben gemordet oder waren rücksichtslos. Wer so auf der Erde lebte, der wird nach seinem Tod auch keine andere Einstellung bekommen. Die Seele verrät einem, wie man lebte und was man aus dem Leben machte. Wenn die Seelen dann ihr Leben noch einmal sehen, begreifen sie oft nicht, dass sie jetzt die Chance bekommen, zu erkennen, wie neidisch oder gierig sie waren. Oft bleiben die Seelen auch nicht lange hier und wollen so schnell wie möglich wiedergeboren werden.«

»Aber warum klärt ihr sie dann nicht auf? Helft ihnen, in die richtige Richtung zu gehen?«

»Diese Seelen sind noch nicht so weit, das würde nichts bringen, denn sie verstehen es nicht, wenn ich ihnen das sage. Sie müssen es selbst erlernen, mit einem Körper. Seelen, die boshaft und neidisch, voller Hass sind, entfalten sich schwerer in dem neugeborenen Körper. Wenn zum Beispiel ein reicher Mann, der sich nur durch sein Geld definierte und andere Leute ausbeutete, also skrupellos war, wenn die Seele wiedergeboren wird, nimmt sie diese Gefühle mit. Die Menschen mit so einer Seele fühlen sich unzufrieden, müssen immer mehr haben. Ich deutete ja schon an, dass die Seelen willkürlich in einen Fötus schlüpfen, egal ob arm oder reich. Im neuen Körper haben die Seelen eine neue Chance zu wachsen und Liebe zu empfinden. Die Seele wir nicht für ihre taten aus den letzten Leben bestraft und der neue Körper muss nicht dafür büßen. Die Seele spürt den Verlust des Luxuslebens. Der neue Körper ist deswegen unzufrieden. Wenn der neue Körper aber verständnisvolle Eltern hat und sein Umfeld es auch gut mit ihm meint, dann kann er die Liebe in seine Seele lassen. Oder er kann seiner Wehmut nachgeben und alles schlimm finden, was auf der Erde geschieht und sich somit selbst die Hölle auf Erden gestalten.«

Nachdem all meine Fragen beantwortet waren, ging ich zu Frank, der nun seine Gestalt annahm, so wie er im vorigen Leben aussah.

Ich wunderte mich, dass wir niemanden anderen trafen, es war sehr still und leer hier.

»Sind wir die einzigen Seelen?«

»Nein, du bist noch keinem begegnet, weil du dich dazu entschieden hast!«

Ich wusste nicht, dass ich das tue. Ich war aufgeregt und musste die Eindrücke verarbeiten.

Meine Umgebung wurde bunter, nicht mehr der sterile weiße Eierschalen-Ton, der mich bis hier her begleitete. Ich wurde etwas lockerer und ließ es jetzt zu, wie sich die Gegend veränderte und Gestalt annahm.

Trotzdem trafen wir keine anderen Seelen und ich vermutete, ich war immer noch nicht bereit. Ich war all die Jahre allein und wollte gerade außer Frank niemanden treffen.

Da meine Gefühle noch so stark waren, genoss ich es, mit Frank wieder zusammen zu sein. Ihn um mich zu haben, so wie ich es mir auf der Erde immer wünschte.

Also beschloss ich, mit ihm meine Zeit zu verbringen und die Erdengefühle noch so lange auszukosten, bis sie neutral wurden.

Ich erzählte ihm von meinem Leben und es erstaunte mich, dass er wusste, was ich nach seinem Tod alles erlebte.

»Ich war bei dir und habe dich begleitet. Weißt du, es tut gut, wenn die Menschen an Verstorbene denken, das gibt uns Kraft. Abgesehen von der Trauer, wie gerne würden die Verstorbenen ihre Liebsten trösten und ihnen sagen, dass alles okay ist, dass es uns hier gut geht.«

»Ich habe dich oft gespürt und mir eingebildet, dich gesehen zu haben«, ließ ich Frank wissen.

»Das hast du dir nicht eingebildet. Du konntest meine Seele wirklich ab und zu sehen.«

»Aber warum konnte ich es nicht öfter? Warum nur so selten?«

»Als du mich an der Telefonzelle sahst und dann in der Wohnung, warst du nicht darauf konzentriert. Du nahmst mich auch nicht richtig wahr, darum konntest du mich auch sehen. Wenn man es zu sehr erwartet, versteift man sich darauf, so, dass man zu viel mit dem Verstand arbeitet, als mit der Seele, mit seinen Gefühlen. Die Seele ist nicht greifbar, sie ist auch nicht aus Atomen zusammengesetzt, hat keine Dichte oder eine Durchlässigkeit. Deshalb kann man Seelen auch nicht mit dem Verstand sehen. Du nahmst mich nicht bewusst wahr, sondern immer nur im Unbewussten. Ich war oft bei dir, auch in der Zeit, als du so sehr gelitten hast. Versuchte, dir Trost zu schicken. Leider machte ich es manchmal nur noch schlimmer, weil du mich im Unterbewussten noch mehr vermisstes.

Ich schickte dir immer wieder Zeichen, in denen du Trost finden solltest, damit du weißt, dass du nicht alleine bist.«

»Mit der Zeit habe ich ein Gefühl für dich bekommen und dich gespürt, auch wenn ich dich nicht sah. Dachte aber eher, dass ich mir das alles nur einbilde. Es war mir egal geworden, denn es hat mir gutgetan, daran zu glauben, dass ich dich spüre. Mit dir zu reden und zu glauben, dass du in meiner Nähe bist.«

»Ich war auch in deiner Nähe. Diese Kraft, die du mir geschenkt hast, durch deinen Glauben, dass ich bei dir bin, war ein schönes Geschenk für mich. Deswegen bin ich dir auch in deinen Träumen erschienen. Am Anfang konnte ich mich nicht lange darin halten, aber mit der Zeit bekam ich es heraus und konnte mich deutlich länger zeigen.«

»Ja, am Anfang bist du sofort verschwunden, wenn ich dich fragte, wie es dir geht. Aber im letzten Traum durfte ich dich sogar berühren und du hast mir Rede und Antwort gestanden. Du hast mir einen Ring geschenkt.
Ich hoffte, ihn auch zu Lebzeiten zu bekomme.«

»Nun, du hast dein Leben beendet, ich hätte ihn dir ganz bestimmt zukommen lassen. Und wenn nicht in diesem Leben, im nächsten bestimmt!«

»Aber dann weiß ich ja gar nicht, dass der Ring von dir kommt, denn ich kann mich in einem neuen Körper nicht mehr an dich erinnern!«

»Aber der Ring würde zu mir gehören und er würde uns zusammenführen!«, lächelte Frank mich an. Seine

Gegenwart tat mir so gut und nun wollte ich wissen, wie es in unserem letzten Leben gewesen war.

»Warum habe ich immer noch die starken Gefühle, warum kann ich mich an kein weiteres Leben von mir erinnern?« Ich wurde ungeduldig.

»Es ist auch noch nicht so viel Zeit verstrichen. Du hängst noch an deinem Körper! Du darfst die Zeit hier nicht mit der Erdenzeit vergleichen!«

»Ich würde aber zu gerne wissen, wie unsere Geschichte im letzten Leben gewesen war!«

»Wenn du möchtest, kann ich dir davon erzählen?«, bot Frank mir an.

»Das wäre schön!«

»Ich halte mich kurz: Wir sind im letzten Leben auch nicht zusammen alt geworden, ich bin wieder früh gestorben«, fing Frank zu erzählen.

»Ich hatte eine lange und schwere Krankheit. Die Zeit war sehr schwer für mich, diese Schmerzen, die ich spürte, waren so schlimm, ich wollte nicht mehr leben. Dieses Gefühl nahm ich in mein letztes Leben mit. Ich sah in dem Leben als Frank auch keinen Ausweg mehr und tötete mich. Ich konnte mich in meinem Leben, als Victor, wo ich so krank war, nicht töten. Dafür war ich zu schwach wegen der Krankheit. Der Wunsch, dem Leid ein Ende zu setzen war jedoch so stark, dass ich das Gefühl in mein anderes Leben als Frank mitnahm. Deshalb war meine Toleranzgrenze nicht sehr hoch.

Aber nun zu dir:

Du wurdest am 17.11.1694 als Kristina geboren und warst ein Einzelkind. Deine Mutter musste mit dir und deiner Oma fliehen. Sie wurde nämlich bezichtigt, eine Hexe zu sein. Deine Mutter kannte sich mit Kräutern und Heilpflanzen gut aus. Diese setzte sie ein, wenn andere unter Schmerzen litten, Schnitte, Husten oder Fieber. Sie kannte ihre Wirkungen, also half sie anderen Menschen mit ihrem Wissen.

Während der Flucht dachte deine Mutter oft, dass du gestorben wärst. Du warst so blass und still. Doch du überlebtest.

Du wuchst sehr streng und konservativ auf. Jede Freiheit, die du dir als Kind nahmst, wurde von den Erwachsenen unterbunden, was aber in der Zeit nichts Außergewöhnliches war.

Wenn du nicht gehorchtest, bekamst du Kopfnüsse.

Deine Mutter musste arbeiten, um Geld für euch zu verdienen, deine Oma zog dich zum größten Teil groß.

Als du alt genug warst, wurdest du in einen Haushalt geschickt, um dort die Menschen zu bedienen.

Dort bliebst du ein paar Jahre, wurdest aber dort auch schlecht behandelt, unterdrückt und deine Lebhaftigkeit und Freude an Wissen wurde dir ausgetrieben.

Du durftest nur wissen, wie sich eine Frau zu benehmen hat und kochen und putzen.

So etwas, wie ein Buch lesen oder überhaupt lesen, durftest du nicht.

Du musstest heiraten. Dein Mann war mies, schlug dich und behandelte dich wie seine Leibeigene. Was ja auch in der Zeit vollkommen normal war, eine Frau war nichts wert. Er schlug dich einmal so sehr zusammen und ließ dich dann im Wald liegen, als wärest du Abfall. Ich fand dich und pflegte

dich gesund. Unsere gemeinsame Zeit war so schön und wir verliebten uns ineinander. Wir hatten eine herrliche Zeit und waren glücklich zusammen, bis ich schwer krank wurde. Ich sah, wie dich meine Schmerzen quälten. Sie waren so unerträglich, dass ich den Tod nur noch als einzigen Ausweg sah. Du halfst mir, pflegtest mich. Doch auch du konntest mir diese qualvollen Schmerzen nicht nehmen. Weil ich zu schwach war, flehte ich dich oft an, mich zu töten. Doch das konntest du nicht! Als ich dann endlich gestorben war, sah ich, wie schwer du es hattest!
Du bekamst Angstzustände und dass ich nicht mehr bei dir war, machte dir schwer zu schaffen.«
»Darum bin ich so zum Kontrollfreak geworden! Weil ich befürchtete, dich noch einmal zu verlieren. Ich kämpfte sogar im alten Leben mit dem Schmerz, dich verloren zu haben.«
Das machte mich traurig.
»Wird das jetzt immer so weitergehen?«, fragte ich mich und wusste keine Antwort darauf.
Auch wenn ich meine Erden-Gefühle noch besaß, beschloss ich, mich auch mit anderen Seelen zu treffen.
In der Zwischenwelt gestaltete man seine Umgebung selbst. Das galt für jede andere Seele. Frank passte sich mir in der Anfangszeit, dann sah ich seine Farben und Umgebung. Ich gab meiner Umgebung nun auch mehr Farbe und Gestaltung. Mir war die Natur sehr wichtig, also umgab sie mich auch!
Ich war nun bereit meine Liebsten zu sehen, die ich im Laufe des Lebens kennenlernte und die mir auch ans Herz gewachsen waren.
Da war meine Schwester Angela, sie wollte ich unbedingt

wiedersehen und auch meine Katze Maunzi, weil die Seelensprache eine Energie-Sprache war, konnte ich mich auch mit ihr austauschen.

Ich vermisste sie schon, als ich noch auf der Erde war! Sie war nun keine Katze, wenn man als Seele in die Zwischenwelt kam, musste man sich nicht strikt an die Körperform halten, die man auf der Erde trug. Hier war man frei von Formen. Die Seelen besaßen keinen Körper, sie können klein, groß, dick, dünn, egal, jegliche Formen annehmen, wir waren hier nicht auf eine Hülle begrenzt. Ich behielt meine Form als sechzehnjährige Maja, ich hatte mich an die Form gewöhnt, machte mir aber auch keine Gedanken darüber.

Ich war froh, dass Frank seine Form als Frank annahm. Meine Schwester war wiedergeboren, darum traf ich ihre Seele nicht an, das freute mich für sie.

Ich merkte, ich konnte keinen mehr treffen, weil alle anderen noch lebten! Und da ich nichts von meinen früheren Leben wusste, blieben mir die Seelen, die ich dort unbekannterweise traf verborgen.

Ich dachte an meine Familie, meine Freunde und Bekannte, die sicherlich nun traurig waren, dass ich nicht mehr auf der Erde verweilte. Dann fiel mir auf, warum ich noch nicht weiter mein Leben nach dem Tod sehen konnte? Der Helfer sagte doch, dass Frank die Trauer von seiner Familie, seiner Bekannten und Freunden spürte. Bei mir war nach dem Suizidversuch Schluss. Wie mochte sich Christina jetzt fühlen?

Wir machten im Leben so viel zusammen durch und sie war

meine beste Freundin, ja meine Seelenverwandte. Ich lernte hier, dass es nicht nur einen Seelenverwandten gab, sondern dass man mehrere besaß. Ich war froh, dass mir als Maja zwei begegnet waren, von denen ich wusste.

Ich wollte so gerne zu Christina, doch ich kam nicht weg! Komisch, es hatte doch mit Paris geklappt. Warum jetzt nicht mehr. Ich würde Frank fragen, wie das geht! Als ich beschloss, mich wieder mit Frank zu treffen, wurde mir plötzlich schwarz vor Augen und ich spürte einen elektrischen, unangenehmen Schlag durch meinen »Körper« fließen. Dieser Schlag kam noch zwei bis drei Mal. Und dann verschwand er, so plötzlich, wie er gekommen war.

achtzehntes Kapitel

Eine Zeit lang war alles schwarz. Ich konnte nichts fühlen, nichts hören und nichts um mich herum wahr nehmen. Was war geschehen? Warum konnte ich auch nichts sehen? Ich spürte nicht eine einzige Emotion. Es schien, als existierte ich - abgesehen von meinen Gedanken – gar nicht.

Etwa einen Monat später begann ich, Schatten zu erkennen. Ich konnte zwischen Hell und Dunkel unterscheiden und hörte zwei Wochen darauf ein pulsierendes Geräusch, das wie ein Herzschlag klang.

Mit der Zeit begann ich auch, etwas zu fühlen. Es war warm und sicher. Ich war von einer Flüssigkeit umhüllt, die ich gelegentlich verschluckte, woraufhin ich Schluckauf bekam. Ich verbrachte lange Zeit in dieser Umgebung. Sie wurde immer enger und das Drehen fiel mir dadurch schwerer, als noch vor einigen Monaten.

Nach einer weiteren Weile spürte ich eine Vibration. Instinktiv bewegte ich mich durch einen engen Kanal, immer weiter, mit großer Anstrengung. Die Vibrationen halfen mir vorwärtszukommen, bis mein Kopf aus einer Öffnung gepresst wurde, in einem weiten großen Raum. Hände umgriffen mich und halfen mir aus dem Kanal. Ich war nass und mir war kalt. Außerdem wusste ich nicht, was gerade passiert war, also fing ich an zu schreien!

Am 08.10. 2099 erblickte ich erneut die Welt. Ich weiß nicht, zum wievielten Male im Laufe meiner Seele. Eine Welt voller Hoffnungen, Dinge aufzuarbeiten, die ich in meinen vergangenen Leben nicht aufgearbeitet bekam. Aber auch diesmal wurde ich in einen unverbrauchten Körper hineingeboren, der von meinen früheren Leben nichts wusste. Die Erfahrungen, die das Leben für mich in diesem Körper bereithielt, waren überwältigend, sodass meine Seele keinen Raum fand, sich zu melden, um an meinen Ängsten zu arbeiten.

Nun hieß ich Jane und ich wuchs in einem Hochhaus auf. Was nichts Außergewöhnliches war. Die Mehrheit der Bevölkerung lebte in ökologisch gebauten Hochhäusern. Das Volk konnte sich nichts anderes mehr leisten. Die Kluft zwischen Arm und Reich war gewaltig.

Meine Mutter war die meiste Zeit abwesend, entweder war sie arbeiten oder bei einem Mann. Immer wieder suchte sie nach einer Beziehung, wenn sie wiederholt einen anderen Mann verlassen hatte. Sie hängte sich an Männer, weil sie sich alleine nie genug war.

Ich verbrachte den Großteil meiner Kindheit mit meinem Grandpa, der eigentlich mein Urururgroßvater war. Sein Name war Jeremy, (geboren 1994), und obwohl er schon sehr alt war, sah man ihm das nicht an. Er war körperlich und geistig fit, was er seinen regelmäßigen körperlichen Aktivitäten verdankte. Früher arbeitete er als Fitnesstrainer und half Menschen, sich gesund zu ernähren und zu bewegen. Auch ich wurde von ihm früh zur sportlichen Betätigung angehalten. Durch den Sport und die liebevolle Unterstützung von meinem Grandpa entwickelte ich ein starkes Selbstbewusstsein. Im Gegensatz zu meiner Mutter, die ihre Bestätigung von außen suchte, fand ich meine Stärke in mir selbst.

Grandpa hat Ende 2022 Videos aufgenommen. In der Zeit war er gerade einmal 28 Jahre alt. Er nahm Clips auf, wie sich ein Mensch aufraffen könne, um Sport zu machen oder auch andere Tipps. Die Clips gingen circa 5 bis 7 Minuten. Ich schaue mir die Videos gerne auf YouTube an. Wenn ich diesen gutaussehenden jungen Mann sah, konnte ich es kaum glauben, dass das mein Grandpa war.

Mittlerweile bin ich sechzehn, ich liege auf meinem Bett und schaute mir wieder ein Video von meinem Grandpa an. Die Schulaufgaben sind schon fertig und der Online-Unterricht schon längst vorbei.

Gelangweilt, weil ich nichts mit meiner Zeit anstellen konnte, drehte ich mich vom Laptop weg.

Um nicht länger in der Wohnung zu hocken, machte ich mich auf den Weg in die Stadt.

Die Stadt war gewaltig, überall ragten Hochhäuser aus dem Boden und ich kam mir zwischen ihnen ziemlich klein und unbedeutend vor. Die riesigen Schatten der Hochhäuser machten es der Sonne schwer, den Boden zu erreichen. An den Fassaden prangten gigantische Werbetafeln, deren bunte Lichter ein Kaleidoskop von Farben auf die Straßen warfen. Während ich durch die Straßen schlenderte und die Stände betrachtete, zog eine Reklametafel meine Aufmerksamkeit auf sich. Darauf war meine Lieblingsband abgebildet und in großen Buchstaben wurde angekündigt, dass sie nächste Woche hier in einer Halle ein Konzert geben würde. Ich musste unbedingt dabei sein, also eilte ich sofort zum Kartenvorverkauf. Glücklicherweise ergatterte ich noch ein Ticket.

Im Laden traf ich Melissa, sie war in derselben Online-Klasse wie ich. Sie war gerade auf dem Weg zu anderen

Kids von unserem Kurs und ihrem Freund. Wir unterhielten uns eine Weile und ich bemerkte, dass sie eigentlich ganz nett war.

Mit den Leuten in meiner Klasse hielt ich keinen Kontakt, ich war lieber für mich. Die meisten in meiner Klasse kamen aus reichen Familien. Das sah man daran, wie die Kids gekleidet waren. Melissa gehörte auch dazu.

Ich hingegen war nicht reich. Wir kamen zwar gut über die Runden, trotzdem konnten wir uns nicht alles leisten. Mir fehlte es aber an nichts und ich brauchte keinen Luxus. Damit nicht auffiel, dass ich nicht reich war, nähte ich mir meine Anziehsachen selbst. Ich legte viel Wert darauf, wie ich aus dem Haus ging. Nach der Unterhaltung ging jeder wieder seines Weges. Ich starrte auf die Karte, ungläubig, dass ich wirklich in ein paar Tagen auf das Konzert durfte. Am Abend aß ich zusammen mit meinem Grandpa, der für mich mein Lieblingsessen gekocht hatte. Während des Essens kannte ich kein anderes Thema als das Konzert. Es war ein gelungener Tag.

Die Tage vergingen wie im Flug und endlich war es soweit, ich durfte mein Lieblingsband live sehen. Voller Aufregung machte ich mich schick und brach zur Konzerthalle auf. Natürlich war ich viel zu früh dort, aber ich war nicht die Einzige; viele Jugendliche, die ebenfalls ganz vorne stehen wollten, versammelten sich bereits vor der Halle. Nach dem Einlass füllte sich der Saal schnell. Glücklicherweise ergatterte ich einen der begehrten Plätze weit vorne, umgeben von kreischenden Teenagern. Ich muss zugeben, ich war keinen Deut besser: Als die Band die Bühne betrat, stimmte ich in das Kreischen mit ein!

Das Konzert war mega. So malte ich es mir nicht einmal in

den wildesten Träumen aus. Nach dem Konzert drängten
sich viele wieder zum Ausgang, ich blieb noch etwas im
Saal stehen, um das überwältigende Gefühl nachzuspüren.
Ich träumte vom Bassisten Mike, der mich während des
Konzerts eindeutig ansah, zwar nur mit einem flüchtigen
Blick, aber er bemerkte mich.
Plötzlich fiel mir etwas auf dem Boden auf. Es schimmerte
silbern. Als ich darauf zuging, erkannte ich, dass es ein
Herrenring war.
Er passte mir nur am Mittelfinger und auch da war er mir
etwas zu groß, deswegen steckte ich ihn in meine Tasche,
um ihn nicht zu verlieren.
Gedankenverloren stand ich noch mit ein paar Teenies im
Saal und starrte vor mich hin, bis ich aus meiner Träumerei
gerissen wurde. Melissa tippte mir auf die Schulter.
»Was für ein Zufall, dass du auch hier bist!«, sagte sie
freudestrahlend zu mir.
»Jetzt macht es auch Sinn, warum wir uns bei dem
Kartenvorverkauf getroffen haben! Mein Freund arbeitet
hier als Roadie, möchtest du mit hinter die Bühne?«
Was für eine Frage. Natürlich möchte ich mitkommen.
Ich nickte ganz aufgeregt und strahlte über beide Ohren.
Melissa ergriff meine Hand und zog mich mit sich.
Ich fühlte ein Kribbeln durch meinen Körper fahren.
»Gleich werde ich vor Mike stehen!«, dachte ich und war
total aufgeregt.
Melissa führte mich durch die Absperrung, die von Security
Männern bewacht wurden. Anscheinend kannten sie
Melissa, denn sie ließen sie durch.

Ich musste meine Aufregung stark unterdrücken, um nicht gleich loszuquietschen. Mein breites Grinsen konnte ich nicht abstellen. Melissa stellte mir ihren Freund vor.

»Das ist Marlon. Marlon, das ist Jane. Sie ist in meiner Online-Klasse!«

Marlon schaute kurz auf und grüßte mich nett und machte sich dann sofort wieder an seine Arbeit.

»Du bist aber bestimmt nicht hierhergekommen, um meinen Freund zu sehen, ich zeig dir jetzt die Band!«

Sie nahm mich wieder an die Hand. Wieder durchströmte Phenethylamin durch meinen Körper. Nun war es endlich so weit. Mike, der mich während dem Konzert schon so anstarrte, würde mir gleich gegenüberstehen.

Sie führte mich in einen Raum, in dem die Band versammelt war. Sie stellte mich jedem vor, beim Bassisten endete die Bekanntmachung.

Ich quietschte ein Hallo heraus und reichte ihm die Hand. Er lächelte freundlich und gab mir auch seine.

Nun stand ich hier, ganz nah bei ihm und er berührt sogar meine Hand, flog es durch meinen Kopf.

Was soll ich ihn fragen, damit ich ein Gespräch anfangen kann?, dachte ich schnell, aber nicht schnell genug, denn Melissa verließ mit Mike den Raum.

Ich erstarrt und realisiert nicht wirklich, was da gerade passiert war, starrte ich auf die geschlossene Tür.

»Wie hat dir das Konzert gefallen?«, fragte mich der Drummer Dustin. Ich drehte mich zu ihm und richtete meine Aufmerksamkeit wieder auf die Bandmitglieder. Zurückgeholt aus einer leichten Trance, nahm ich nun die anderen wieder wahr. Dustin lächelte mich lieb an. Als ich wieder Blut in meinen Adern spürte, antwortete ich Dustin und der restlichen Band, wie toll ich ihre Show fand. Immer mehr Fragen kamen von den Jungs, die ich euphorisch beantwortete. Ich fühlte mich richtig wohl.

Melissa kam zurück, leider ohne Mike. Er tauchte auch nicht mehr auf bis es Zeit wurde, zu gehen. Alle Mitglieder der Band unterschrieben mir noch ihre Autogrammkarten. Obwohl der Abend grandios war machte sich eine seltsame Schwermut breit. Ich war enttäuscht und niedergeschlagen, dass ich nicht mit Mike reden konnte.

Melissa, Marlon und ich gingen durch die Stadt, ich ließ meinen Kopf hängen.

»Möchtest du noch mit uns etwas trinken gehen?«, fragte mich Melissa.

»Nein danke, es ist schon spät, ich gehe jetzt lieber nach Hause!«

Ich bedankte mich noch einmal bei ihr für den schönen Abend und schlug den Weg zu den Wohnhochhäusern ein. In meinem Zimmer schmiss ich mich auf mein Bett und wollte weinen, aber in meiner Hosentasche drückte der Ring. Den hatte ich total vergessen. Nun betrachtete ich ihn mir genauer. Er war silbern, mit einem an den Seiten verschnörkelten Muster, welches spielerisch einen schwarzen Stein hielt. Als ich ihn mir genug betrachtet hatte, legte ich den Ring in meine Schublade. Meine Enttäuschung, dass ich keine Zeit mit Mike verbrachte, blieb, bis ich eingeschlafen war.

Am nächsten Morgen, als ich aus meinem Zimmer kam, war mein Grandpa schon auf und deckte liebevoll den Frühstückstisch.

»Wie war dein Abend?«, erkundigte er sich bei mir, als er
die Brötchen auf den Tisch stellte.
Nun liefen mir Tränen über die Wangen und weinend
berichtete ich ihm, dass ich hinter die Bühne konnte, aber
der Bassist keine Notiz von mir nahm.
»Vielleicht war er noch so eingenommen vom Konzert oder
ihn beschäftigte etwas anderes?«
»Nein, das war es nicht. Er war ja gar nicht mehr da!«,
platzte es aus mir heraus und ich heulte ungeniert.
Mein Grandpa musste schmunzeln.
»Nun, dann kann er auch keine Notiz von dir nehmen. Die
anderen Bandmitglieder waren aber da, oder?«
»Ja, sie waren auch sehr nett, ich habe von allen ein
Autogramm bekommen, aber nicht vom Bassisten!«
»Er war ja auch nicht da!«, meinte mein Grandpa. »Wie
viele Fans durften denn hinter die Bühne?«
Nun war ich irritiert.
»Niemand sonst, da waren nur Melissa und ich.«
»Das ist doch ein wundervolles Erlebnis. Warum machst du
diese einzigartige Erfahrung zunichte, nur weil der Bassist
nicht da war?«
»Weil ich ihn mag und er mich wohl möglich nicht mag,
denn er ist sofort gegangen, nachdem wir uns die Hand
gaben.«
»Warum glaubst du, dass das etwas mit dir zu tun hatte? Er
ist gegangen, ja und? Die anderen waren da und du hattest
eine schöne Zeit mit ihnen. Machst du diese Erfahrung
davon abhängig, weil ein einziger Mann nicht da war, den
du gar nicht kennst? Schau doch auf dich und deine
Situation, anstatt dir einen Kopf über einen wildfremden
Menschen zu machen, der 1000 Gründe haben könnte,

wegzugehen. Das hat rein gar nichts mit dir zu tun! Wenn du auf dich und deine Handlung achtest, kannst du auch die Situation wahrnehmen, in der du dich befindest. Du hast dadurch einen tollen Abend verpasst oder nicht richtig wahrnehmen können. Bleib doch im Augenblick, in dem was du machst und lass die anderen in ihren Momenten bleiben. Lebe dein Leben und nicht das von dem Bassisten, indem du nachdenkst, was er gerade macht. Wenn du dich selbst nicht wertschätzen kannst, wie sollte das dann jemand anderes tun?«

Dies waren die Momente mit meinem Grandpa, die ich so schätzte, wenn er mir unverblümt sagte, was Sache ist und die Dinge auf den Punkt brachte.

Ich schwieg, weil ich über alles nachdenken musste. Das wusste mein Grandpa auch und ließ mir die Zeit.

Urururopa Jeremy war immer ehrlich und offen zu mir. Bei ihm fühlte ich mich geborgen und ich liebte ihn über alles. Auch wenn wir uns manchmal stritten, wurde meine Liebe zu ihm nie weniger. Er war so weise und half mir, mein Leben auf die Reihe zu bekommen. Ich wüsste nicht, wie mein Leben verlaufen wäre, wenn es ihn nicht in gegeben hätte.

Nach dem Frühstück umarmte ich ihn und flüsterte ihm zu: »Ich hab dich lieb!«

»Ich dich auch, Jane!«

Er gab mir einen Kuss auf die Stirn.

Um nicht die ganze Zeit zu grübeln, beschloss ich, Melissa anzurufen.

Eigentlich war der Abend sehr schön gewesen, das Konzert

war toll, ich fand diesen wunderschönen Ring und ich durfte hinter die Bühne, um die Band kennenzulernen. Mein Grandpa behielt recht, ich machte den Abend wegen eines Ereignisses zunichte!

Ich rief Melissa über meine Smartwatch an und sie klang erfreut, meine Stimme zu hören. Das gab mir ein wohliges Gefühl. Wir verabredeten uns in einer Bar, die nicht sehr weit weg von mir war.

Auf dem Weg dorthin gingen mir die Worte von Grandpa durch den Kopf.

»Es ist nicht so einfach, sich nur auf sich selbst zu konzentrieren«, dachte ich. »Aber alles andere ergibt keinen Sinn. Ich kann nicht für andere entscheiden, was sie denken sollen.«

Ich beschloss, mich auf das Treffen mit Melissa zu freuen und den Moment zu genießen.

Als ich in die Bar kam, saß sie mit anderen aus unserer Online-Klasse an einem Tisch. Ihr Lächeln, als sie mich sah, erwärmte mein Herz und ließ mich innerlich strahlen. Ich setzte mich auf einen freien Platz gegenüber von Melissa.

»Ich freue mich sehr, dass du gekommen bist! Darf ich euch Jane vorstellen?«, sagte sie und mit einer schwungvollen Geste wies sie auf mich, als ob sie mich auf eine besondere Art und Weise präsentieren wollte.

Sofort wurde ich freundlich aufgenommen. Alle waren sehr nett. Einige gingen und wir waren nur noch zu viert. Die beiden anderen Mädchen unterhielten sich so eifrig, dass sie nicht einmal bemerkten, dass schon die meisten gegangen waren. Ich setzte mich neben Melissa. Sie nahm meine Hand.

»Schade, dass du gestern nicht mehr mitgekommen bist. Mike, der Bassist von der Band, ist auch noch vorbeigekommen!«

Ein Kribbeln durchfuhr meinen Körper.

»Ich weiß, wer Mike ist! Es war wirklich schade, dass er so überstürzt den Raum verließ. Ich hätte ihn gerne kennengelernt.«

»Wie witzig, genau das hat Mike auch gesagt. Er war richtig enttäuscht, dass du nicht da warst. Er hoffte, dass du mit in die Bar kommen würdest«, erklärte mir Melissa.

Ich wurde rot.

Oh Mann, wenn ich das gewusst hätte! Wie sehr man sich selbst im Weg stehen kann, nur weil etwas nicht nach seiner Vorstellung klappt, überlegte ich.

Ich gestand Melissa, dass ich Mike am coolsten von allen fand, obwohl die ganze Band sensationell war.

Marlon betrat die Bar und wir unterhielten uns noch zu dritt bis in die Abendstunden. Zwischendurch tauschten Melissa und ich immer wieder Blicke aus. Es war ein Gefühl von Vertrautheit zwischen uns.

Am nächsten Tag, nach dem Online-Unterricht, verbrachte ich Zeit mit Melissa. Wir bummelten durch die Stadt und redeten über Jungs. Sie erzählte mir in den buntesten Farben, wie sie Marlon kennenlernte.

»Ich wollte mir ein neues Bett kaufen und im Geschäft bot mir der Verkäufer Hunter seine Hilfe für den Transport an. Er war sympathisch und sah gut aus, also tauschten wir Nummern aus. Hunter warnte mich, nicht überrascht zu sein, wenn jemand anderes abheben würde, da er in einer

WG lebte.

Am nächsten Tag rief ich ihn an, auch wegen einiger Fragen zum Bett. Doch überraschenderweise ging ein Marlon dran. Ich war verwirrt, dachte aber zunächst, er sei ein Mitbewohner. Als ich nach Hunter fragte, sagte Marlon, dass kein Hunter hier wohnte und er alleine lebte. Ich entschuldigte mich und legte auf, überzeugt, dass Hunter mir eine falsche Nummer gab.

Am Abend rief Hunter an. Ich erzählte ihm von meinem Anruf, und er fragte in seiner WG nach, ob jemand einen Anruf von einer Melissa entgegennahm. Im Hintergrund hörte ich jemanden fragen: ›Welcher Hunter?‹, gefolgt von Gelächter. Hunter erklärte mir dann, dass seine WG - Mitglieder gerne Scherze machten. Nachdem wir das Gespräch beendeten, fiel mir ein, dass ich die Frage zum Bett nicht gestellt hatte. Sofort rief ich ihn wieder an. Erneut ging Marlon dran. Diesmal bestand ich darauf, mit Hunter zu sprechen, überzeugt davon, dass die WG ihn verleugnete. Marlon versicherte mir jedoch erneut, dass es bei ihm keinen Hunter gäbe. Er erwähnte, dass er eine Party schmeiße und lud mich ein, selbst vorbeizukommen, um nachzusehen. Wir kamen ins Gespräch über mein Betttransportproblem und Marlon bot seine Hilfe an. Wir verabredeten uns für den nächsten Tag.

Es stellte sich heraus, dass ich wirklich eine falsche Nummer von Hunter bekam. Als ich Marlon aber sah, verknallt ich mich sofort in ihn. Und jetzt sind wir schon seit eineinhalb Jahren zusammen.«

»Hahaha, das ist ja süß! Und was ist aus Hunter geworden?«

»Wir sind eine Freundschaft eingegangen, die aber im Sand

verlaufen ist. Er wollte mehr von mir, was ich ihm nicht geben konnte.«

Nun hielt mich Melissa am Arm fest und sagte mir leise, »Da drüben läuft Mike.«

Sofort bekam ich wieder Glücksgefühle. Schmetterlinge machten sich in meiner Magengegend breit und flatterten wild durcheinander.

Melissa rief ihn und winkte ihn zu uns.

Ich bekam einen hochroten Kopf und wurde verlegen. Das passte nicht zu mir, so war ich eigentlich doch nicht.

»Na ihr Hübschen, was macht ihr so?«, fragte Mike und seine Aussage, dass er mich hübsch fand, brachte mich nur noch mehr in Verlegenheit.

Melissa antwortete, weil ich keinen Ton herausbrachte.

»Wir gehen etwas bummeln und du?«

»Ich brauche ein paar neue Saiten für meinen Bass. Habt ihr Lust, nachher etwas trinken zu gehen? Wir treffen uns dann in der Stammkneipe?«

Melissa schaute mich an, ich nickte eifrig, brachte aber noch immer kein Wort heraus.

»Also abgemacht, dann treffen wir uns um 17 Uhr dort.«

Mike verschwand und ich konnte wieder atmen.

Melissa lachte.

»Was war das denn?«, fragte sie mich.

»Ich finde Mike so toll, immer wenn ich von ihm höre, oder ihn sehe, bekomme ich ein Kribbeln im Bauch.«

Ich wollte mich noch hübsch machen, also verabschiedeten wir uns und trafen uns um halb fünf in der Bar. Viel zu früh traf ich ein. Also setzte ich mich schon einmal an einen freien Tisch. Bis jetzt war die Kneipe noch nicht so voll. Es saßen nur einige Männer an der Theke und tranken stumm ihr Bier oder etwas Härteres.

Melissa kam einige Minuten später an, gefolgt vom Marlon.

»Melissa, hier bin ich«, rief ich ihr winkend zu.

Sie kam an meinen Tisch und setzte sich.

»Bitte nenn mich doch Missy, das machen alle meine Freunde!«, gab sie mir zu verstehen.

Wenige Minuten später kam auch Mike, der uns direkt entdeckte. Missy rückte zu mir rüber so, dass sich unsere Körper berührten. Sofort stieg in mir ein warmes und geborgenes Gefühl hoch, als ich Mike sah. Er setzte sich zu uns.

Nach der Begrüßung fragte Mike Melissa:

»Was ich dich vorhin schon fragen wollte, bist du fündig geworden?«

»Nein, leider nicht!«, gab Missy Mike zu verstehen.

Ich wollte Missy gerade fragen, was sie denn suchen würde, als Mike mich anschaute und eine Unterhaltung mit mir begann.

»Schön, dass wir uns endlich kennenlernen.«

neunzehntes Kapitel

Ich traf mich deutlich öfter mit Missy als mit Mike. Das lag hauptsächlich daran, dass Mike häufig zur Probe musste. Seine Band nahmen neue Lieder auf, die sie noch komponierten. Ab und zu war ich bei der Probe dabei, aber selten.

An diesem Nachmittag war ich zu Hause, Missy verbrachte den Tag mit ihrem Freund. Ich nutzte meine Zeit, um mein Zimmer aufzuräumen. Die Schublade neben meinem Bett schrie förmlich danach, ausgemistet zu werden. Dort stopfte ich alles hinein, um es später einmal zu verwenden. Was sich im Laufe der Zeit alles so ansammelte! Viele Dinge schmiss ich weg, bis ich die Konzertkarte erblickte. Als ich sie herausnahm, lag darunter der Ring.

Den hatte ich komplett vergessen. Ich steckte ihn wieder an meinen Finger und betrachtete ihn. Der Ring war wunderschön, viel zu schade eigentlich, um in der Schublade zu verweilen.

Es klingelte, verwundert legte ich den Ring auf meinen Nachttisch und ging zur Tür. Noch mehr wunderte ich mich, als Mike davor stand.

»Was machst du denn hier? Ich dachte, du bist auf deiner Probe?«, begrüßte ich ihn mit einem breiten Grinsen.

Ich umarmte ihn und wir gaben uns einen Kuss.

»Die Probe fällt heute aus, Dustin ist krank und ohne ihn läuft es gerade nicht weiter. Also dachte ich, komme ich dich spontan besuchen.«

Er lächelte mich verliebt an.

Das war das erste Mal, dass er bei mir war. Ich zeigte ihm mein Zimmer und er schaute sich neugierig um.

Er entdeckte ein Bild von meinem Grandpa. Mike nahm das Bild und betrachtete es genauer.

»Das ist mein Grandpa!«, sagte ich, als Mike fragend das Bild anstarrte. Ich erzählte ihm, dass ich bei ihm aufwuchs und zeigte ein paar seiner Videos. Ich war so mächtig stolz auf ihn.

»Mein Grandpa ist mein Ein und Alles. Ein Leben ohne ihn kann ich mir nicht vorstellen. Ihm habe ich zu verdanken, wer ich heute bin.«

»Ich habe meinen Namen von meinem Urururgroßvater«, erklärte mir dann Mike, als er meine Geschichte hörte.

»Er war ein Rebell, fügte sich nicht ins System ein und war gerne für sich. Er machte beim Triathlon mit und fuhr gerne Kajak. So verbrachte er seine Freizeit, indem er auf dem Wasser war. Mit seinem Camper zog er los, sobald es wärmer wurde. Später kaufte er sich auch ein Boot und fuhr öfter aufs offene Meer hinaus. Manchmal verschwand er tagelang. Diese Freiheitsliebe habe ich, glaub ich, von ihm geerbt. Mein Traum ist es auch, wie mein Urururgroßvater einfach auf dem offenen Meer zu treiben.«

Mike faltete einen alten Zeitungsartikel auf und gab ihn mir.

»Den trage ich immer bei mir, zwar kann man den Artikel nicht mehr so gut lesen und das Bild ist auch nicht mehr so gut zu erkennen, aber ich bin so stolz, dass er es in die Zeitung geschafft hat mit seinem Hund Ilvy. Dort nahm er an einem 6 Pfoten Rennen teil. Das war 2023.«

»Ja, du hast recht, auf dem Foto kann man deinen Grandpa nicht mehr so gut erkennen. Es ist aber auch schon…« ich überlegte kurz und gab dann die Lösung: »93 Jahre her. Wie

heftig, dass ich hier ein über neunzig Jahre altes
Zeitungsstück in den Händen halte.«
Nachdem wir uns über unsere Urururgroßväter ausgetauscht
hatten, setzte er sich zu mir aufs Bett. Er entdeckte den Ring
und nahm ihm von der Kommode.
»Der ist aber schön!«, meinte er. »Sieht wertvoll aus. Auf
jeden Fall alt und kostbar.«
»Ja, das finde ich auch. Weil er mir zu groß ist und ich ihn
nicht verlieren wollte, liegt er leider nur hier herum.
Eigentlich lag er bis heute in der Schublade. Beim
Ausmisten ist er mir wieder in die Hände gefallen.«
»Du kannst ihn ja mit einer Kette um den Hals tragen, er ist
wirklich viel zu schade, um in der Kommode zu liegen.«
»Das ist ja eine gute Idee, warum bin ich nicht selbst darauf
gekommen! Komm, lass uns in die Stadt gehen, um mir dort
eine Kette zu kaufen!«
»Das ist nicht nötig«, sagte Mike freudig und zog seine
Kette aus, die er um den Hals trug. »Ich würde es schön
finden, wenn du meine Kette tragen würdest!«
Vor Rührung war ich erst einmal sprachlos. Das war so eine
schöne und romantische Geste.
»Dann habe ich auch etwas von dir bei mir«, ich umarmte
Mike und küsste ihn leidenschaftlich.
»Und, wie steht sie mir?« Wie bei einer Modenschau drehte
ich mich und präsentierte die Kette, die ich nun verliebt um
den Hals trug.
Mein Grandpa rief uns zum Abendessen und gemeinsam
aßen wir drei und alberten und lachten am Tisch. Es war mir
so wichtig, dass mein Grandpa Mike kennenlernte.

Als ich ihn zur Tür begleitete, verabschiedeten wir uns bis
morgen. Wir wollten uns in der Bar treffen.
Er traf sich dort mit seiner restlichen Band, um zu planen,
wie es jetzt weiterging, solange Dustin ausfiel.
Ich wollte mit Missy einen Ausflug in die Natur machen.
Wir trafen uns auch in der Bar, also konnte ich Mike noch
einmal kurz sehen.

Nach dem Online-Unterricht trafen wir uns. Wir tranken
alle zusammen noch etwas und danach brachen Missy und
ich auf.
Auf dem Weg aus der Stadt waren Missy und ich ganz
ausgelassen. In der Bahn erzählte mir Missy das erste Mal
von ihren Eltern und wie sie aufgewachsen war. Sie erzählte
mir, dass sie diesen Ausflug in die Natur schon öfter mit
ihrer Mutter unternahm, als sie noch klein war.
»Ich hoffe, ich finde die Stelle noch«, zweifelte Missy.
Als der Bus uns in eine abgelegene Gegend brachte, liefen
wir den Rest zu Fuß.
Am See, an dem eine riesige Trauerweide stand, erreichten
wir unser Ziel. Es war atemberaubend schön. Die Blätter
der Trauerweide hingen bis in den See hinein, bewegt von
einem lauen Wind, sodass es aussah, als würde die Weide
das Wasser sanft streicheln. Leise schlugen die Wellen ans
Ufer, was eine beruhigende Wirkung auf uns ausstrahlte.
»Ich wollte schon so oft mit dir hierherkommen!«, sagte sie
und wir legten uns auf die Wiese.
Schweigend starrten wir in den blauen Himmel, wo nur
vereinzelte Wolken zu sehen waren und hin und wieder ein
Vogel vorbeiflog. Es war eine befreiende Stille, nicht
bedrückend, als hätten wir uns nichts zu sagen. Ich fühlte

mich frei und wohl. Nach einer Weile drehte ich mich zu Missy um und dabei rutschte mir die Kette mit dem Ring, der daran hing, aus der Bluse.

Ich bemerkte, dass Missy auf dem Ring starrte, als könnte sie es nicht fassen, ihn zu sehen.

»Der ist schön, nicht wahr?«, sagte ich darauf, weil es mir ein bisschen unangenehm wurde, wie erstarrt Missy auf den Ring schaute.

»Ich habe ihn auf dem Konzert gefunden!«, fügte ich noch schnell hinzu, als ich merkte, dass Missy mit den Tränen kämpfte. Aus meinem Besitzerstolz wurde Sorge.

»Ich dachte, ich sehe ihn nie wieder!«, meinte sie dann nach einer Pause.

»Dieser Ring ist schon seit Generationen in unserem Familienbesitz, ich war so verzweifelt, als ich merkte, dass ich ihn verloren hatte.«

Ich wollte mich bereits bei ihr entschuldigen, obwohl sie noch nicht mal ausgeredet hatte. Dabei traf mich ja gar keine Schuld, ich sah ihn da einfach nur liegen.

»Mike und ich haben die komplette Konzerthalle abgesucht. Obwohl er nicht mal wusste, wie der Ring aussah. Er kam auch mit zwei Ringen und einem Armreif an, die er in der Halle fand. Dabei war der Ring die ganze Zeit in meiner Nähe!« Missy lächelte, als sie mir das erzählte.

»Wenn ich gewusst hätte, dass er dir gehört, dann hätte ich dir den Ring schon viel früher zurückgegeben.«

Missy stand auf, das tat ich schuldbewusst auch. Aber sie fiel mir erleichtert um den Hals. Wieder durchzuckte mich ein Stromschlag und floss dieses Mal durch meinen ganzen

334

Körper.

Ihre Berührung und dass wir uns nun in den Armen lagen, gab mir das Gefühl, komplett zu sein. Ich war verwirrt.

»Es freut mich so, dass du den Ring die ganze Zeit hattest und er nicht für immer verloren ist. Dass du ihn gefunden hast, macht ihn nur noch wertvoller für mich!«, flüsterte sie mir ins Ohr.

Bevor es dunkel wurde, brachen wir auf, um in die Stadt zurückzukommen.

Wir stiegen ein paar Haltestellen früher aus, um zur Stadt zu laufen. Es dämmerte und aus der Ferne sah die Stadt wunderschön aus. Auf einer kleinen Anhöhe blieben wir stehen, um den Blick auf das erwachende Lichtermeer zu genießen. Dabei legte mir Missy ihren Arm um meine Taille und flüsterte:

»Du bist meine Fee, Jane!«

Dann stellte sie sich neben mich und nahm meine Hand.

Hand in Hand standen wir da und schauten uns an.

Lächelnd. Wissend. Meine Welt war perfekt.

zwanzigstes Kapitel

Plötzlich durchfuhr mich aus heiterem Himmel ein schmerzhafter elektrischer Schlag, der mich in die Knie zwang. Missy reagierte sofort, beugte sich zu mir und hielt meinen Oberkörper fest.

Ich sah noch die Verzweiflung in ihren Augen und dann wurde es schwarz um mich herum.

Kurz bevor ich wiedergeboren wurde, spürte ich den schmerzhaften elektrischen Schlag schon einmal. War dies ein Zeichen, dass ich wiedergeboren wurde? Aber warum jetzt, ich war doch nicht gestorben? Was war passiert? Wieder konnte ich nichts mehr sehen, hörte aber jemanden sprechen! Nichts Vertrautes. Ich spürte Hektik.

»Geben sie ihr noch einmal 5 ml Epinephrin! Wir haben wieder einen Herzschlag!«

Dann wurde es wieder still um mich herum. Immer wieder vernahm ich von Zeit zu Zeit Frauenstimmen, die so etwas sagten wie: Im Zimmer 112 muss Frau Colm noch gelagert werden. Oder hörte, wie man anwies, Blutdruckwerte zu messen.

Bevor ich mich orientieren konnte, spürte ich, dass etwas in meinem Mund steckte und ich nicht selbstständig atmen konnte. Ich versuchte dagegen zu atmen, was mir schwerfiel, daraufhin bekam ich einen Hustenanfall und Würgereiz.

Um mich herum fing es an zu piepen und in meiner Panik, versuchte ich das Ding in meinem Mund loszuwerden.

Vernahm nebenbei eine Stimme, die rief:

»Rufen Sie Dr. Wolf, die Patientin kommt zu sich!«

Ich bekam irgendetwas injiziert. Was es auch war, es half. Ich musste nicht mehr würgen und alles um mich herum wurde gedämpft. Ruhe. Schwarz.

Irgendwann öffnete ich schwach meine Augen. Das Erste, was ich wahrnahm, waren Schatten und schemenhafte Umrisse. Ich fror und die Geborgenheit, die ich im Jenseits verspürte, war nicht mehr da. Eher im Gegenteil. Die Schatten, die ich wahr nahm, waren eher beängstigend. Mein Hals schmerzte und überhaupt schmerzte mein ganzer Körper.

Meine Sehkraft kam immer mehr zurück und ich nahm wahr, dass ich in einem weißen Raum lag. Bevor ich die vollkommene Sehkraft wieder erlangen konnte, erkannte ich, dass ich an viele Kabel angeschlossen war. Wo war ich?

Was machte ich hier?

Und vor allem, wo war Missy?

Mein Herz schlug schneller vor Aufregung. In einem fremden Raum wach zu werden, jagte mir eine Heidenangst ein. Die Monitore piepsten Alarm. Ich spähte durch die offen stehende Tür und sah auf dem Flur Patienten und Schwestern vorbeilaufen.

»Hallo, wieder wach?«, fragte eine von ihnen, die in mein Zimmer einbog.

»Sie haben uns ganz schön auf Trab gehalten!«

Ich wollte ihr antworten, doch es ging nicht, sobald ich meine Lippen bewegen wollte, brach mir der Schweiß aus und mein Kreislauf drohte zu versagen.

»Hole bitte Dr. Vernandez, die Patientin im Raum 117 ist aufgewacht«, beauftragte die Schwester eine andere, die nun ebenfalls an der Tür stand.

Ich konnte nicht einmal fragen, wo ich war und was ich hier machte. Was passiert ist und wo Missy war?

Im Zimmer hielt ich weiter nach ihr Ausschau, bis ich plötzlich Frank am Fußende meines Bettes stehen sah. Ich war verwirrt und gleichzeitig erfreut. Sofort schlug mir mein Herz bis zum Hals vor Aufregung. Das bekamen auch die Monitore mit. Während mein Puls raste, lächelte Frank mich ununterbrochen an.

»Frank!«, bekam ich schwach heraus.

»Nein, hier ist kein Frank, ich bin Schwester Monika, Sie lagen lange im Koma. Schön, dass Sie wieder bei uns sind. Alles Weitere wird Ihnen Dr. Vernandez gleich erzählen.«

Was sagte die Frau da?

Ich lag im Koma?

Was hatte das alles zu bedeuten?

Schwester Monika drehte sich wieder von mir weg und verließ das Zimmer. Mit meiner Angst und Unsicherheit blieb ich allein zurück. Mein Blick suchte wieder Frank. Seine Gegenwart beruhigte mich. Ich schaute ihn fragend an, weil mir das Reden unheimlich schwerfiel. Alles fiel mir gerade schwer, mein Körper fühlte sich an wie Blei. Nicht mehr so, wie ich es in Erinnerung hatte, als ich im Jenseits war. War ich überhaupt da gewesen? War das alles passiert? Aber Frank stand hier im Zimmer und schaute mich an. War er nur eine Halluzination? Egal, was es war, ich war überglücklich ihn zu sehen.

»Bist du wirklich hier?«, fragte ich leise und ungläubig.

»Ich bin immer bei dir gewesen, auch wenn du mich nicht

gesehen hast.«

Mit diesen Worten kam Frank zu mir, an meine Seite. Er nahm meine Hand, ich spürte ihn ganz deutlich. Doch ich konnte seine Hand nicht umklammern. Mein Körper gehorchte mir nicht mehr. Nur noch ein leises Flüstern kam aus meiner Kehle.

»Ich habe Angst, Frank. Gerade war ich noch mit Missy draußen vor der Stadt und jetzt liege ich im Krankenhaus. Kurz dachte ich, dass Missy mich hierher gebracht hat. Aber als ich dich sah und die Schwester Monika etwas vom Koma sagte, wusste ich, dass ich nicht im Jahr 2116 bin. Kann es sein, dass du Missy warst?«

»Ja.«

»Aber warum? Warum sind wir dann wieder nicht zusammen gekommen?«

»Ich dachte mir, wenn wir uns erst einmal freundschaftlich begegnen und nicht mehr den Verlustschmerz von den vergangenen Seelen spüren, hätten wir eine Chance, dass die Seele heilt und wir uns dann auf eine Beziehung einlassen können. Auch ich wollte dich nicht schon wieder verlieren.«

»Und jetzt? Ich möchte, dass du bei mir bleibst!«

»Ich werde immer bei dir sein, auch wenn du mich nicht mehr siehst.«

»Aber ich spüre dich dann nicht mehr und ich kann nicht mehr in dein wunderschönes Gesicht schauen. Ich werde wieder zweifeln und ich weiß ja noch nicht einmal, ob das hier alles echt ist. Warum kann ich dich jetzt sehen?«

»Du siehst mich, weil deine Seele noch nicht vollständig mit deinem Körper verschmolzen ist. Deine Seele löste sich während des Komas von deinem Körper. In dieser

Übergangsphase kannst du mich sehen. Wenn sich dein Körper und deine Seele wieder vereint haben, kommt viel mehr der Verstand und das Gehirn zum Einsatz und darum wirst du mich nicht mehr wahrnehmen.«

»Ich möchte das nicht«, weinte ich nun, »ich möchte, dass du für immer bei mir bleibst …«

»Ich werde für immer bei dir sein, auch wenn du mich nicht sehen kannst.«

Ich zuckte zusammen, als ich eine männliche Stimme wahrnahm.

»Frau Voss, Sie sind wieder wach!« Der Arzt kam rein und setzte sich zu mir ans Bett.

»Wie geht es Ihnen? Sie haben eine Menge durchgemacht. Vor elf Monaten sind Sie wegen eines Autounfalls zu uns gekommen, Sie hatten angegeben, eine Packung Diazepam geschluckt zu haben. Auf das sie Augenscheinlich paradox reagierten, weil Sie anstatt sich zu beruhigen, in eine starke Unruhe verfielen. Bei uns wurde Ihnen der Magen ausgepumpt, können Sie sich noch daran erinnern?«

Jetzt, wo der Doktor alles aufzählte, erinnerte ich mich tatsächlich daran. Also nickte ich ihm zu.

»Kurz danach mussten wir Sie reanimieren. Das dauerte einige Minuten, Ihr Herz schlug nicht mehr.

Uns ist es aber gelungen, Sie wieder zurückzuholen.

Seitdem lagen Sie im Koma. Wir haben heute den 09. November 2018.«

Nun wurde mir anders, als ich hörte, dass ich elf Monate im Koma lag. War dann mein Erlebnis doch nur ein Traum gewesen? Aber Frank erwähnte, dass meine Seele außerhalb des Körpers war, deshalb konnte ich ihn schließlich auch sehen. Ein Blick in Franks Richtung verriet mir, dass ich doch nicht verrückt bin. Denn er stand noch da.

»Wir werden gleich einige Tests durchführen. Wir wollen überprüfen, ob und wie sehr Ihr Körper in Mitleidenschaft gezogen worden ist. Haben Sie akute Schmerzen?«

»Ich kann nicht so gut sprechen. Vor allem schmerzt mein Hals. Außerdem habe ich das Gefühl, dass mein Kreislauf immer wieder … «

»Das sind alles normale Reaktionen …«, unterbrach mich der Arzt. »Das wird schnell vorübergehen.«

Dann wandte er sich von mir ab und redete mit Schwester Monika. »Veranlassen Sie ein MRT, EEG…«

Ich hörte nicht mehr zu welche Anweisungen der Arzt der Schwester noch gab. Ich drehte meinen Kopf zu Frank, um ihn anzusehen, solange ich es noch konnte.

»Frau Voss, Sie werden eine Reihe von Therapien bekommen, um Ihre Körperfunktionen wieder vollständig herzustellen. Vor einer Woche bekamen Sie wieder ein Herzstillstand. Wir mussten Sie erneut reanimieren, dies ging aber schneller als das letzte Mal. Seitdem sind Sie immer wieder aufgewacht und haben regelmäßig und selbstständig geatmet. Sie haben eben, als ich ins Zimmer kam, mit jemandem gesprochen?«

»Ja, Frank ist hier!«, meinte ich lächelnd

»Das sind noch Nachwirkungen vom Koma. Viele Patienten leiden danach an Delir. Dieser Zustand kann Ihr Gehirn stark belasten. Deswegen werde ich Ihnen ein Beruhigungsmittel verabreichen lassen!«

»Nein, das möchte ich nicht! Ich habe mit Frank noch so viel zu klären …« Erschrocken versuchte ich etwas lauter zu reden, um meinem Wunsch Nachdruck zu verleihen.

»Das ist nicht echt! Wir wollen nur Ihr Bestes!«

Er wandte sich beim Aufstehen zur Schwester Monika.

»Geben sie Frau Voss Zopiclon.«

Mit diesen Worten verschwanden beide aus dem Zimmer.

Voller Panik wandte ich mich an Frank, der immer noch neben mir stand.

»Hast du das gehört? Der Arzt möchte uns trennen!«

Mir liefen Tränen über das Gesicht und in mir stieg Panik auf. Die Geräte, mit denen mich unzählige Kabel verbanden, fingen an Alarm zu schlagen.

Schwester Monika kam mit einer Spritze zurück.

»Frau Voss, Sie müssen sich beruhigen!«, versuchte sie mich zu besänftigen, währenddessen sie mir das Beruhigungsmittel über den Venenzugang spritzte.

Ich schaute nicht zu ihr. Mit Tränen in den Augen starrte ich Frank an.

»Ich werde immer bei dir sein!«, gab er mir noch einmal zu verstehen, »auch, wenn du mich nicht mehr sehen kannst!«

Er küsste mich auf die Stirn. Meine Augen wurden schwer und ich konnte sie nicht mehr offenhalten.

Es dauerte lange, bis ich wieder wach wurde. Immer wieder versuchte ich die Augen zu öffnen, schlief aber wieder ein. Es war ein langer, traumloser Schlaf.

Als ich das nächste Mal wach wurde, bewegte die Physiotherapeutin meinen Körper. Ich spürte ihre Hände an meinem Bein, das sie immer beugte und streckte. Ich hielt im Zimmer Ausschau nach Frank. Konnte ihn nirgends entdecken. Tränen stiegen mir in die Augen, ich blinzelte sie weg. Um mich von meiner Trauer abzulenken, schaute ich der Physiotherapeutin zu. Sie fragte mich, ob ich spüre, was sie macht. Ich ignorierte sie. Ich wollte nicht antworten. Mit niemandem mehr reden, außer mit Frank.

In den nächsten Tagen machte ich kleine Fortschritte und konnte meine Beine aktiv mitbewegen. Die Physiotherapeutin kam jeden Tag, außer am Wochenende. Ich wollte so schnell wie möglich hier raus, deshalb half ich mit und an den Tagen, in denen ich keine Physiotherapie bekam, übte ich alleine.

Es dauerte bis ins Frühling 2019, bis ich einigermaßen wieder laufen konnte. Zwar noch mit Gehhilfe, aber ich wurde immer sicherer.

Monatelang arbeitete ich schon mit der Physiotherapeutin an meinem Muskelaufbau. Am Anfang war es sehr erschreckend für mich, wie wenig ich konnte. Sogar das Greifen und Sitzen musste ich neu lernen.

Mittlerweile machte ich aber schon so gute Fortschritte, sodass die Physio nicht mehr in meinem Klinikzimmer stattfand. Ich konnte zu ihr in den Behandlungsraum gehen. Mit dem Gehwagen lief ich durch das Krankenhaus. Plötzlich blieb ich stehen. Mir wurde heiß und kalt.

»Das war doch?«, kam es in meine Gedanken.

Ich schüttelte sie aber wieder aus meinem Kopf.

»Das kann nicht sein! Ich habe bestimmt wieder eine Halluzination?«

Frank begegnete mir seit Wochen nicht mehr, seitdem ich die Beruhigungsspritze bekam. Ich sah im Gang auch nicht Frank. Ich sah jemand anderen, der mir begegnet war, nach meiner Wiedergeburt. Es war mein Grandpa in jung. Ich schätzte ihn auf Mitte 20. Mein Grandpa hatte die Videos

auf YouTube gemacht, deswegen erkannte ich ihn sofort
wieder. Er nahm seine Videos Ende 2022 auf:
Jeremy»Sportundso«.
Diese schaute ich mir ja immer und immer wieder an. Also
kannte ich sein Gesicht nur zu gut. Aber ich denke, das war
nur ein Streich meines Gehirns. Vielleicht hatte ich mich
auch verguckt. Ich sah ihn ja auch nur ganz kurz.
An der Tür zur Physiotherapie sammelte ich mich erst noch
einmal, bis ich nach einem kurzen Klopfen eintrat.
»Ach gut, Frau Voss!«, begrüßte mich die
Physiotherapeutin. »Ich habe heute etwas ganz Besonderes
mit Ihnen vor, aber bevor wir beginnen können, möchte ich
Ihnen meinen Kollegen vorstellen. Er hat sein Examen vor
Kurzem bestanden und möchte hier einen Schnupperkurs
machen. Ich hoffe es ist Ihnen recht, wenn er uns heute
begleitet?«
Ich nickte, um ihr zuzustimmen. Wie aufs Stichwort klopfte
es an der Tür und Jeremys Kopf lugte hinein.
»Ist es jetzt okay?«, fragte er mit einem wunderschönen
Lächeln. Ihn nun vor mir zu sehen, so jung, ließ mich
freudig erstarren. Er war hier, 97 Jahre früher. Er war so
jung und sah verdammt gut aus.
Die Physiotherapeutin lächelte zurück.
»Ja, klar! Kommen Sie herein. Ich habe gerade von Ihnen
gesprochen.«
Nun wandte sie sich wieder an mich.
»Frau Voss, darf ich kurz vorstellen …«
»Jeremy!«, beende ich ihren Satz.

»Entschuldigung, kennen wir uns?«, fragte er mich lächelnd.

Ich lächelte zurück.

Ende

»Entschuldigung, kennen wir uns?«, fragte er mich lächelnd.

Ich lächelte zurück.

Ende

Liebe Leserin, lieber Leser,

mit den letzten Seiten dieses Romans endet eine bewegende Reise. Die Themen Suizid, narzisstisches Umfeld und Gewalt in Beziehungen sind schwer und schmerzhaft, aber wichtig zu behandeln. In diesem Buch verschwimmen Realität und Fiktion, um die tiefen emotionalen Wahrheiten dieser Erfahrungen zu beleuchten.

Ich hoffe, diese Geschichte hat Dich nicht nur berührt, sondern auch Dein Bewusstsein für diese schwerwiegenden Probleme geschärft. Wenn Du selbst betroffen bist oder jemanden kennst, der Hilfe braucht, zögere nicht, Unterstützung zu suchen. Es gibt Hoffnung und Heilung, auch wenn der Weg oft steinig ist.

Selbstmord ist keine Lösung, wenn Frank gewusst hätte, welche tiefe Trauer und Traumata er hinterlassen würde, wäre er nicht gesprungen.

In Deutschland kannst Du die Telefonseelsorge unter 0800 111 0 111 oder 0800 111 0 222 erreichen. In der Schweiz ist die Dargebotene Hand unter 143 für Dich da. In Österreich kannst Du die Telefonseelsorge unter 142 kontaktieren. Diese Dienste sind rund um die Uhr verfügbar und bieten vertrauliche Unterstützung an.

Vielen Dank, dass Du diese Reise mit mir angetreten hast.
Deine Gedanken und Gefühle nach dem Lesen dieses
Buches sind wertvoll und helfen, das Schweigen zu
brechen.

Deine Maja Jane

Und was mir sehr auf dem Herzen liegt und das gilt nicht nur für meine Leserschaft:

Familie kann man sich nicht aussuchen. Lebenswege und Lebensfäden verknüpfen sich ab dem Moment der Geburt, hören jedoch nach dem Tod nicht auf. Prägungen und Charaktereigenschaften - wir bekommen sie alle in die Wiege gelegt. Mütter sind auch nur Menschen, alle versuchen ihr Bestes. Doch nicht immer gelingt das zum Wohle ihrer Kinder. Meine Mutter wollte mich vor allen Verletzungen der Welt beschützen. In meiner Jugend vor allem vor Liebeskummer. Meine Traurigkeit veranlasste sie zu denken, mein Freund wäre nicht gut für mich und beeinflusste durch ihre Bemerkungen meine Freundschaften.

Nun, selbst als Mama eines großartigen Sohnes habe ich erkannt, wie dünn die Grenzlinie zwischen Förderung und Überbehütung ist. Das richtige Maß zu finden, lernt man in keinem Lehrbuch, sondern muss es selbst erfahren.
So wie sich jeder sein Wissen aus der Vergangenheit und der Gegenwart aneignen muss.
Ich wünsche mir, dass mein Sohn weiß, wann immer er das Buch zur Hand nimmt, dass unsere gegenseitige Liebe unerschütterlich ist.

Danksagung

Liebe Leserin, lieber Leser,
mit diesem Roman endet eine intensive Phase, die ich nicht allein bewältigt habe. Mein Dank gilt all den wunderbaren Menschen, die mich auf diesem Weg begleitet und unterstützt haben.
Besonderer Dank geht an meinen ältesten Bruder Frank, seine Frau Annette und meinem jüngsten Bruder Marvin. Mit ihrer ehrlichen und konstruktiven Kritik haben sie mir sehr geholfen. Ich bin froh, solche tollen Brüder zu haben, die mir offen Ihre Meinung sagen und mich ermutigt haben, mir eine Lektorin zu suchen.

Besonders aber danke ich meiner Lektorin, Annett Kreil - SchreibAtelier München.
Ihre Leidenschaft und ihr Herzblut, wie sie mit mir an meinem Manuskript gearbeitet hat, machten mein Buch von einem ungeschliffenen Diamanten zu einem Hochkaräter.
Sie hat meinem Buch Leben eingehaucht.
„Ich freue mich, wenn ich mit dir weiter an meinem zweiten Buch arbeiten". Sie ist nicht nur meine Lektorin, sondern für mich ein wertvoller Mensch geworden.
Ich bin so dankbar, Sie kennengelernt zu haben. Herzliche Seelen gibt es auf der Welt nur noch selten und Annett ist so eine reine Seele!

Weiterhin möchte ich mich bei Gerlinde (ohne „e" im Nachnamen) bedanken, die mit mir noch einmal das Buch durch gegangen ist. „Die Zeit mir Dir zusammen, als wir am Buch arbeiteten und dabei Pfirsich–Tee tranken, empfand ich als eine große Bereicherung." Mit wie viel Geduld und

Ausdauer wir das Buch so schnell bearbeitet haben. Vielen lieben Danke!

Ein großes Dankeschön auch an meine Testleser. Eure wertvollen Rückmeldungen, konstruktive Kritik und ermutigenden Worte haben das Manuskript auf ein neues Niveau gehoben. Eure Perspektiven waren unverzichtbar.

Nicht zuletzt danke ich dir, liebe Leserin, lieber Leser. Deine Zeit, deine Aufmerksamkeit und deine Gedanken zu diesem Buch bedeuten mir sehr viel. Du machst diese Erfahrung erst vollständig.

Vielen Dank an alle, die an diesem Buch mitgewirkt haben. Ohne euch wäre dieses Werk nicht möglich gewesen.

Mit tiefem Dank

Maja Jane